dtv

»Ein Verhältnis mit einer Frau zu beginnen ist leicht«, fuhr Lubkow fort, »man muß sie bloß entkleiden, dann aber, wie schwer ist das alles, wie lästig!«, heißt es in der 1895 entstandenen Erzählung ›Ariadna‹.

Anton Tschechow schreibt über große Melancholiker, die sich lieber in die Passivität flüchten als um ihr Glück zu kämpfen: In den acht Geschichten geht es oft um eine bloß erträumte, verlorene oder unerwiderte Liebe. Der große russische Realist gilt als Wegbereiter der modernen Novelle und Short story und als Meister im Schildern von Charakteren und Stimmungen. Besonders deutlich kommt diese Fähigkeit in seinen Liebesgeschichten zur Geltung. In seinem unverwechselbaren Stil schreibt Tschechow über große Gefühle und entwirft einen zeitlosen Spiegel der menschlichen Seele.

Anton Tschechow, geboren 1860 in Taganrog (Rußland), studierte Medizin in Moskau und setzte sich für Arme und Kranke ein. Er besuchte Gefängnisse, errichtete Schulen für Bauernkinder und beteiligte sich am Straßenbau. Neben seinem sozialen Engagement und der Tätigkeit als Arzt schrieb er ab 1880 verschiedene Erzählungen, kleine Romane sowie Dramen und verfaßte Zeitungsberichte. Er starb 1904 in Badenweiler und wurde in Moskau beigesetzt.

Anton Tschechow

Liebesgeschichten

Aus dem Russischen neu übersetzt von
Vera Bischitzky, Kay Borowsky,
Barbara Conrad, Barbara Schaefer
und Marianne Wiebe

Deutscher Taschenbuch Verlag

Die Erzählungen und die Zeittafel sind der Ausgabe
Anton Tschechow ›Gesammelte Erzählungen in vier Bänden‹,
Düsseldorf und Zürich 2004, entnommen, die im Herbst 2009
im Deutschen Taschenbuch Verlag erscheinen wird.

Mai 2009
Deutscher Taschenbuch Verlag GmbH & Co. KG,
München
www.dtv.de
© 2003, 2004 Patmos Verlag GmbH & Co. KG,
Artemis & Winkler Verlag, Düsseldorf
Umschlagkonzept: Balk & Brumshagen
Umschlagbild: ›Jealousy‹ von Tihame von Margitay
(Corbis/The Art Archive)
Gesetzt aus der Minion 10/13˙
Satz: Fotosatz Reinhard Amann, Aichstetten
Druck und Bindung: Druckerei C. H. Beck, Nördlingen
Gedruckt auf säurefreiem, chlorfrei gebleichtem Papier
Printed in Germany · ISBN 978-3-423-13768-3

Inhalt

Ein Unglück

Sofja Petrowna, die Frau des Notars Lubjanzew, eine hübsche junge Dame von etwa fünfundzwanzig Jahren, ging mit ihrem Sommerhausnachbarn, dem vereidigten Rechtsanwalt Iljin, langsam den Waldweg entlang. Es war fünf Uhr abends. Über dem Waldweg ballten sich weiße Flaumwolken; hier und da linsten Fetzen hellblauen Himmels darunter hervor. Die Wolken standen unbeweglich, als klammerten sie sich an die Wipfel der hohen alten Kiefern. Es war still und schwül.

Den Weg kreuzte in der Ferne ein niedriger Eisenbahndamm, über den aus unerfindlichen Gründen gerade ein Posten mit Gewehr schritt. Gleich hinter dem Damm schimmerte weiß eine große sechskuppelige Kirche mit verrostetem Dach …

»Ich hatte nicht erwartet, Ihnen hier zu begegnen«, sagte Sofja Petrowna, blickte zur Erde und berührte mit ihrer Schirmspitze das Laub vom Vorjahr, »bin aber froh, daß ich Sie getroffen habe. Ich muß ernsthaft und endgültig mit Ihnen reden. Ich bitte Sie, Iwan Michailowitsch, wenn Sie mich wirklich lieben und ehren, dann hören Sie auf, mich zu verfolgen. Sie folgen mir wie ein Schatten, sehen mich ewig mit unguten Blicken an, erklären mir Ihre Liebe, schreiben seltsame Briefe und … und ich weiß nicht, wann das je aufhören soll! Wozu das alles bloß, mein Gott?«

Iljin schwieg. Sofja Petrowna ging ein paar Schritte weiter und fuhr fort:

»Und diese krasse Veränderung in Ihnen ist vor etwa drei bis vier Wochen eingetreten, nachdem wir seit fünf Jahren miteinander bekannt sind. Ich erkenne Sie nicht wieder, Iwan Michailowitsch!«

Sofja Petrowna warf von der Seite einen Blick auf ihren Begleiter. Er schaute angespannt, blinzelnd, auf die Flaumwolken. Sein Gesicht drückte Groll, Eigensinn und Geistesabwesenheit aus, wie bei einem Menschen, der leidet und sich dabei noch Unsinn anhören muß.

»Es ist schon erstaunlich, daß Sie das nicht selbst begreifen können!« fuhr die Lubjanzewa achselzuckend fort. »So verstehen Sie doch, daß Sie kein ganz anständiges Spiel spielen. Ich bin verheiratet, liebe und ehre meinen Mann … habe eine Tochter … Gilt Ihnen denn das alles gar nichts? Außerdem wissen Sie als alter Bekannter doch genau, wie ich über die Familie denke … über die Grundlagen der Familie überhaupt …«

Iljin räusperte sich ärgerlich und seufzte.

»Die Grundlagen der Familie …«, murmelte er. »Du meine Güte!«

»Ja, ja … Ich liebe meinen Mann, achte ihn, und jedenfalls ist mir der häusliche Frieden wichtig. Eher ließe ich mich umbringen, als daß ich die Ursache eines Unglücks für Andrej und seine Tochter sein wollte … Und so bitte ich Sie, Iwan Michailowitsch, ums Himmels willen, lassen Sie mich in Ruhe. Lassen Sie uns wie früher liebe und gute Freunde sein, und hören Sie auf mit diesen Achs und Wehs, die überhaupt nicht zu Ihnen passen. Schluß, abgemacht! Und kein Wort mehr darüber. Sprechen wir von etwas anderem.«

Sofja Petrowna linste wieder hinüber zu Iljins Gesicht. Iljin schaute nach oben, er war bleich und biß sich verärgert auf die zitternden Lippen. Sofja Petrowna konnte nicht verstehen, weshalb er grollte und was ihn so aufbrachte, aber seine Blässe rührte sie.

»Seien Sie doch nicht böse, lassen Sie uns Freunde sein …«, sagte sie schmeichelnd. »Einverstanden? Hier meine Hand darauf.«

Iljin nahm ihre kleine weiche Hand in beide Hände, drückte sie und führte sie langsam zu seinen Lippen.

»Ich bin kein Schuljunge«, murmelte er, »und Freundschaft mit einer geliebten Frau kann mich nicht im geringsten verlocken.«

»Hören Sie auf, bitte! Schluß und aus! Da sind wir ja bei der Bank angelangt, setzen wir uns ein wenig …«

Sofja Petrowna war bis ins Innerste vom süßen Gefühl der Erleichterung erfüllt: Das Schwierigste und Heikelste war gesagt, das quälende Problem gelöst und abgeschlossen. Jetzt konnte sie seufzend aufatmen und Iljin gerade ins Gesicht blicken. Sie sah ihn an, und das egoistische Überlegenheitsgefühl der geliebten Frau über den Liebenden schmeichelte ihr ungemein. Ihr gefiel, daß dieser starke, übergroße Mann mit dem männlichen, grimmigen Gesicht und dem großen schwarzen Bart, dieser kluge, gebildete und, wie es hieß, begabte Mann sich gehorsam neben sie setzte und den Kopf senkte. Ein paar Minuten lang saßen sie schweigend.

»Überhaupt nichts ist abgemacht, nichts ist aus …«, begann Iljin. »Sie predigen mir wie nach einer Vorlage: ›Ich liebe und achte meinen Mann … Grundlagen der Familie …‹ All das weiß ich doch auch ohne Sie und könnte Ihnen noch mehr sagen. Ich sage Ihnen ehrlich und aufrichtig, daß ich mein Verhalten für kriminell und unmoralisch halte. Was wollen Sie mehr? Aber wozu aussprechen, was allen längst bekannt ist? Statt Nachtigallen das Singen zu lehren, sollten Sie mich lieber unterweisen: Was soll ich tun?«

»Ich habe es Ihnen bereits gesagt: Fahren Sie weg!«

»Ich bin ja schon fünfmal weggefahren, das wissen Sie doch genau, und jedesmal auf halbem Wege umgekehrt! Ich könnte Ihnen die Fahrkarten des D-Zugs zeigen – ich habe sie noch alle. Ich bringe einfach den Willen nicht auf, vor Ihnen zu fliehen. Ich kämpfe, kämpfe furchtbar, aber was zum Teufel vermag ich denn noch, wo ich über keinerlei Standfestigkeit mehr verfüge, schwach bin, kleinmütig! Ich komme nicht an gegen meine Natur! Verstehen Sie? Ich kann es nicht. Ich laufe weg, aber sie hält mich am Rockzipfel zurück. Banal, gemein, diese Schwäche!«

Iljin wurde rot, erhob sich und ging neben der Bank auf und ab.

»Ich bin wütend wie ein Hund!« murmelte er vor sich hin und ballte die Fäuste. »Ich hasse und verachte mich! Mein Gott, wie ein ungeratener Schuljunge mache ich einer fremden Frau den Hof, schreibe ihr idiotische Briefe, erniedrige mich … Pfui!«

Iljin griff sich an den Kopf, räusperte sich und setzte sich wieder.

»Und jetzt auch noch Ihre Unaufrichtigkeit!« fuhr er bitter fort. »Wenn Sie etwas gegen mein unschönes Spiel haben, warum sind Sie dann hierhergekommen? Was hat Sie hierhergezogen? In meinen Briefen bitte ich Sie nur um eine direkte, eine kategorische Antwort – ja oder nein, aber statt dessen sind Sie darauf erpicht, mich jeden Tag ›zufällig‹ zu treffen, und dann füttern Sie mich mit Zitaten aus einem Briefsteller!«

Die Lubjanzewa war erschrocken und wurde feuerrot. Sie empfand plötzlich die ganze Peinlichkeit, die anständige Frauen empfinden müssen, wenn man sie ohne Kleider überrascht.

»Sie scheinen ein Spiel meinerseits zu vermuten ...«, murmelte sie. »Ich habe Ihnen immer eine direkte Antwort gegeben und ... und heute habe ich Sie gebeten!«

»Ach, bittet man denn in solchen Dingen? Wenn Sie gleich gesagt hätten: ›Machen Sie, daß Sie fortkommen!‹ – ich wäre schon längst nicht mehr hier, aber das haben Sie mir nicht gesagt. Nicht ein einziges Mal haben Sie mir direkt geantwortet. Merkwürdig, diese Unentschlossenheit! Weiß Gott, entweder Sie spielen mit mir, oder aber ...«

Iljin sprach nicht zu Ende und stützte seinen Kopf auf die Fäuste. Sofja Petrowna war bemüht, sich ihr Verhalten von Anfang bis Ende noch einmal vor Augen zu führen. Sie wußte, daß sie sich all die Tage nicht nur tatsächlich, sondern selbst in ihren geheimsten Gedanken dagegen gesträubt hatte, daß Iljin ihr den Hof machte, aber zur gleichen Zeit fühlte sie, daß an den Worten des Advokaten ein gut Teil Wahrheit war. Und da sie nicht wußte, welche Wahrheit es war, konnte sie auch, so sehr sie nachdachte, keine Antwort auf seine Klage finden. Es wäre peinlich gewesen, nichts zu antworten, deshalb sagte sie achselzuckend:

»Also bin auch noch ich die Schuldige.«

»Ich werfe Ihnen Ihre Unaufrichtigkeit nicht vor«, seufzte Iljin. »Das habe ich so ... nebenbei ist es mir rausgerutscht ... Ihre Unaufrichtigkeit ist normal und liegt in der Natur der Dinge. Wenn alle Menschen sich verabredeten und plötzlich ehrlich würden, dann ginge ihnen doch alles zum Teufel.«

Sofja Petrowna war nicht nach Philosophie zumute, aber sie freute sich über die Gelegenheit, dem Gespräch eine andere Richtung zu geben, und fragte:

»Und warum?«

»Weil ehrlich nur Wilde und Tiere sind. Wenn die Zivilisation erst einmal das Bedürfnis nach einem solchen Luxus wie zum Beispiel die weibliche Tugend ins Leben eingeführt hat, dann ist Ehrlichkeit nicht mehr am Platz ...«

Iljin stocherte ärgerlich mit dem Stock im Sand herum. Die Lubjanzewa hörte ihm zu, verstand vieles nicht, aber die Unterhaltung gefiel ihr. Ihr gefiel vor allem, daß ein begabter Mensch mit ihr, einer gewöhnlichen Frau, über »kluge Dinge« sprach; außerdem verschaffte es ihr großes Vergnügen, zu sehen, wie sich das bleiche, lebhafte und doch auch ärgerliche, junge Gesicht bewegte. Vieles verstand sie nicht, aber deutlich war für sie die schöne Entschlossenheit, mit der dieser moderne Mensch, ohne zu zögern oder im geringsten Bedenken zu hegen, die großen Fragen löste und endgültige Schlüsse zog.

Plötzlich wurde ihr klar, daß sie ihn mit Vergnügen betrachtete, und sie erschrak.

»Verzeihen Sie, aber ich verstehe nicht«, sagte sie hastig, »weshalb fingen Sie von Unaufrichtigkeit an? Ich wiederhole noch einmal meine Bitte: Seien Sie ein guter lieber Freund, lassen Sie mich in Ruhe! Ich bitte Sie aufrichtig!«

»Gut, dann werde ich weiterkämpfen!« seufzte Iljin. »Ich will mir gern Mühe geben ... Nur wird wohl kaum etwas dabei herauskommen. Entweder ich jage mir eine Kugel in den Kopf, oder aber ... das Allerdümmste – ich fange an zu trinken. Dem Unglück kann ich nicht entgehen! Alles hat seine Grenzen, auch der Kampf mit der Natur. Sagen Sie doch, wie man Wahnsinn bekämpfen kann? Wenn Sie Trinker sind, wie können Sie Ihre Sucht überwinden? Was kann ich tun, wenn Ihr Bild in meinem Herzen festgewachsen ist und ständig, Tag und Nacht, vor meinen Augen steht wie eben jetzt diese Kiefer? Unterweisen Sie mich doch, welche Heldentat ich vollbringen soll, um mich aus diesem abscheulichen, unglückseligen Zustand zu retten, wenn alle meine Gedanken, Wünsche, Träume nicht mir, sondern einer Art Dämon gehören, der sich in mir eingenistet hat? Ich liebe Sie, liebe Sie so sehr, daß es mich völlig aus dem Gleis geworfen hat, daß ich meine Arbeit und meine Bekannten im Stich gelassen und meinen Gott vergessen habe! Nie im Leben habe ich so geliebt!«

Sofja Petrowna, die einen solchen Übergang nicht erwartet hatte, rückte von Iljin weg und blickte ihm erschrocken ins Gesicht. Tränen traten ihm in die Augen, seine Lippen zitterten, und über sein Gesicht ergoß sich eine Art dürstender, flehender Ausdruck.

»Ich liebe Sie!« murmelte er und näherte sein Gesicht ihren großen erschrockenen Augen. »Sie sind so schön! Ich leide jetzt, aber ich schwöre es, mein Leben lang würde ich am liebsten so sitzen und leiden und in Ihre Augen sehen. Aber … Schweigen Sie, ich flehe Sie an!«

Sofja Petrowna war gleichsam überrumpelt und suchte hastig nach Worten, um Iljin Einhalt zu gebieten. Ich gehe fort! beschloß sie, aber noch ehe sie überhaupt Anstalten treffen konnte, sich zu erheben, kniete Iljin bereits zu ihren Füßen … Er umarmte ihre Knie, blickte ihr ins Gesicht und redete leidenschaftlich, heftig, schön. In ihrer Angst und Betäubung konnte sie seine Worte nicht aufnehmen; ausgerechnet jetzt, in diesem gefährlichen Moment, wo sich ihre Knie so angenehm aneinanderpreßten wie in einem warmen Bad, suchte sie mit geradezu boshafter Verbissenheit nach einem Sinn in ihren Empfindungen. Sie ärgerte sich, daß sie, statt voller tugendhaftem Protest zu sein, gänzlich von Ohnmacht, Trägheit und Leere erfüllt war, wie ein Betrunkener, dem das Wasser bis zum Hals steht; nur ganz weit weg, in der Tiefe ihrer Seele, stichelte es hämisch: Weshalb gehst du nicht? Dann soll es wohl so sein? Stimmt's?

Sie suchte nach einem Sinn und konnte sich nicht erklären,

wieso sie ihre Hand nicht zurückzog, an der sich Iljin wie ein Blutegel festsaugte, und weshalb sie zur selben Zeit wie Iljin hastig Blicke nach rechts und links warf, ob nicht jemand guckte. Kiefern und Wolken standen reglos und sahen streng aus; wie alte Aufseher, die einen Streich beobachten, sich aber gegen Geld verpflichtet haben, der Obrigkeit nichts zu melden. Die Wache stand wie eine Säule auf dem Damm und blickte, so schien es, zur Bank.

Soll er zusehen! dachte Sofja Petrowna.

»Aber … aber so hören Sie doch!« sagte sie schließlich, mit Verzweiflung in der Stimme. »Wozu soll das bloß führen? Was wird daraus?«

»Ich weiß nicht, ich weiß nicht …«, flüsterte er und versuchte, die unangenehmen Fragen abzuschütteln.

Ein heiser klirrender Pfiff einer Lokomotive war zu hören. Dieser unbeteiligte kalte Klang des prosaischen Alltags ließ die Lubjanzewa zusammenzucken.

»Ich habe keine Zeit … ich muß gehen!« sagte sie und erhob sich rasch. »Der Zug kommt … Andrej kommt! Er muß Mittag essen.«

Sofja Petrowna wandte sich mit flammend rotem Gesicht zum Damm. Erst kroch langsam die Lokomotive vorbei, hinter ihr die Waggons. Es war nicht der Vorortzug, wie die Lubjanzewa geglaubt hatte, sondern ein Güterzug. In langer Reihe zogen die Waggons vor dem weißen Hintergrund der Kirche vorbei, einer nach dem anderen, wie die Tage des menschlichen Lebens, und schienen kein Ende zu nehmen!

Und doch endete der Zug schließlich, der letzte Waggon mit den Laternen und dem Schaffner verschwand hinter dem Grün. Sofja Petrowna drehte sich abrupt um und ging, ohne Iljin anzusehen, den Waldweg zurück. Sie hatte sich wieder in der Gewalt. Schamrot, beleidigt nicht durch Iljin, nein, durch ihren eigenen Kleinmut, die Schmach, daß sie, eine ehrliche und anständige Frau, einem Fremden gestattet hatte, ihre Knie zu umarmen, dachte sie jetzt nur noch das eine: wie sie am schnellsten das Sommerhaus, ihre Familie erreichen könnte. Der Anwalt konnte ihr kaum folgen. Sie bog vom Waldweg auf einen schmalen Pfad ein, warf einen so hastigen Blick auf ihn zurück, daß sie nur den Sand auf seinen Knien sah, und gab ihm mit einem Wink zu verstehen, er möge sie in Ruhe lassen.

Zu Hause angekommen, blieb Sofja Petrowna fünf Minuten reglos in ihrem Zimmer stehen und blickte bald aufs Fenster, bald auf ihren Schreibtisch …

»Ich Elende!« beschimpfte sie sich. »Wie konnte ich nur!«

Und wie zum Trotz rief sie sich noch einmal in allen Einzelheiten, ohne etwas zu verbergen, ins Gedächtnis, wie sie all diese Tage gegen Iljins Avancen gewesen war und wie es sie dennoch danach *verlangt hatte*, sich mit ihm auszusprechen; nicht genug damit: als er ihr zu Füßen lag, hatte sie einen unglaublichen Genuß verspürt. Sie führte sich alles noch einmal vor Augen, ohne sich zu schonen, und wäre jetzt, vor Scham erstickend, froh gewesen, wenn sie sich hätte ohrfeigen können.

Der arme Andrej, dachte sie und bemühte sich, bei dem Gedanken an ihren Mann ihrem Gesicht einen möglichst zärtlichen Ausdruck zu verleihen. Warja, mein armes Mädelchen, weißt nicht, was du für eine Mutter hast! Verzeiht mir, ihr Lieben! Ich liebe euch ja so sehr … so sehr!

Und Sofja Petrowna eilte, in dem Wunsch, sich selbst zu beweisen, daß sie noch immer eine gute Frau und Mutter war, daß das Verderben noch nicht jene »Grundlagen« tangiert hatte, von denen sie zu Iljin gesprochen hatte, in die Küche und schrie dort die Köchin an, weil die den Tisch für Andrej

Iljitsch noch nicht gedeckt hatte. Sie war bemüht, sich das erschöpfte und hungrige Aussehen ihres Mannes vorzustellen, laut bedauerte sie ihn und deckte eigenhändig den Tisch für ihn, was sie sonst nie getan hatte. Dann suchte sie ihr Töchterchen Warja, nahm sie auf den Arm und umarmte sie heftig; das Mädchen kam ihr schwer und kalt vor, aber sie wollte sich das nicht eingestehen und suchte ihm zu erklären, wie gut, rechtschaffen und brav sein Papa sei.

Als Andrej Iljitsch bald darauf kam, begrüßte sie ihn jedoch kaum. Die Aufwallung gekünstelter Gefühle war bereits verklungen, hatte ihr nichts bewiesen, sie lediglich gereizt und in ihrer Verlogenheit geärgert. Sie saß am Fenster, litt und war böse. Nur im Unglück können Menschen begreifen, wie schwierig es ist, Herr seiner Gefühle und Gedanken zu sein. Sofja Petrowna erzählte später, daß in ihr ein »Durcheinander herrschte, in dem ich mich ebenso schwer zurechtfand wie bei rasch fliegenden Spatzen, die man zählen soll«. Aus der Tatsache etwa, daß sie sich nicht über die Ankunft ihres Mannes freute, daß ihr nicht gefiel, wie er sich bei Tisch benahm, schloß sie plötzlich, daß in ihr ein Haß auf ihn keimte.

Andrej Iljitsch, matt vor Hunger und Erschöpfung, wartete, daß man ihm die Suppe reiche, und machte sich über die Wurst her; er aß voller Gier, laut kauend und die Schläfen bewegend.

Mein Gott, dachte Sofja Petrowna, ich liebe ihn ja und achte ihn, aber … warum muß er so widerlich kauen?

In ihren Gedanken gab es nicht weniger Unordnung als in ihren Gefühlen. Wie jeder, der keine Erfahrung im Kampf mit unangenehmen Gedanken hat, bemühte auch sie sich nach Kräften, nicht an ihr Unglück zu denken, und je intensiver sie sich bemühte, desto plastischer trat in ihrer Vorstellung Iljin hervor, der Sand auf seinen Knien, die Flaumwolken, der Zug …

Und weshalb bin ich Närrin heute bloß hingegangen? so quälte sie sich. Bin ich denn wirklich so eine, daß ich nicht für mich garantieren kann?

Die Angst hat tausend Augen. Als Andrej Iljitsch den letzten Gang gegessen hatte, war sie bereits wild entschlossen: Sie würde ihm alles erzählen und so der Gefahr entgehen!

»Andrej, ich muß ernsthaft mit dir reden«, begann sie nach dem Essen, als ihr Mann den Gehrock und die Stiefel auszog, um sich zur Ruhe niederzulegen.

»Was gibt's?«

»Laß uns wegfahren von hier!«

»Hm … wohin? Für die Stadt ist es noch zu früh.«

»Nein, reisen, oder irgendwas, etwa …«

»Reisen …«, murmelte der Notar und reckte sich. »Ich träume ja selbst davon, aber woher das Geld nehmen, und wem vertraue ich das Büro an?«

Er dachte ein wenig nach und fügte dann hinzu:

»Ich sehe schon, du hast Langeweile. Fahr allein, wenn du möchtest!«

Sofja Petrowna stimmte zu, aber gleich tauchte in ihrer Vorstellung Iljin auf, der sich über die Gelegenheit freuen und mit ihr im selben Zug, im selben Waggon reisen würde … Sie dachte nach und blickte auf ihren Mann, der satt, aber immer noch ermattet war. Aus irgendeinem Grund blieb ihr Blick an seinen Füßen hängen, diesen kleinen, fast weiblichen Füßen in den gestreiften Socken, an deren Enden Fädchen herunterhingen …

Hinter dem herabgelassenen Rouleau summte eine Hummel und schlug gegen die Scheibe. Sofja Petrowna schaute auf die Fädchen, hörte die Hummel und stellte sich vor, wie sie reiste … Vis-à-vis sitzt Tag und Nacht Iljin, ohne den Blick von ihr zu wenden, grimmig wegen seiner Schwäche und bleich vor Seelenschmerz. Er preist sich einen verdorbenen Kerl, beschimpft sie, rauft sich die Haare, aber wenn endlich die Dunkelheit einbricht, paßt er den Zeitpunkt ab, wo die Reisenden einschlafen oder an einer Station aussteigen, um vor ihr auf die Knie zu fallen und ihre Beine zu umarmen wie dort bei der Bank …

Plötzlich fuhr sie zusammen, sie träumte ja …

»Hör zu, alleine reise ich nicht!« sagte sie. »Du mußt mit mir fahren!«

»Das sind doch Flausen, Sofotschka!« seufzte Lubjanzew. »Man muß doch vernünftig sein und nur das wünschen, was möglich ist.«

Du würdest mitfahren, wenn du wüßtest! dachte Sofja Petrowna.

Sie beschloß, um jeden Preis zu fahren, und fühlte sich schon gleich außer Gefahr; ihre Gedanken ordneten sich allmählich, sie wurde fröhlicher und gestattete sich sogar, über alles nachzudenken: Egal, was du glaubst oder träumst, du fährst ja weg! Während ihr Mann noch schlief, brach allmählich der Abend an … Sie saß im Wohnzimmer und spielte Klavier. Das abendlich erwachende Leben draußen vor dem Fenster, die Klänge der Musik, vor allem aber der Gedanke, wie klug sie doch war, wie sie das Unglück meisterte, munterten sie vollends auf. Andere Frauen in ihrer Lage – so redete ihr beruhigtes Gewissen ihr ein – würden bestimmt nicht standhalten, würden taumeln im Strudel der Gefühle, sie aber wäre vor Scham fast im Boden versunken, sie hatte gelitten und würde jetzt vor einer Gefahr fliehen, die vielleicht gar nicht bestand! So sehr rührten sie ihre Tugend und Entschlossenheit, daß sie sich gleich dreimal im Spiegel besah.

Als es dunkelte, kamen Gäste. Die Herren setzten sich zum Kartenspiel ins Eßzimmer, die Damen nahmen Wohnzimmer und Terrasse in Beschlag. Später als die anderen erschien Iljin. Er war traurig, mürrisch und wirkte krank. So wie er sich in die Sofaecke gesetzt hatte, blieb er den ganzen Abend sitzen, ohne sich zu erheben. Er, der doch sonst lustig und gesprächig war, schwieg diesmal die ganze Zeit, runzelte die Stirn und strich sich über die Augen. Wenn er auf eine Frage antworten mußte, verzog er gequält nur die Oberlippe zu einem Lächeln und antwortete stockend, grimmig. Fünfmal witzelte er, aber seine Witze gerieten schroff und frech. Sofja Petrowna kam es so vor, als sei er kurz vor einem hysterischen Anfall. Und erst jetzt, wo sie am Klavier saß, wurde ihr überhaupt klar bewußt, daß diesem unglücklichen Menschen nicht zum Scherzen zumute, daß er krank an der Seele war und nicht wußte, wohin mit sich. Ihretwegen vergeudete er die besten Tage seiner Karriere und Jugend, gab sein letztes Geld aus für das Sommerhaus, überließ Mutter und Schwester ihrem Schicksal, aber vor allem – erschöpfte sich im qualvollen Kampf mit sich selbst. Da mußte man sich doch schon aus schlichter Menschenliebe ihm gegenüber ernsthaft verhalten …

Ihr war das alles vollkommen bewußt, schmerzlich bewußt, und wäre sie in diesem Augenblick zu Iljin getreten und hätte ihm »Nein!« gesagt, dann wäre auch in ihrer Stimme die Kraft gewesen, der man schwerlich hätte widerstehen können. Aber sie trat nicht zu ihm, und sie sagte es nicht, ja, sie dachte nicht einmal daran … Das Kleinliche und Egoistische der jungen Natur zeigten sich in ihr wohl nie stärker als an diesem Abend. Ihr war bewußt, daß Iljin unglücklich war und auf dem Sofa wie auf Kohlen saß, er tat ihr ja leid, zugleich aber erfüllte die Gegenwart des Menschen, der sie bis zur Verzweiflung liebte, ihre Seele mit Triumph, mit dem Gefühl ihrer Stärke. Sie spürte ihre Jugend, ihre Schönheit und Unnahbarkeit und nahm sich – sie hatte ja beschlossen, abzureisen! – an diesem Abend alle Freiheiten. Sie kokettierte, lachte ständig, sang besonders gefühlvoll und inspiriert. Alles amüsierte sie, und alles schien ihr zum Lachen – zum Lachen die Erinnerung an die Geschichte bei der Bank, den herüberschauenden Wachsoldaten. Zum Lachen auch die Gäste, die frechen Witze Iljins, die Nadel an seiner Krawatte, die ihr früher nie aufgefallen war. Diese Nadel stellte eine kleine rote Schlange mit diamantenen Äuglein dar; so komisch kam ihr diese kleine Schlange vor, sie hätte sie am liebsten geküßt.

Sofja Petrowna sang die Romanzen nervös, fast trunken vor Übermut, und wählte, als ob sie den fremden Kummer noch weiter reizen wollte, lauter traurige, melancholische Stücke aus, Romanzen um enttäuschte Hoffnungen, um Vergangenes, ums Alter … »Und das Alter rückt immer näher und näher …«, sang sie. Doch was ging sie schon das Alter an?

Ich glaube, da kommt etwas Schlechtes in mir hoch …, dachte sie ab und zu zwischen Lachen und Singen.

Die Gäste verabschiedeten sich um zwölf Uhr. Als letzter ging Iljin. Sofja Petrowna war noch so übermütig, ihn zur untersten Stufe der Terrasse zu begleiten. Sie wollte ihm mitteilen, daß sie mit ihrem Mann fortreisen würde, und sehen, welchen Effekt diese Nachricht auf ihn machen würde.

Der Mond verbarg sich hinter Wolken, aber es war so hell, daß Sofja Petrowna sehen konnte, wie der Wind mit seinen Mantelschößen und dem Terrassenvorhang spielte. Zu sehen war auch, wie bleich Iljin war und wie er die Oberlippe zu einem angestrengten Lächeln verzog …

»Sonja, Sonetschka … meine geliebte Frau!« murmelte er und ließ sie nicht zu Wort kommen. »Meine liebe, schöne …«

In einem Anfall von Zärtlichkeit, mit Tränen in der Stimme, überschüttete er sie mit zärtlichen, immer liebevolleren Worten, schon nannte er sie Du, als wäre sie seine Frau oder Geliebte. Plötzlich und überraschend für sie legte er einen Arm um ihre Taille und ergriff mit dem anderen ihren Ellenbogen.

»Meine geliebte, teure …«, flüsterte er und küßte sie hinten auf den Hals, »sei doch ehrlich, komm jetzt gleich zu mir!«

Sie entwand sich seinen Umarmungen und hob den Kopf, um in Entrüstung auszubrechen und zornig zu werden, aber die Entrüstung gelang ihr nicht, und all ihre hochlöbliche Tugend und Reinheit reichte nur dazu, um jenen Satz zu sagen, den gewöhnliche Frauen immer bei solcher Gelegenheit sagen:

»Sie sind verrückt geworden!«

»Lassen Sie uns gehen!« fuhr Iljin fort. »Gerade eben und dort, bei der Bank, bin ich zu der Überzeugung gelangt, daß auch Sie, Sonja, genauso schwach sind wie ich … Auch Sie können dem Unglück nicht entgehen! Sie lieben mich und versuchen jetzt vergeblich einen Handel mit Ihrem Gewissen …«

Als er sah, daß sie von ihm weglaufen wollte, ergriff er sie an der Spitzenmanschette und redete rasch weiter:

»Wenn nicht heute, dann morgen, aber nachgeben muß man! Wozu bloß dieses Hinauszögern? Meine teuerste, liebe Sonja, das Urteil ist gesprochen, wozu seine Erfüllung noch aufschieben? Weshalb sich betrügen?«

Sofja Petrowna riß sich von ihm los und schlüpfte rasch durch die Tür. Zurück im Wohnzimmer klappte sie mechanisch das Klavier zu, sah lange auf die Vignette über den Noten und setzte sich hin. Sie konnte nicht mehr stehen noch denken … Von der früheren Erregung, dem Übermut waren ihr bloß noch eine furchtbare Schwäche, Lustlosigkeit und innere Leere geblieben. Ihr Gewissen sagte ihr, daß sie sich an diesem Abend schlecht benommen hatte, albern wie ein verrücktes Huhn, daß sie soeben auf der Terrasse umarmt worden war und selbst jetzt noch in der Taille und am Ellenbogen ein Unbehagen spürte. Im Wohnzimmer war keine Menschenseele, nur eine einzige Kerze brannte noch. Sie saß auf dem runden Schemel vor dem Klavier, ohne sich zu rühren, wie in Erwartung. Ein quälendes, unüberwindliches Verlangen gewann immer mehr Macht über sie, nutzte gleichsam ihre extreme Erschöpfung und die Dunkelheit aus. Wie eine Riesenschlange fesselte es ihr die Glieder, die Seele, wuchs mit jeder Sekunde und war schon nicht mehr wie früher eine Drohung, sondern stand klar vor ihr in all seiner Nacktheit.

Eine halbe Stunde saß sie so da, ohne sich zu rühren, und ließ ihren Gedanken über Iljin freien Lauf, dann erhob sie sich nachdenklich und ging langsam ins Schlafzimmer. Andrej Iljitsch war bereits im Bett. Sie setzte sich ans offene Fenster und gab sich ihrem Verlangen hin. Verwirrung gab es jetzt nicht mehr in ihrem Kopf, all ihre Gefühle und Gedanken drängten sich einmütig um das eine klare Ziel. Sie wollte ja eigentlich versuchen zu kämpfen, gab es aber gleich wieder auf … Sie erkannte jetzt, wie stark und unerbittlich der Feind war. Um mit ihm zu kämpfen, brauchte man Kraft und Standfestigkeit, doch Herkunft, Erziehung und Leben hatten ihr nichts gegeben, auf das sie sich hätte stützen können.

Verdorbenes Geschöpf! Elende! so plagte sie sich in ihrer Schwäche. Also so eine bist du?

Derart empört war sie in ihrer beleidigten Wohlanständigkeit über die eigene Schwäche, daß sie sich mit allen möglichen Schimpfwörtern, die ihr gerade einfielen, titulierte und sich viele häßliche, erniedrigende Wahrheiten sagte. So zum

Beispiel, daß sie niemals tugendhaft gewesen und allein aus Mangel an Gelegenheit nicht schon früher gefallen war und daß ihr heutiger Kampf nichts als Spielerei und Komödie gewesen sei …

Angenommen, ich hätte wirklich gekämpft, dachte sie, was war das dann für ein Kampf! Auch die Käuflichen kämpfen, ehe sie sich verkaufen, und doch verkaufen sie sich. Großartig, dieser Kampf: wie Milch – in einem Tag geronnen! In einem Tag!

Und sie ertappte sich dabei, daß nicht ein Gefühl sie aus dem Haus zog, nicht die Persönlichkeit Iljins, sondern Empfindungen, die sie erwarteten … Eine Sommerfrischlerin eben, die sich herumtrieb wie so viele!

»Als man dem Vö-ö-öglein die Mutter tötete«, sang draußen jemand mit dünnem Tenor.

Wenn ich gehe, dann gleich, dachte Sofja Petrowna. Ihr Herz schlug plötzlich beängstigend stark.

»Andrej!« Sie schrie es beinahe. »Hör mal, wir … wir fahren doch? Ja?«

»Ja … Ich habe dir doch gesagt: Fahr alleine!«

»Hör zu …«, sagte sie, »wenn du nicht mit mir fährst, dann riskierst du, mich zu verlieren! Ich habe mich offenbar schon … verliebt!«

»In wen?« fragte Andrej Iljitsch.

»Das kann dir ganz gleichgültig sein, in wen!« schrie Sofja Petrowna.

Andrej Iljitsch setzte sich auf, ließ die Beine herunterhängen und blickte verwundert auf die dunkle Gestalt seiner Frau.

»Unsinn!« Er gähnte.

Er konnte es nicht glauben, war dann aber doch erschrokken. Er überlegte und stellte seiner Frau ein paar belanglose

Fragen, dann redete er etwas von Familie, von Treuebruch … redete müde etwa zehn Minuten lang und legte sich wieder hin. Sein Gerede hatte keinen Erfolg. Es gibt viele Meinungen auf dieser Welt, und gut die Hälfte davon stammt von Menschen, die nie in Not geraten sind!

Trotz der späten Stunde hörte man von draußen immer noch Sommerfrischler. Sofja Petrowna warf sich einen leichten Überwurf um, blieb einen Moment stehen, überlegte … Sie besaß noch die Kühnheit, ihrem verschlafenen Mann zu sagen:

»Du schläfst? Ich gehe spazieren … Magst du mitkommen?«

Das war ihre letzte Hoffnung. Als sie keine Antwort mehr erhielt, ging sie hinaus. Es war windig und frisch. Sie spürte weder Wind noch Dunkelheit, sondern lief und lief … Eine unüberwindliche Kraft trieb sie und hätte sie vermutlich, wäre sie stehengeblieben, in den Rücken gestoßen.

»Verdorbenes Geschöpf!« murmelte sie mechanisch. »Elende!«

Sie war atemlos, schamrot, spürte die Füße nicht mehr unter sich, aber was sie vorantrieb, war stärker als ihre Scham, ihre Vernunft, ihre Angst …

Werotschka

Iwan Alexejewitsch Ognew erinnert sich, wie er an jenem Augustabend die Glastür mit einem klirrenden Laut öffnete und auf die Terrasse hinaustrat. Er trug damals einen leichten Havelock und einen breitrandigen Hut, eben den, der jetzt zusammen mit den Kanonenstiefeln im Staub unter dem Bett liegt. In der einen Hand hielt er ein großes Bündel Bücher, in der anderen einen dicken, knorrigen Spazierstock.

Hinter der Tür, ihm mit der Lampe leuchtend, stand Kusnezow, der Herr der Hauses, ein kahlköpfiger alter Herr mit einem langen grauen Bart, bekleidet mit einer schneeweißen Pikeejacke. Der alte Herr lächelte wohlwollend und nickte ihm zu.

»Leben Sie wohl, mein lieber Alter!« rief Ognew.

Kusnezow stellte die Lampe auf den Tisch und ging auf die Terrasse. Zwei lange schmale Schatten schritten über die Stufen zu den Blumenbeeten hinunter, schwankten hin und her und stießen mit den Köpfen an die Stämme der Linden.

»Leben Sie wohl und noch einmal danke, mein Freund«, sagte Iwan Alexejewitsch. »Danke für Ihr Wohlwollen, Ihre Herzlichkeit, Ihre Liebe … Niemals, so lange ich lebe, werde ich Ihre Gastfreundlichkeit vergessen. Sie sind ein guter Mensch, und Ihre Tochter auch, alle hier bei Ihnen sind so gut, so fröhlich und herzlich. So prächtige Menschen, daß ich gar keine Worte dafür finden kann!«

Im Überschwang der Gefühle und unter dem Einfluß des gerade genossenen Fruchtlikörs sprach Ognew im singenden

Tonfall eines Seminaristen, und er war so gerührt, daß er seine Gefühle weniger mit Worten als durch Augenzwinkern und Schulterzucken zum Ausdruck brachte. Kusnezow, ebenfalls angeheitert und gerührt, ging auf den jungen Mann zu und umarmte ihn.

»Ich habe mich an Sie gewöhnt wie ein Hund an seinen Herrn!« fuhr Ognew fort. »Fast jeden Tag bin ich bei Ihnen gewesen, mindestens zehnmal habe ich hier übernachtet, und Likör habe ich so viel getrunken, daß ich mich lieber nicht daran erinnern will. Aber das Wichtigste, für das ich Ihnen danken möchte, Gawriil Petrowitsch, das ist Ihre Unterstützung und Hilfe. Ohne Sie hätte ich mich bis Oktober hier mit meiner Statistik herumgeplagt. Und ich werde in meinem Vorwort schreiben: Ich halte es für meine Pflicht, dem Vorsitzenden der Semstwo-Verwaltung des Kreises N, Kusnezow, meine Dankbarkeit für seine liebenswürdige Unterstützung auszusprechen. Die Statistik hat eine glänzende Zukunft! Wera Gawrilowna meinen ehrerbietigsten Gruß, und den Doktoren, den beiden Untersuchungsrichtern und Ihrem Sekretär sagen Sie bitte, daß ich ihnen ihre Hilfe nie vergessen werde. Und jetzt, lieber Freund, umarmen und küssen wir uns zum letzten Mal.«

Nochmals umarmte der überspannte Ognew den alten Mann und stieg die Stufen hinunter. Auf der letzten Stufe drehte er sich um und fragte:

»Sehen wir uns vielleicht einmal wieder?«

»Das weiß nur Gott!« antwortete der alte Herr. »Wahrscheinlich nicht mehr!«

»Ja, das ist wohl so! Nach Petersburg werden Sie sich um nichts in der Welt locken lassen, und mich wird es kaum noch einmal in diesen Kreis verschlagen. Also, leben Sie wohl!«

»Sie sollten die Bücher hier lassen«, rief Kusnezow ihm

nach. »Wozu schleppen Sie sich damit ab? Ich würde sie Ihnen morgen nachschicken.«

Aber Ognew hörte schon nicht mehr und entfernte sich schnell von dem Haus. Ihm war, vom Wein beflügelt, gleichzeitig fröhlich, warm und wehmütig zumute … Er ging und dachte darüber nach, wie oft man im Leben guten Menschen begegnet und wie betrüblich es sei, daß von diesen Begegnungen nichts bleibt als Erinnerungen. Es kommt vor, daß am Horizont Kraniche auftauchen, ein schwacher Wind trägt ihr freudig-klagendes Geschrei herüber, und einen Augenblick später siehst du nicht einmal mehr ein Pünktchen, hörst keinen Laut, so begierig du auch in die blaue Ferne blickst – genau so tauchen Menschen mit ihren Gesichtern und Reden im Leben auf und versinken in unserer Vergangenheit, wobei sie nichts hinterlassen als winzige Spuren im Gedächtnis. Iwan Alexejitsch, der seit dem Frühjahr im Kreis N gelebt hatte und fast jeden Tag bei den gastfreundlichen Kusnezows ein und aus gegangen war, hatte sich an den alten Herrn, an seine Tochter und die Dienerschaft wie an Familienangehörige gewöhnt. Das ganze Haus, die anheimelnde Terrasse, die Biegungen der Alleen, die Silhouetten der Bäume über der Küche und dem Badehaus, das alles war ihm bis in die Einzelheiten gegenwärtig: Wenn er jetzt durch die Gartenpforte ging, würde alles Erinnerung werden und für immer seine reale Bedeutung verlieren, und nach ein, zwei Jahren würden all die schönen Bilder in seinem Bewußtsein verblassen wie Hirngespinste und Phantasiegebilde.

Im Leben gibt es nichts Teureres als Menschen! dachte Ognew gerührt, während er durch die Allee zur Gartenpforte ging. Nichts!

Im Garten war es still und warm. Es duftete nach Reseda, Tabakblüten und Heliothrop, die auf den Beeten noch nicht verblüht waren. Die Räume zwischen den Büschen und Baumstämmen waren von einem leichten, zarten, vom Mondlicht durchfluteten Nebel verhangen, und lange blieb es Ognew im Gedächtnis, wie die Nebelfetzen Gespenstern gleich langsam, doch für das Auge sichtbar über die Allee zogen. Der Mond stand hoch über dem Garten, und unter ihm trieben durchsichtige Nebelflecken irgendwohin nach Osten. Die ganze Welt schien aus schwarzen Silhouetten und schwebenden weißen Schatten zu bestehen, und Ognew, der den Nebel und den mondbeschienenen Augustabend vielleicht zum ersten Mal in seinem Leben bewußt wahrnahm, glaubte, er sehe nicht die Natur, sondern eine Dekoration, wo unerfahrene Pyrotechniker, die den Garten in weißes bengalisches Licht tauchen wollten, sich unter den Büschen versteckt hielten und zusammen mit dem Licht auch weiße Rauchwölkchen in die Luft steigen ließen.

Als Ognew zur Gartenpforte kam, löste sich ein dunkler Schatten von dem niedrigen Staketenzaun und kam ihm entgegen.

»Wera Gawrilowna!« rief er freudig aus. »Sie hier? Und ich habe Sie so gesucht, ich wollte mich von Ihnen verabschieden … Leben Sie wohl, ich gehe fort!«

»So früh? Es ist doch erst elf Uhr.«

»Nein, es ist Zeit! Es sind fünf Werst[*] zu gehen, und ich muß noch packen. Morgen muß ich früh aufstehen …«

Vor Ognew stand Kusnezows Tochter Wera, ein Mädchen von einundzwanzig Jahren, wie gewohnt traurig, nachlässig angezogen und interessant. Mädchen, die viel träumen und ganze Tage lang träge und im Liegen alles lesen, was ihnen unter die Finger kommt, die sich nach etwas sehnen und traurig

---

[*] altes Längenmaß (1,067 km)

sind, kleiden sich im allgemeinen nachlässig. Denjenigen unter ihnen, die von Natur mit Geschmack und einem Instinkt für das Schöne begabt sind, verleiht die leichte Nachlässigkeit ihrer Kleidung einen besonderen Reiz. Wenigstens konnte Ognew, wenn er sich später an die hübsche Werotschka erinnerte, sie sich nicht ohne die weite Jacke vorstellen, die in der Taille tiefe Falten warf und den Körper dennoch nicht berührte, nicht ohne die Locke, die ihr aus der hohen Frisur in die Stirn hing, auch nicht ohne das rote gehäkelte Tuch mit den zottigen Fransen an den Rändern, das abends wie eine Fahne bei windstillem Wetter mutlos auf Werotschkas Schultern hing und tagsüber in der Diele zerdrückt neben den Männerhüten herumlag oder auch im Speisezimmer auf der Truhe, wo die alte Katze ungeniert darauf schlief. Von diesem Tuch und den Blusenfalten ging eine ungezwungene Trägheit, Häuslichkeit und Unbekümmertheit aus. Vielleicht weil ihm Wera gefiel, konnte Ognew aus jedem Knopf und jedem Fältchen etwas Warmes, Behagliches, Naives herauslesen, etwas so Schönes und Poetisches, das Frauen fehlt, die unaufrichtig und kalt sind und kein Gefühl für das Schöne haben.

Werotschka war gut gewachsen, hatte ein ebenmäßiges Profil und schönes lockiges Haar. Für Ognew, der in seinem Leben wenig Frauen gesehen hatte, war sie eine Schönheit.

»Ich fahre fort!« sagte er ihr zum Abschied an der Gartenpforte. »Behalten Sie mich in guter Erinnerung! Danke für alles!«

Im gleichen singenden Seminaristentonfall, in dem er mit dem alten Mann geredet hatte, mit dem gleichen Zwinkern und Schulterzucken dankte er Wera für ihre Gastfreundschaft, ihre Herzlichkeit und ihr Wohlwollen.

»Ich habe meiner Mutter in jedem Brief von Ihnen geschrieben«, sagte er. »Wenn alle so wären wie Sie und Ihr Vater, dann wäre unser Leben ein einziger Festtag. Alle Menschen hier sind wunderbar. Einfach, herzlich und aufrecht.«

»Wohin fahren Sie jetzt?« fragte Wera.

»Jetzt fahre ich zu meiner Mutter nach Orjol, bleibe etwa zwei Wochen bei ihr und fahre dann weiter nach Petersburg, um zu arbeiten.«

»Und dann?«

»Dann? Den Winter über werde ich fleißig sein, und im Frühling geht es wieder irgendwohin in einen Kreis, Material sammeln. Nun, viel Glück und ein langes Leben … behalten Sie mich in guter Erinnerung. Wir werden uns wohl nicht wiedersehen.«

Ognew beugte sich herunter und küßte Werotschkas Hand. Dann strich er in stummer Erregung seinen Havelock glatt, faßte das Bücherbündel so, daß er es bequemer tragen konnte, und sagte:

»Wie dicht der Nebel geworden ist!«

»Ja. Sie haben nichts bei uns vergessen?«

»Was denn? Ich glaube nicht.«

Einige Augenblicke stand Ognew schweigend da, dann wandte er sich linkisch zur Gartenpforte und verließ den Garten.

»Warten Sie, ich begleite Sie bis zu unserem Wald«, sagte Wera und trat hinter ihm hinaus.

Sie gingen den Weg entlang. Jetzt verdeckten keine Bäume mehr den Blick, und man konnte den Himmel und den Horizont sehen. Als sei sie mit einem Schleier überzogen, hüllte sich die ganze Natur in einen matten durchsichtigen Dunst, durch den ihre Schönheit heiter hervorblickte; der Nebel, jetzt dichter und weißer, legte sich ungleichmäßig zwischen die Getreidegarben und Büsche oder zog in Fetzen über den Weg, drückte sich auf den Boden und schien bemüht, die

Weite nicht zu verdecken. Durch den Dunst hindurch war der ganze Weg bis zum Wald zu sehen, die dunklen Gräben an beiden Seiten und das niedrige Gebüsch, das in den Gräben wuchs und den Nebelschwaden Einhalt gebot. Eine halbe Werst von der Pforte entfernt hob sich dunkel der Rand des Kusnezowschen Waldes ab.

Warum ist sie mit mir gegangen? Ich werde sie zurückbegleiten müssen! dachte Ognew; als er jedoch Weras Profil betrachtete, lächelte er sanft und sagte:

»Bei so einem herrlichen Wetter möchte man nicht fortfahren! Der Abend ist wirklich wie aus einem Roman, mit Mondschein, Stille und allem, was dazugehört. Wissen Sie was, Wera Gawrilowna? Ich bin jetzt neunundzwanzig Jahre auf dieser Welt, aber ich habe noch nie eine Liebe erlebt, in meinem ganzen Leben gab es nicht eine Romanze, so daß ich Rendezvous, Seufzeralleen und Küsse nur vom Hörensagen kenne. Das ist nicht normal. Wenn man in der Stadt in seinem Zimmer sitzt, empfindet man dieses Versäumnis nicht, hier aber in der frischen Luft, spürt man es deutlich … Da wird man irgendwie bitter!«

»Warum erzählen Sie das?«

»Ich weiß nicht. Wahrscheinlich hatte ich mein Leben lang nie Zeit, und vielleicht bin ich einfach nicht solchen Frauen begegnet, die … Eigentlich habe ich wenig Bekannte, und ich gehe nirgends hin.«

Etwa dreihundert Schritte gingen die jungen Menschen schweigend. Ognew blickte immer wieder auf Werotschkas unbedeckten Kopf und ihr Schultertuch, und in seiner Seele stiegen einer nach dem anderen die vergangenen Frühlings- und Sommertage wieder auf; es war eine Zeit gewesen, in der er fern von seinem grauen Petersburger Zimmer die Herzlichkeit lieber Menschen, die Natur und seine geliebte Arbeit genoß und nicht bemerkte, wie die Morgenröte von der Abenddämmerung abgelöst wurde und wie nacheinander, das Ende des Sommers verkündend, zuerst die Nachtigallen, dann die Wachteln und etwas später der Wachtelkönig zu singen aufhörten … Die Zeit verflog unbemerkt, also war das Leben schön und leicht … Laut fing er an, sich in Erinnerung zu rufen, mit welchem Mißmut er – unvermögend, an Veränderungen und an Menschen nicht gewöhnt – Ende April in den N'schen Kreis gekommen war, wo er Langeweile und Einsamkeit vorzufinden erwartete und mit Gleichgültigkeit gegenüber der Statistik rechnete, die doch seiner Meinung nach jetzt unter den Wissenschaften einen bedeutenden Platz einnahm. Er war an einem Aprilmorgen im Kreisstädtchen N angekommen und im Gasthaus des Altgläubigen Rjabuchin abgestiegen, wo man ihm für zwanzig Kopeken in Silber ein helles und sauberes Zimmer gab, unter der Bedingung, daß er nur draußen rauchen würde. Nachdem er sich ausgeruht und erkundigt hatte, wer im Kreis das Amt des Vorsitzenden der Semstwo-Verwaltung bekleidete, hatte er sich sofort zu Gawriil Petrowitsch aufgemacht. Er mußte vier Werst durch saftige Wiesen und junge Haine laufen. Unter den Wolken tirilierten die Lerchen und erfüllten die Luft mit silbrigen Klängen, und über die grünenden Felder flogen Saatkrähen mit ruhigem und gemessenem Flügelschlag.

Mein Gott, hatte sich Ognew damals gewundert, atmet man hier wirklich immer solche Luft, oder duftet es nur heute so zu Ehren meiner Ankunft?

In Erwartung eines kühlen und unpersönlichen Empfangs war er zögernd bei Kusnezow eingetreten, hatte finster dreingeblickt und verlegen an seinem Bärtchen gezupft. Der alte Herr hatte anfangs die Stirn gerunzelt und nicht begriffen, wozu diesem jungen Mann und seiner Statistik die Semstwo-

Verwaltung von Nutzen sein konnte, doch als dieser ihm in aller Ausführlichkeit dargelegt hatte, was statistisches Material sei und wie es gesammelt werde, wurde Gawriil Petrowitsch lebhafter, begann zu lächeln und sah sich mit kindlicher Neugier die Hefte an ... Am Abend desselben Tages saß Ognew bereits mit den Kusnezows beim Abendessen, war von dem starken Fruchtlikör schnell berauscht, und als er die ruhigen Gesichter und langsamen Bewegungen seiner neuen Bekannten sah, spürte er in seinem ganzen Körper eine süße, schläfrige Trägheit; er hatte nur noch den Wunsch zu schlafen, sich zu recken und zu lächeln. Und seine neuen Bekannten betrachteten ihn wohlwollend und fragten, ob sein Vater und seine Mutter noch lebten, wieviel er im Monat verdiene und ob er häufig ins Theater gehe ...

Ognew rief sich seine Fahrten durch die Landkreise ins Gedächtnis, die Picknicks, die Angeltouren, den Ausflug zum Nonnenkloster mit der ganzen Gesellschaft zur Äbtissin Marfa, die jedem der Gäste eine Geldbörse aus Glasperlen schenkte; er dachte an die endlosen hitzigen, echt russischen Wortgefechte, bei denen die Streithähne, sich ereifernd und mit der Faust auf den Tisch schlagend, einander ins Wort fallen, sich gegenseitig nicht verstehen wollen und sich dabei, ohne es zu merken, in jedem Satz widersprechen, manchmal auch das Thema wechseln und schließlich, wenn sie sich zwei bis drei Stunden gestritten haben, lachend sagen:

»Weiß der Teufel, warum wir diesen Streit vom Zaun gebrochen haben! Zuerst ist alles eitel Sonnenschein, und dann liegen wir uns auf einmal in den Haaren ...«

»Wissen Sie noch, wie Sie, der Doktor und ich nach Schestowo geritten sind?« erinnerte Iwan Alexejitsch Wera, als sie sich dem Wald näherten. »Damals lief uns so ein Gottesnarr über den Weg. Ich gab ihm ein Fünfkopekenstück, er aber bekreuzigte sich dreimal und warf mein Geldstück in den Roggen. Mein Gott, wie viele Eindrücke nehme ich mit. Preßte man sie zu einer kompakten Masse, ergäbe das einen schönen Goldbarren! Ich begreife nicht, warum kluge und empfindsame Menschen sich in den Städten drängen und nicht hierher kommen. Gibt es etwa auf dem Newski Prospekt und in den großen feuchten Häusern mehr Freiheit und Wahrheit als hier? Wahrhaftig, mir sind die möblierten Zimmer, von oben bis unten vollgestopft mit Künstlern, Gelehrten und Journalisten, von jeher wie ein großer Irrtum vorgekommen.«

Zwanzig Schritt vom Wald entfernt führte eine kleine schmale Brücke über den Weg, mit Pfosten an den Ecken, an der die Kusnezows und ihre Gäste auf ihren abendlichen Spaziergängen immer Rast machten. Von hier aus konnte, wer wollte, im Wald ein Echo hervorlocken, und man konnte sehen, wie sich der Weg in einer dunklen Schneise verlor.

»Wir sind an der Brücke«, sagte Ognew. »Hier müssen Sie umkehren ...«

Wera blieb stehen und schöpfte Atem.

»Setzen wir uns doch«, sagte sie und ließ sich auf einem der Pfosten nieder. »Wenn man vor einer Reise Abschied nimmt, ist es üblich, sich für einen Augenblick hinzusetzen.«

Ognew ließ sich neben ihr auf seinem Bücherbündel nieder und redete weiter. Sie atmete schwer nach dem Gehen und sah Iwan Alexejitsch nicht an, sondern blickte zur Seite, so daß er ihr Gesicht nicht sehen konnte.

»Und plötzlich in zehn Jahren sehen wir uns wieder«, sagte er. »Wie werden wir dann sein? Sie sind dann eine geachtete Familienmutter und ich der Autor eines achtbaren statistischen Sammelwerks, das keiner braucht, dick wie vierzigtausend Bände. Wir begegnen uns und erinnern uns an frühere Tage ... Jetzt fühlen wir die Gegenwart, sie erfüllt und beschäftigt uns, später aber, bei einem Wiedersehen, werden wir uns nicht mehr an den Tag, den Monat, ja nicht einmal an das Jahr erinnern, in dem wir uns zum letzten Mal auf dieser Brücke gesehen haben. Sie werden sich wahrscheinlich verändern … Hören Sie, werden Sie sich verändern?«

Wera zuckte zusammen und wandte ihm ihr Gesicht zu.

»Wie?« fragte sie.

»Ich habe Sie eben etwas gefragt …«

»Verzeihen Sie, ich habe nicht gehört, was Sie gesagt haben.«

Erst jetzt bemerkte Ognew die Veränderung an Wera. Sie war blaß, atmete stockend, und ihr zitterndes Atmen übertrug sich auf ihre Hände, ihren Kopf und ihre Lippen; und aus ihrem Haar war ihr nicht eine Locke in die Stirn gefallen wie sonst, sondern zwei … Offensichtlich vermied sie es, ihm direkt in die Augen zu sehen, und um ihre Erregung zu verbergen, zupfte sie bald ihren Kragen zurecht, der sie am Hals zu beengen schien, bald zog sie ihr rotes Tuch von einer Schulter auf die andere …

»Ihnen ist wohl kalt«, sagte Ognew. »Im Nebel zu sitzen ist nicht gerade gesund. Kommen Sie, ich bringe Sie nach Hause.«

Wera schwieg.

»Was ist mit Ihnen«, lächelte Iwan Alexejitsch. »Sie schweigen und antworten nicht auf meine Fragen. Geht es Ihnen nicht gut, oder sind Sie böse? Nun?«

Wera preßte eine Hand fest an die Wange, die Ognew zugekehrt war, zog sie aber sogleich wieder heftig zurück.

»Eine schreckliche Lage …«, flüsterte sie, und auf ihrem Gesicht lag ein Ausdruck großen Schmerzes. »Schrecklich!«

»Weshalb ist sie schrecklich?« fragte Ognew und zuckte mit den Achseln, seine Verwunderung nicht verbergend. »Was ist denn?«

Immer noch schwer atmend und mit bebenden Schultern wandte Wera ihm den Rücken zu, blickte eine kleine Weile zum Himmel und sagte:

»Ich muß mit Ihnen reden, Iwan Alexejitsch ...«

»Ich höre.«

»Es wird Ihnen vielleicht merkwürdig erscheinen ... Sie werden sich wundern, aber mir ist jetzt alles gleich ...«

Ognew zuckte wieder mit den Achseln und schickte sich an, ihr zuzuhören.

»Es ist so ...«, begann Werotschka mit gesenktem Kopf und zupfte an einer Franse ihres Tuches. »Sehen Sie, ich wollte Ihnen etwas ... sagen ... Ihnen wird es merkwürdig und ... dumm erscheinen, aber ich ... ich kann nicht mehr.«

Weras Rede ging über in unverständliches Murmeln und wurde plötzlich von Weinen unterbrochen. Das Mädchen bedeckte das Gesicht mit ihrem Tuch, beugte sich noch tiefer herunter und begann bitterlich zu schluchzen. Iwan Alexejitsch seufzte verlegen, er wußte nicht, was er sagen oder tun sollte, und sah sich ebenso verwundert wie hilflos nach allen Seiten um. Er war an Tränen nicht gewöhnt, und so begannen ihm selbst die Augen zu jucken.

»Das fehlte noch!« murmelte er bestürzt. »Wera Gawrilowna, wozu das, möchte man fragen. Meine Liebe, Sie ... sind Sie krank? Oder hat Sie jemand gekränkt? Sagen Sie es mir, vielleicht ... kann ich Ihnen helfen ...«

Als er in dem Versuch, sie zu trösten, es wagte, die Hände von ihrem Gesicht zu ziehen, lächelte sie ihn unter Tränen an und sagte:

»Ich ... ich liebe Sie!«

Diese Worte, schlicht und allgemein bekannt, waren in einfacher menschlicher Sprache gesagt, Ognew jedoch wandte sich in großer Verwirrung von Wera ab. Er stand auf, und als seine Verwirrung nachließ, spürte er ein Erschrecken.

Die Trauer, die Wärme und die sentimentale Stimmung, die ihn durch den Abschied und den Likörgenuß überkommen hatte, waren plötzlich verschwunden und machten einer heftigen, unbehaglichen und beklemmenden Verlegenheit Platz. Als habe sich in seiner Seele das Unterste zuoberst gekehrt, schielte er zu Wera hinüber, und sie erschien ihm jetzt, nachdem sie ihm ihre Liebe erklärt und die Unnahbarkeit abgelegt hatte, die einer Frau so gut steht, kleiner, einfacher, weniger strahlend.

Was ist denn nur? fragte er sich entsetzt. Aber ich … liebe ich sie oder nicht? Das ist die Frage!

Sie hingegen, da das Wichtigste und Schwerste endlich gesagt war, atmete jetzt leicht und frei. Sie war ebenfalls aufgestanden, sah Iwan Alexejitsch gerade ins Gesicht und begann zu sprechen: schnell, unaufhaltsam, leidenschaftlich.

Wie ein Mensch, der plötzlich einen Schrecken erlebt, sich nicht mehr an die Abfolge der Laute erinnern kann, mit denen die Katastrophe über ihn hereingebrochen ist, so erinnert sich auch Ognew nicht an Weras Worte und Sätze. Im Gedächtnis geblieben sind ihm nur der Inhalt ihrer Worte, sie selbst und die Empfindung, die diese Worte in ihm ausgelöst haben. Er entsinnt sich noch ihrer fast erstickten, vor Erregung ein wenig heiseren Stimme und der ungewöhnlichen Musik und Leidenschaftlichkeit ihres Tonfalls. Weinend und unter Tränen lachend, die auf ihren Wimpern glänzten, erzählte sie ihm, er habe sie seit den ersten Tagen ihrer Bekanntschaft durch seine Originalität, seinen Verstand, seine gütigen und klugen Augen, seine Lebensaufgaben und -ziele beeindruckt, und sie habe eine leidenschaftliche, heftige und tiefe Liebe zu ihm gefaßt. Manchmal im Sommer, wenn sie aus dem Garten ins Haus gegangen sei und in der Diele seinen Havelock gesehen oder von ferne seine Stimme gehört habe, sei ihr Herz von einem Schauer, einem Glücksgefühl erfaßt worden; sogar seine albernen Scherze hätten sie zum Lachen gebracht, in jeder Ziffer in seinen Heften habe sie etwas ungewöhnlich Kluges und Großartiges gesehen, sein knorriger Spazierstock sei ihr schöner erschienen als jeder Baum.

Der Wald, die Nebelschwaden und die dunklen Gräben zu beiden Seiten der Straße schienen verstummt zu sein und ihr zu lauschen, doch in Ognews Seele ging etwas Unschönes und Seltsames vor ... Als Wera ihm ihre Liebe erklärte, war sie bezaubernd schön, sie sprach wunderbar und leidenschaftlich, er aber empfand keine Beglückung, keine tiefe Freude, so sehr er es gewollt hätte, sondern nur ein Gefühl des Mitleids für Wera, es schmerzte ihn und tat ihm leid, daß ein guter Mensch seinetwegen litt. Gott allein weiß, ob aus ihm weltfremde Vernunft sprach oder ob sich der unüberwindliche Hang zur Objektivität zeigte, der die Menschen so häufig zu leben hindert; jedenfalls erschienen ihm Weras Verzückung und Leiden süßlich und nicht ernst zu nehmen, gleichzeitig aber empörte sich sein Gefühl dagegen und flüsterte ihm zu, daß alles, was er jetzt sah und hörte, vom Standpunkt der Natur und des persönlichen Glücks aus wichtiger war als alle Statistiken, Bücher und Wahrheiten ... Und er ärgerte sich und fühlte sich schuldig, obwohl er nicht begriff, worin seine Schuld eigentlich lag.

Sein Unbehagen war um so größer, als er überhaupt nicht wußte, was er sagen sollte, und sagen mußte er unbedingt etwas. Einfach zu erklären »Ich liebe Sie nicht«, dazu hatte er nicht die Kraft, und »Ja« sagen konnte er nicht, denn so sehr er auch danach forschte, er fand in seinem Herzen nicht ein Fünkchen ...

Er schwieg, und sie sagte unterdessen, es gäbe für sie kein höheres Glück, als ihn zu sehen, mit ihm zu gehen, wohin er wolle, und sei es jetzt gleich, seine Frau und Gefährtin zu sein, und wenn er von ihr fortginge, würde sie sterben vor Gram ...

»Ich kann hier nicht bleiben!« sagte sie, die Hände ringend. »Mir sind das Haus, der Wald und die Luft unerträglich geworden. Ich halte die ständige Ruhe und das ziellose Leben nicht aus, ich ertrage unsere farblosen und nichtssagenden Menschen nicht, die einander gleichen wie ein Ei dem anderen. Sie sind alle herzlich und freundlich, weil sie satt sind, weil sie nicht leiden und nicht kämpfen ... Ich aber will gerade in die großen feuchten Häuser, wo man leidet und von Arbeit und Elend hart wird ...«

Auch das erschien Ognew süßlich und unbesonnen. Als Wera geendet hatte, wußte er immer noch nicht, was er sagen sollte, schweigen aber durfte er nicht mehr, und so brachte er heraus:

»Ich bin Ihnen sehr dankbar, Wera Gawrilowna, obwohl ich mir bewußt bin, daß ich ... ein solches Gefühl ... von Ihrer Seite ... in keiner Weise verdient habe. Zweitens muß ich Ihnen als ehrlicher Mensch sagen, daß Glück ... auf einem Gleichgewicht beruht, das heißt, wenn beide Seiten sich ... gleichermaßen lieben ...«

Doch sogleich schämte sich Ognew seines Gestammels und schwieg. Er spürte, daß sein Gesichtsausdruck in diesem Moment dumm, schuldbewußt und fade war, voller Anspannung und unnatürlich ... Wera verstand es offenbar, die Wahrheit in seinem Gesicht zu lesen, denn sie wurde plötzlich ernst und blaß und ließ den Kopf hängen.

»Verzeihen Sie mir«, murmelte Ognew, der das Schweigen nicht ertrug. »Ich verehre Sie so sehr, daß ... mir das alles weh tut!«

Wera wandte sich abrupt um und ging rasch zu dem Anwesen zurück. Ognew folgte ihr.

»Nein, das ist nicht nötig!« sagte Wera und machte eine abwehrende Handbewegung. »Bleiben Sie, ich gehe alleine zurück …«

»Nein, trotz allem … es gehört sich nicht …«

Alles, was Ognew auch gesagt hatte, jedes seiner Worte erschien ihm nun abscheulich und platt. Sein Schuldgefühl nahm mit jedem Schritt zu. Er war wütend, ballte die Fäuste und verwünschte seine Kälte und seine Unbeholfenheit im Umgang mit Frauen. Bemüht, Gefühle in sich zu wecken, blickte er auf Werotschkas schöne Figur, ihr Haar und die Spuren, die ihre kleinen Füße auf dem staubigen Weg hinterließen, er rief sich ihre Worte und Tränen in Erinnerung, all das aber stimmte sein Herz nur weich, brachte es jedoch nicht in Erregung.

Mit Gewalt kann man sich eben nicht verlieben! versuchte er sich selbst zu überzeugen, dachte aber im selben Moment: Wann werde ich mich je anders verlieben als mit Gewalt? Ich gehe doch schon auf die Dreißig zu! Einer besseren Frau als Wera bin ich nie begegnet und werde ich nie begegnen … Ach, dieses verfluchte Alter! Alt mit dreißig Jahren!

Wera ging immer schneller vor ihm her, sah sich nicht um und hielt den Kopf gesenkt. Ihm schien, sie sei aus Kummer kleiner geworden und ihre Schultern schmaler …

Ich kann mir vorstellen, was jetzt in ihrem Herzen vor sich geht! dachte er, ihren Rücken betrachtend. Sie schämt sich sicher und fühlt sich so elend, daß sie am liebsten sterben möchte! Mein Gott, wieviel Leben, Poesie und Sinn ist doch in dem allen, es könnte einen Stein erweichen, und ich … ich bin dumm, und alles ist bei mir ohne Sinn und Verstand!

Am Gartentor sah Wera sich flüchtig nach ihm um, kroch

in sich zusammen, hüllte sich in ihr Tuch und ging rasch durch die Allee.

Iwan Alexejitsch blieb allein zurück. Auf dem Weg zurück zum Wald ging er langsam, blieb immer wieder stehen und sah sich nach der Gartenpforte um, wobei seine ganze Körperhaltung Ungläubigkeit ausdrückte. Mit den Augen suchte er auf dem Weg nach den Spuren von Werotschkas Füßen und konnte nicht glauben, daß das Mädchen, das ihm so gefiel, ihm gerade eben ihre Liebe erklärt hatte und daß er sie so plump und grob zurückgewiesen hatte. Zum ersten Mal im Leben mußte er sich aus eigener Erfahrung davon überzeugen, wie wenig der Mensch von seinem guten Willen abhängt, und am eigenen Leib erfahren, wie ein anständiger und warmherziger Mensch sich fühlt, der wider seinen Willen seinem Nächsten grausame und unverdiente Leiden zufügt.

Sein Gewissen quälte ihn, und nachdem Wera verschwunden war, schien es ihm, als habe er etwas sehr Teures, Vertrautes verloren und werde es nie mehr wiederfinden. Er fühlte, mit Wera war ein Teil seiner Jugend verlorengegangen, und die Augenblicke, die er so ungenutzt hatte vergehen lassen, würden sich nie mehr wiederholen.

Als er zu der kleinen Brücke kam, blieb er stehen und dachte nach. Er wollte den Grund für seine merkwürdige Kälte finden. Daß dieser in ihm selbst und nicht außerhalb seiner Person lag, war für ihn klar. Offen gestand er sich ein, daß es keine Verstandeskälte war, derer sich kluge Menschen häufig rühmen, nicht die Kälte eines selbstverliebten Dummkopfs, sondern schlicht eine Unfähigkeit des Herzens, das Unvermögen, Schönheit wirklich wahrzunehmen, ein frühes Altern, bedingt durch Erziehung, durch den verrohenden Kampf um ein Stück Brot und das einsame Leben in einem möblierten Zimmer.

Von der Brücke aus ging er langsam, fast widerwillig weiter in den Wald. Hier, wo in der dichten schwarzen Dunkelheit da und dort das Mondlicht in hellen Flecken schimmerte, wo er nichts als seine Gedanken wahrnahm, wünschte er sich leidenschaftlich, das Verlorene zurückzugewinnen.

Und Iwan Alexejitsch erinnert sich, daß er wieder umkehrte. Er feuerte sich durch Erinnerungen an, zeichnete in seiner Phantasie verbissen ein Bild von Wera und schritt rasch auf den Garten zu. Auf dem Weg und im Garten hatte sich der Nebel verzogen, und ein heller Mond blickte wie frischgeputzt vom Himmel, nur im Osten war die Landschaft noch verhangen und dunkel … Ognew erinnert sich an seine vorsichtigen Schritte, die dunklen Fenster, den starken Duft nach Heliothrop und Reseda. Sein alter Freund Karo kam freudig schwanzwedelnd auf ihn zu und schnupperte an seiner Hand … Es war das einzige Lebewesen, das sah, wie er zweimal um das Haus herumlief, vor Weras dunklem Fenster stehenblieb, dann resigniert abwinkte und mit einem tiefen Seufzer den Garten verließ.

Eine Stunde später war er bereits im Städtchen, erschöpft und zerschlagen lehnte er sich mit seinem ganzen Körper und mit brennendem Gesicht an das Tor des Gasthofs und bediente den Klopfer. Irgendwo bellte schlaftrunken ein Hund, und wie als Antwort auf sein Klopfen wurde neben der Kirche das gußeiserne Klopfbrett zum Klingen gebracht …

»Treibst dich nachts herum …«, knurrte der altgläubige Wirt, der ihm in einem langen Hemd, das wie ein Frauengewand aussah, das Tor öffnete.

»Was treibst du dich herum, solltest lieber zu Gott beten.«

In seinem Zimmer angekommen, ließ Iwan Alexejitsch sich auf das Bett fallen und schaute lange ins Feuer, dann schüttelte er den Kopf und begann zu packen …

Der Namenstag

I

Nach dem Namenstagsessen mit seinen acht Gängen und endlosen Gesprächen ging Olga Michailowna, die Frau des Gefeierten, in den Garten. Die Verpflichtung, ununterbrochen zu lächeln und zu reden, das Geklapper des Geschirrs, der Unverstand der Dienerschaft, die langen Pausen zwischen den Gängen und das Korsett, das sie angelegt hatte, um ihre Schwangerschaft vor den Gästen zu verbergen, hatten sie bis zur Erschöpfung ermüdet. Sie wollte sich möglichst weit vom Haus entfernen, im Schatten sitzen und sich bei den Gedanken an das Kind ausruhen, das sie in etwa zwei Monaten zur Welt bringen sollte. Sie war daran gewöhnt, daß diese Gedanken sich einstellten, wenn sie von der großen Allee nach links in einen schmalen Pfad einbog; hier im tiefen Schatten der Pflaumen- und Kirschbäume zerkratzten ihr die trockenen Zweige Schultern und Hals, Spinnweben legten sich auf ihr Gesicht, und vor ihrem inneren Auge erstand die Gestalt eines kleinen Menschleins unbestimmten Geschlechts mit undeutlichen Zügen, und es schien ihr immer, als würde ihr dieses kleine Menschlein Gesicht und Hals zärtlich kitzeln und nicht die Spinnweben. Wenn dann am Ende des Pfades ein brüchiger Flechtzaun zu sehen war und dahinter bauchige Bienenstöcke mit Tondeckeln, wenn es in der regungslosen, schwülen Luft nach Heu und Honig zu duften begann und das sanfte Summen der Bienen zu hören war, nahm das kleine Menschlein ganz von Olga Michailowna Besitz. Sie setzte sich

auf eine kleine Bank neben einer Laube, die aus Weiden ge-
flochten war, und gab sich ihren Gedanken hin.

Auch diesmal kam sie zu der kleinen Bank, setzte sich und
begann nachzudenken; doch in ihrer Phantasie tauchten statt
des kleinen Menschleins die großen Leute auf, vor denen sie
gerade eben geflohen war. Es machte ihr zu schaffen, daß sie,
die Hausherrin, die Gäste allein gelassen hatte; und sie mußte
daran denken, wie ihr Mann Pjotr Dmitritsch und ihr Onkel
Nikolai Nikolajitsch beim Essen über das Schwurgericht, die
Presse und die Frauenbildung gestritten hatten; ihr Mann
stritt gewöhnlich, um vor den Gästen mit seiner konservati-
ven Haltung großzutun, noch mehr aber, weil er dem Onkel
nicht recht geben wollte, den er nicht mochte; der Onkel dagegen widersprach ihm und bekrittelte jedes seiner Worte,
um den Tischgästen zu zeigen, daß er, der Onkel, sich trotz
seiner neunundfünfzig Jahre noch die jugendliche Frische
des Geistes und die Freiheit des Denkens bewahrt habe. Olga
Michailowna selbst hatte es gegen Ende des Essens nicht
mehr ertragen und hatte ungeschickt die höhere Frauenbildung verteidigt, nicht weil eine Verteidigung angebracht gewesen wäre, sondern einfach, weil sie ihren Mann ärgern
wollte, der ihrer Meinung nach ungerecht war. Die Gäste hatte
dieser Streit ermüdet, doch hatten es alle für nötig befunden,
sich einzumischen und endlos zu reden, obwohl sie weder das
Schwurgericht noch die Frauenbildung interessierte …

Olga Michailowna saß diesseits des Flechtzauns neben der
Laube. Die Sonne hatte sich hinter Wolken versteckt, Bäume
und Luft wirkten düster wie vor einem Regen, trotzdem war
es heiß und schwül. Das am Vorabend von Peter und Paul
unter den Bäumen gemähte Heu war noch nicht eingefahren
und lag traurig da; es schimmerte bunt mit seinen verwelk-
ten Blumen und strömte einen schweren, süßlichen Duft

aus. Es war still. Hinter dem Zaun summten eintönig die Bienen …

Plötzlich waren Schritte und Stimmen zu hören. Jemand ging auf dem Pfad zum Bienenstand.

»Es ist schwül!« sagte eine Frauenstimme. »Was meinen Sie, wird es Regen geben oder nicht?«

»Ja, mein reizendes Kind, aber nicht vor der Nacht«, erwiderte salopp eine ihr wohlvertraute Männerstimme. »Es wird ordentlich regnen.«

Olga Michailowna überlegte, daß man sie nicht bemerken und weitergehen würde, wenn sie sich schnell in der Laube versteckte; dann müßte sie nicht reden und nicht ein gezwungenes Lächeln aufsetzen. Sie raffte ihr Kleid, bückte sich und betrat die Laube. Dampfende schwülheiße Luft schlug ihr entgegen und legte sich auf Gesicht, Hals und Arme. Wären die Schwüle und der stickige Geruch nach Roggenbrot, Dill und Weiden nicht gewesen, der ihr das Atmen schwermachte, sie hätte sich unter dem Strohdach und in der Dämmerung wunderbar vor den Gästen verstecken und an das kleine Menschlein denken können. Hier war es still und gemütlich.

»Was für ein herrliches Plätzchen!« sagte die Frauenstimme. »Setzen wir uns, Pjotr Dmitritsch.«

Olga Michailowna blickte durch eine Ritze zwischen zwei Weidenruten. Sie sah ihren Mann Pjotr Dmitritsch und Ljubotschka Scheller, ein siebzehnjähriges Mädchen, das erst kürzlich das Institut absolviert hatte. Pjotr Dmitritsch, den Hut im Nacken, matt und träge, da er zum Essen viel getrunken hatte, ging leicht wippend am Zaun entlang und schob mit dem Fuß das Heu zu einem Haufen zusammen. Ljubotschka, ganz rosig von der Hitze und hübsch wie immer, stand da, die Hände auf dem Rücken, und verfolgte die trägen Bewegungen seines großen schönen Körpers.

Olga Michailowna wußte, daß ihr Mann den Frauen gefiel und – sah ihn nicht gerne mit ihnen. Es war nichts Besonderes dabei, daß Pjotr Dmitritsch lässig das Heu zusammenschob, um sich mit Ljubotschka darauf niederzulassen und über Nichtigkeiten zu plaudern; es war auch nicht weiter schlimm, daß die hübsche Ljubotschka ihn mit sanften Augen ansah, trotzdem aber empfand Olga Michailowna Zorn auf ihren Mann und auch Angst und Befriedigung darüber, daß sie jetzt lauschen konnte.

»Setzen Sie sich, Sie bezauberndes Geschöpf«, sagte Pjotr Dmitritsch, ließ sich auf das Heu nieder und reckte sich. »Ja, so ist's gut. Und nun erzählen Sie.«

»Das fehlte noch. Ich erzähle Ihnen was, und Sie schlafen ein.«

»Ich einschlafen? Allah kerim!* Kann ich denn einschlafen, wenn mich diese Äuglein ansehen?«

An den Worten ihres Mannes und daran, daß er sich in Anwesenheit seines Gastes mit dem Hut im Nacken so hinlümmelte, war ebenfalls nichts Besonderes. Er war von den Frauen verwöhnt, wußte, daß er ihnen gefiel, und hatte sich im Umgang mit ihnen einen besonderen Ton zugelegt, der ihm, wie alle sagten, gut stand. Ljubotschka behandelte er wie alle anderen Frauen. Olga Michailowna war trotzdem eifersüchtig.

»Sagen Sie bitte«, begann Ljubotschka nach kurzem Schweigen, »stimmt es, daß vor Gericht gegen Sie Klage erhoben wurde?«

»Gegen mich? Ja, das stimmt. Man zählt mich zu den Bösewichtern, mein reizendes Kind.«

»Aber warum?«

---

* Gott ist gnädig!

»Für nichts und wieder nichts, nur so … vor allem wegen der Politik«, sagte Pjotr Dmitritsch gähnend. »Der Kampf zwischen Linken und Rechten. Ich, ein Obskurant und Routinier, habe gewagt, in einem offiziellen Papier Ausdrücke zu gebrauchen, die für solche unfehlbaren Gladstones wie den Friedensrichter unseres Bezirks, Kusma Grigorjewitsch Wostrjakow, sowie für Wladimir Pawlowitsch Wladimirow beleidigend sind.«

Pjotr Dmitritsch gähnte erneut und fuhr fort:

»Bei uns ist es so, daß man sich abschätzig über die Sonne, den Mond und alles mögliche äußern darf, aber Gott bewahre uns davor, die Liberalen anzutasten! Gott bewahre uns! Ein Liberaler ist wie dieser ungenießbare trockene Pilz, der uns, wenn wir ihn versehentlich mit dem Finger berühren, mit einer Staubwolke überschüttet.«

»Was ist denn passiert?«

»Nichts Besonderes. Den Anstoß gab eine lächerliche Kleinigkeit. Ein Lehrer, ein äußerst unangenehmer Mensch aus dem geistlichen Stand, reichte bei Wostrjakow eine Beschwerde gegen einen Gastwirt ein, in der er diesen beschuldigt, ihn an einem öffentlichen Ort mit Worten und Taten beleidigt zu haben. Aus allem ist ersichtlich, daß beide, Lehrer und Gastwirt, blau waren wie die Veilchen und sich gleichermaßen schlecht aufgeführt haben. Wenn es zu einer Beleidigung kam, so war diese auf jeden Fall gegenseitig. Wostrjakow hätte beide wegen Ruhestörung mit einer Geldstrafe belegen und sie hinauswerfen müssen – und damit Schluß. Doch wie ist das bei uns? Bei uns steht nie die Person im Vordergrund, niemals die Fakten, sondern immer nur Firma und Etikett. Ein Lehrer, was für ein Halunke er auch sein mag, hat immer recht, weil er Lehrer ist; der Gastwirt ist immer schuld, weil er Gastwirt und Kulak ist. Wostrjakow verurteilte den Gastwirt

zu Arrest, und der brachte die Sache vor das Friedensrichter-
plenum. Das Plenum bestätigte Wostrjakows Urteil feierlich.
Na, und ich blieb bei meiner Meinung … Habe mich ein bißchen ereifert … Das ist alles.«

Pjotr Dmitritsch sprach ruhig und mit leichter Ironie. In
Wirklichkeit aber beunruhigte ihn die bevorstehende Ge-
richtsverhandlung sehr. Olga Michailowna erinnerte sich,
wie angestrengt er sich bemüht hatte, als er von der unglückseligen Versammlung zurückkam, vor den Hausgenossen zu
verbergen, wie schwer ihm zumute und wie unzufrieden er
mit sich war. Klug wie er war, mußte er einfach spüren, daß er
mit seiner eigenen Meinung zu weit gegangen war; wieviel
Heuchelei war nötig, um vor sich selbst und den anderen
diese Gefühle zu verheimlichen! Wie viele unnötige Gespräche, wieviel Nörgelei und unaufrichtiges Lachen über Dinge,
die nicht zum Lachen waren! Als er dann erfuhr, daß man ihn
vor Gericht stellen würde, fiel er plötzlich in sich zusammen
und ließ den Mut sinken; er schlief immer schlechter, stand
häufiger als gewöhnlich am Fenster und trommelte mit den
Fingern gegen die Scheiben. Und er schämte sich, seiner Frau
gegenüber einzugestehen, daß ihm schwer ums Herz war,
und sie ärgerte sich darüber …

»Es heißt, Sie waren im Gouvernement Poltawa?« fragte
Ljubotschka.

»Ja«, erwiderte Pjotr Dmitritsch. »Ich bin vorgestern zu-
rückgekommen.«

»Bestimmt ist es schön dort?«

»Ja, es ist schön. Sogar sehr schön. Und ich muß Ihnen sagen, es war, als ich kam, gerade Heumahd, und in der Ukraine
ist die Heumahd eine sehr poetische Zeit. Hier haben wir ein
großes Haus, einen großen Garten, viele Menschen und viel
Geschäftigkeit, wir sehen gar nicht, wie gemäht wird, alles

läuft unbemerkt an uns vorüber. Dort aber liegen an meinem Gehöft fünfzehn Desjatinen* Wiese wie auf der flachen Hand; an welchem Fenster man auch steht, überall sieht man die Schnitter. Auf der Wiese wird gemäht, im Garten wird gemäht, Gäste gibt es keine, auch keine Hast, also sieht man, hört man und spürt man ganz unwillkürlich nur die Heumahd. Draußen und in den Zimmern duftet es nach Heu, vom frühen Morgen bis zum späten Abend klingen die Sensen. Überhaupt ist die Ukraine ein liebenswertes Land. Glauben Sie mir, wenn ich am Brunnen Wasser trank und in den jüdischen Schänken den ungenießbaren Wodka, wenn an stillen Abenden die Klänge der ukrainischen Geige und des Tamburins zu mir drangen, dann verlockte mich der beglückende Gedanke, mich auf diesem Gehöft niederzulassen und dort bis an mein Lebensende zu wohnen, fern von diesen Versammlungen, den klugen Gesprächen, philosophierenden Frauen und endlosen Abendessen ...«

Pjotr Dmitritsch log nicht. Er war bedrückt und wollte wirklich ausruhen. In das Gouvernement Poltawa war er nur deshalb gefahren, um sein Arbeitszimmer nicht zu sehen, die Dienerschaft, die Bekannten und alles, was ihn an seine verletzte Eigenliebe und seine Fehler erinnerte.

Ljubotschka sprang plötzlich auf und fuchtelte erschrocken mit den Händen.

»Hu, eine Biene, eine Biene!« kreischte sie. »Sie sticht mich!«

»Hören Sie auf, sie sticht doch nicht!« sagte Pjotr Dmitritsch. »Was sind Sie für ein Angsthäschen!«

»Nein, nein, nein!« schrie Ljubotschka und lief schnell zurück, wobei sie sich weiter nach der Biene umsah.

* Flächenmaß (1,09 Hektar)

Pjotr Dmitritsch folgte ihr langsam und sah ihr gerührt und bekümmert nach. Vielleicht dachte er dabei an sein Gehöft, an die Einsamkeit und – wer weiß? – vielleicht sogar daran, wie warm und behaglich er auf seinem Gehöft leben würde, wenn dieses Mädchen seine Frau wäre: jung, rein und frisch, nicht durch höhere Bildung verdorben und nicht schwanger …

Als die Stimmen und Schritte verhallt waren, verließ Olga Michailowna die Laube und begab sich zum Haus zurück. Sie hätte am liebsten geweint. Sie war jetzt sehr eifersüchtig auf ihren Mann. Sie hatte Verständnis dafür, daß Pjotr Dmitritsch erschöpft war, unzufrieden mit sich selbst, und daß er sich schämte; und wenn man sich schämt, dann versteckt man sich vor seinen Nächsten und spricht nur mit Fremden offen. Sie wußte auch, daß Ljubotschka nicht gefährlich war, genau wie die anderen Frauen, die im Haus jetzt Kaffee tranken. Aber eigentlich war alles unverständlich und schrecklich, und Olga Michailowna schien es bereits, daß Pjotr Dmitritsch ihr nicht einmal zur Hälfte gehöre …

»Er hat nicht das Recht!« murmelte sie, bemüht, ihre Eifersucht und den Ärger auf ihren Mann in klare Gedanken zu fassen. »Er hat kein Recht dazu! Ich werde gleich mit ihm reden!«

Sie beschloß, ihren Mann sofort zu suchen und ihm alles zu sagen: Es sei widerwärtig, unendlich widerwärtig, daß er fremden Frauen gefalle und danach verlange wie nach himmlischem Manna; ungerecht und nicht ehrenhaft sei es, daß er Fremden das gebe, was rechtmäßig ihr zustehe, daß er sein Herz und seine Zweifel seiner Frau nicht offenbare, um sich dann dem erstbesten hübschen Lärvchen anzuvertrauen. Was hatte sie ihm Böses getan? Womit hatte sie sich schuldig gemacht? Schließlich hatte sie seine Lügen längst satt: Ständig spielte er sich auf, kokettierte, sagte nicht, was er dachte, und bemühte sich, anders zu erscheinen, als er war und hätte sein sollen. Wozu diese Lügen? Gehörte sich das für einen anständigen Menschen? Wenn er log, beleidigte er sich selbst und diejenigen, die er belog, und er zeigte keine Achtung für den Gegenstand seiner Lüge. Verstand er denn nicht, wenn er kokettierte und sich vor dem Richterstuhl wichtig tat oder beim Essen nur deshalb von den Vorrechten der Staatsmacht sprach, um den Onkel zu verärgern, verstand er denn nicht, daß er damit das Gericht, sich selbst und alle, die ihm zuhörten und ihn ansahen, geringschätzte?

Als sie in die große Allee einbog, setzte Olga Michailowna ein Gesicht auf, als sei sie soeben in häuslichen Angelegenheiten unterwegs gewesen. Auf der Terrasse tranken die Männer Likör und aßen Beeren dazu; einer von ihnen, der Untersuchungsrichter, ein dicker älterer Mann, ein Spaßvogel und Possenreißer, erzählte wohl gerade einen wenig salonfähigen Witz, denn als er die Hausherrin sah, schlug er sich plötzlich auf seine dicken Lippen, riß die Augen auf und setzte sich hin. Olga Michailowna mochte die Bezirksbeamten nicht. Auch ihre plumpen, affektierten Frauen mißfielen ihr, die Klatschereien, die häufigen Besuche, die Schmeicheleien vor ihrem Mann, den sie alle haßten. Jetzt aber, da sie tranken und satt waren und nicht an Heimfahrt dachten, fühlte Olga Michailowna, daß ihre Anwesenheit sie qualvoll ermüdete, doch um nicht unliebenswürdig zu erscheinen, lächelte sie dem Untersuchungsrichter freundlich zu und drohte ihm mit dem Finger. Lächelnd ging sie durch den Saal und durch den Salon mit einer Miene, als müsse sie Befehle erteilen oder Anordnungen treffen. Gebe Gott, daß niemand mich aufhält! dachte sie, zwang sich aber selbst, im Salon stehenzubleiben, um anstandshalber einem jungen Mann zuzuhören, der am Klavier saß und spielte. Nachdem sie einen Moment so gestanden hatte, rief sie aus: »Bravo, bravo, Monsieur George!«, klatschte zweimal in die Hände und ging weiter.

Ihren Mann fand sie im Arbeitszimmer. Er saß am Tisch und grübelte. Sein Gesichtsausdruck war streng, nachdenklich und schuldbewußt. Das war nicht mehr jener Pjotr Dmitritsch, der bei Tisch gestritten hatte und den die Gäste kannten, sondern ein anderer – gequält, schuldbewußt und unzufrieden mit sich selbst, den nur seine Frau kannte. In das Arbeitszimmer war er wohl nur gekommen, um Zigaretten zu holen. Vor ihm lag das geöffnete Etui, eine Hand hatte er noch in der Schublade des Tisches. Es schien, als sei er beim Herausnehmen der Zigaretten erstarrt.

Olga Michailowna erfaßte Mitleid mit ihm. Es war klar wie der helle Tag, daß dieser Mensch sich quälte, daß er keinen Ausweg wußte und vielleicht mit sich kämpfte. Olga Michailowna ging schweigend zum Tisch; in dem Wunsch, ihm zu zeigen, daß sie nicht mehr an den Streit beim Essen dachte und sich nicht mehr ärgerte, schloß sie das Zigarettenetui und steckte es ihrem Mann in die Seitentasche.

Was soll ich ihm sagen? fragte sie sich. Ich werde ihm sagen, daß die Lüge ist wie ein Wald: Je tiefer man hineingerät, desto schwieriger ist es, wieder herauszufinden. Ich werde ihm sagen, du hast dich von deiner falschen Rolle mitreißen lassen und bist zu weit gegangen; du hast Menschen gekränkt, die dir zugetan waren und dir nichts Böses getan haben. Komm, entschuldige dich bei ihnen, lach über dich, und dir wird leichter sein. Und wenn du Ruhe und Einsamkeit suchst, dann fahren wir gemeinsam weg von hier.

Als Pjotr Dmitritsch dem Blick seiner Frau begegnete, gab er seinem Gesicht plötzlich wieder den Ausdruck, den es während des Essens und im Garten gehabt hatte, gleichgültig und leicht spöttisch; er gähnte und erhob sich:

»Es ist jetzt kurz nach fünf«, sagte er, auf die Uhr blickend. »Wenn die Gäste Erbarmen haben und um elf Uhr abfahren, dann müssen wir noch sechs Stunden ausharren. Lustig, kann man nur sagen!«

Pfeifend verließ er langsam und mit seinem gewohnten festen Gang das Arbeitszimmer. Man konnte hören, wie er durch den Saal schritt, dann durch den Salon, wie er laut lachte und zu dem jungen Mann am Klavier »Bra-o! Bra-o!« sagte. Dann verklangen seine Schritte, wahrscheinlich war er in den Garten gegangen. Jetzt waren es nicht mehr Eifersucht und Zorn, die Olga Michailowna beherrschten, sondern echter Haß – auf seine Schritte, auf sein unaufrichtiges Lachen und seine Stimme. Sie trat zum Fenster und blickte in den Garten. Pjotr Dmitritsch war schon in der Allee. Eine Hand in der Hosentasche, mit den Fingern der anderen schnippend, den Kopf leicht zurückgeworfen, schritt er fest, mit leicht wippendem Gang dahin und sah aus, als sei er sehr zufrieden mit sich, mit dem Essen, seiner Verdauung und der Natur …

In der Allee tauchten zwei kleine Gymnasiasten auf, die Kinder der Gutsbesitzerin Tschischewskaja, die gerade angekommen waren; sie waren in Begleitung ihres Erziehers, eines Studenten in weißer Uniformjacke und sehr engen Hosen. Als sie sich mit Pjotr Dmitritsch auf gleicher Höhe befanden, blieben die Kinder und der Student stehen und gratulierten ihm wahrscheinlich zu seinem Namenstag. Mit einer hübschen Handbewegung tätschelte er den Kindern die Wangen und gab dem Studenten lässig die Hand, ohne ihn anzusehen. Wahrscheinlich pries der Student das Wetter und verglich es mit dem Petersburger, denn Pjotr Dmitritsch sagte laut und in einem Ton, als spräche er nicht mit einem Gast, sondern mit dem Gerichtsvollzieher oder einem Zeugen:

»Wie? Bei Ihnen in Petersburg ist es kalt? Aber bei uns hier, mein Bester, ist die Luft rein und gesund, und wir sind mit Früchten der Erde reich gesegnet. Tja? Nun?«

Und eine Hand in der Tasche, mit den Fingern der anderen schnippend, schritt er weiter. Bis er von den Nußsträuchern verdeckt wurde, schaute Olga Michailowna ihm nach und konnte es nicht fassen. Woher hatte der vierunddreißigjährige Mann diesen festen Generalsgang? Woher dieses schwere edle Schreiten? Woher dieses gebieterische Vibrieren in seiner Stimme, woher all diese Wendungen wie »Tja«, »Mein Bester« und so fort?

Olga Michailowna dachte daran, wie sie in den ersten Monaten ihrer Ehe, um sich zu Hause nicht allein zu langweilen, in die Stadt zur Gerichtsversammlung gefahren war, wo manchmal statt ihres Taufpaten, Graf Alexej Petrowitsch, Pjotr Dmitritsch den Vorsitz hatte. Im Sessel des Vorsitzenden, in Uniform und mit einer Kette auf der Brust, war er völlig verändert. Majestätische Gesten, eine Donnerstimme, ein geringschätziger Ton … Alles Menschliche, alles Eigene, das Olga Michailowna zu Hause in ihm zu sehen gewohnt war, verschwand hinter seiner Würde, und im Sessel saß nicht Pjotr Dmitritsch, sondern irgendein anderer Mensch, den alle Herr Vorsitzender nannten. Das Bewußtsein, daß er die Obrigkeit war, hinderte ihn daran, ruhig an seinem Platz zu sitzen, er suchte ständig nach Anlässen, um zu läuten, streng ins Publikum zu blicken, zu brüllen … Woher kamen Kurzsichtigkeit und Taubheit, wenn er plötzlich schlecht sehen und hören konnte und majestätisch die Stirn runzelnd forderte, man möge lauter sprechen oder näher an den Tisch herantreten? Von seiner würdevollen Höhe konnte er Gesichter und Laute schwer unterscheiden, so daß er wahrscheinlich sogar Olga Michailowna, wenn sie in diesen Minuten an ihn herangetreten wäre, angeschrien hätte: »Wie ist Ihr Name?« Zeugen aus dem Bauernstand duzte er, das Publikum schrie er an, daß seine Stimme noch auf der Straße zu hören war, und den Advokaten gegenüber verhielt er sich unmöglich. Wenn ein vereidigter Anwalt sprechen mußte, drehte sich Pjotr Dmitritsch von ihm weg und blickte mit zusammengekniffenen Augen an die Decke, um damit zu zeigen, daß der Anwalt hier völlig überflüssig sei und er ihn nicht anerkenne und ihm nicht zuhöre; sprach aber ein graugekleideter privater Anwalt, war Pjotr Dmitritsch ganz Ohr und maß ihn mit einem vernichtenden, spöttischen Blick, als wollte er sagen, seht mal, was wir heutzutage für Anwälte haben! »Was wollen Sie denn damit sagen?« unterbrach er ihn gerne. Wenn der hochtrabend redende Anwalt ein Fremdwort benutzte und zum Beispiel statt »fiktiv« »faktiv« sagte, wurde Pjotr Dmitritsch auf einmal lebhaft und fragte: »Was? Wie? Faktiv? Was heißt das denn?«, um dann schulmeisterlich anzumerken: »Benutzen Sie keine Wörter, die Sie nicht verstehen!« Der Anwalt trat dann nach dem Ende seiner Rede mit hochrotem Kopf und schweißgebadet vom Tisch ab, und Pjotr Dmitritsch lehnte sich in seinem Sessel zurück, lächelte selbstzufrieden und genoß seinen Sieg. Im Umgang mit den Advokaten ahmte er ein wenig den Grafen Alexej Petrowitsch nach, doch bei dem Grafen klang es natürlich und altväterlich-gutmütig, wenn er beispielsweise sagte: »Verteidigung, seien Sie mal still!«, bei Pjotr Dmitritsch dagegen wirkte es grob und gezwungen.

II

Man hörte Applaus. Der junge Mann hatte aufgehört zu spielen. Olga Michailowna entsann sich ihrer Gäste und ging eilig in den Salon.

»Ich habe Ihnen begeistert zugehört«, sagte sie und trat ans

Klavier. »Sehr begeistert. Sie haben ein erstaunliches Talent. Aber finden Sie nicht, daß unser Klavier verstimmt ist?«

In diesem Moment betraten die beiden Gymnasiasten den Salon und mit ihnen der Student.

»Mein Gott, Mitja und Kolja!« rief Olga Michailowna gedehnt und freudig und ging ihnen entgegen. »Wie groß ihr geworden seid! Kaum wiederzuerkennen! Aber wo ist denn eure Mama?«

»Ich gratuliere Ihnen zum Namenstag Ihres Gatten«, sagte der Student gewandt, »und wünsche Ihnen alles Gute. Jekaterina Andrejewna gratuliert Ihnen ebenfalls und läßt sich entschuldigen. Sie ist nicht ganz wohl.«

»Das ist nicht lieb von ihr! Ich habe den ganzen Tag auf sie gewartet. Sind Sie schon lange aus Petersburg zurück?« fragte Olga Michailowna den Studenten. »Wie ist das Wetter jetzt dort?«, und ohne die Antwort abzuwarten, schaute sie zärtlich auf die Gymnasiasten und sagte noch einmal: »Wie groß ihr geworden seid! Es ist noch nicht lange her, da kamt ihr mit eurer Kinderfrau zu uns, und jetzt seid ihr schon Gymnasiasten! Das Alte wird älter und das Junge wächst heran … Habt ihr schon gegessen?«

»Ach, machen Sie sich bitte keine Mühe«, sagte der Student.

»Aber Sie haben doch nicht gegessen?«

»Um Gottes willen, machen Sie sich keine Mühe!«

»Aber Sie möchten doch essen?« fragte Olga Michailowna in einem groben und harten Ton, ungeduldig und ärgerlich; das war ihr so herausgerutscht, aber sogleich mußte sie husten, sie lächelte und wurde rot. »Wie groß ihr geworden seid!« sagte sie weich.

»Bitte, machen Sie sich keine Mühe.« sagte der Student noch einmal.

Der Student bat, sich keine Mühe zu machen, die Kinder

schwiegen; Hunger hatten demnach alle drei. Olga Michailowna brachte sie in das Eßzimmer und wies Wassili an, den Tisch zu decken.

»Das ist nicht lieb von eurer Mutter!« sagte sie und bat sie zu Tisch. »Sie hat mich ganz vergessen. Gar nicht lieb von ihr ... Sagt ihr das. Und an welcher Fakultät studieren Sie?« fragte sie den Studenten.

»An der medizinischen.«

»Ach, ich habe eine Schwäche für Ärzte, wissen Sie. Ich bedaure sehr, daß mein Mann kein Arzt ist. Wieviel Mut ist nötig, um zum Beispiel eine Operation durchzuführen oder Leichen zu sezieren! Schrecklich! Haben Sie keine Angst? Ich würde wahrscheinlich vor Angst sterben. Sie trinken doch Wodka?«

»Machen Sie sich bitte keine Mühe.«

»Nach dem langen Weg muß man unbedingt trinken. Ich bin eine Frau, und auch ich trinke zuweilen. Mitja und Kolja können Malaga trinken. Der Wein ist nicht stark, habt keine Angst. Was sind das doch für prächtige Burschen! Man könnte sie glatt schon verheiraten.«

Olga Michailowna redete ohne Pause. Sie wußte aus Erfahrung, daß Reden sehr viel leichter und bequemer war als Zuhören, wenn es galt, seine Gäste zu unterhalten. Redete man selbst, mußte man nicht so aufmerksam sein, sich keine Antworten auf Fragen überlegen und nicht ständig den Gesichtsausdruck wechseln. Versehentlich stellte sie aber doch eine ernste Frage, der Student begann ausführlich zu antworten, und sie mußte wider Willen zuhören. Der Student wußte, daß sie früher studiert hatte, und bemühte sich deshalb, gebildet zu erscheinen, als er mit ihr sprach.

»An welcher Fakultät studieren Sie?« fragte sie – sie hatte vergessen, daß sie diese Frage schon einmal gestellt hatte.

»An der medizinischen.«

Olga Michailowna fiel ein, daß sie schon lange nicht mehr bei den Damen gewesen war.

»Ja? Das heißt, Sie werden Arzt?« sagte sie und erhob sich. »Das ist schön. Ich bedauere, daß ich nicht Medizin studiert habe. Essen Sie jetzt, meine Herren, und gehen Sie dann in den Garten. Ich werde Sie mit den jungen Damen bekannt machen.«

Sie ging hinaus und sah auf die Uhr: Es war fünf Minuten vor sechs. Sie wunderte sich, daß die Zeit so langsam verging, und war entsetzt bei dem Gedanken, daß bis Mitternacht, wenn die Gäste aufbrechen würden, noch sechs Stunden blieben. Wie sollte sie diese sechs Stunden herumbringen? Was für Phrasen reden? Wie sich ihrem Mann gegenüber verhalten?

Im Salon und auf der Terrasse war keine Menschenseele. Alle Gäste hatten sich im Garten zerstreut.

Ich sollte ihnen vorschlagen, vor dem Tee einen Spaziergang im Birkenwäldchen oder eine Bootsfahrt zu machen, dachte Olga Michailowna, als sie eilig zum Krocketplatz lief, wo sie Stimmen und Lachen gehört hatte. Und die alten Herren werde ich an den Kartentisch zum Whint* setzen …

Vom Krocketplatz kam ihr der Diener Grigori mit leeren Flaschen entgegen.

»Wo sind die Damen?« fragte sie.

»Bei den Himbeeren. Dort ist auch der Herr.«

»Du mein Herr und Gott!« rief jemand auf dem Krocketplatz aufgebracht. »Das habe ich Ihnen doch schon tausendmal gesagt. Um die Bulgaren kennenzulernen, muß man sie sehen! Man darf nicht nach den Zeitungen urteilen!«

* Kartenspiel zu viert, eine Verbindung von Whist und Préférance

Kam es von diesem Ausbruch oder von etwas anderem, jedenfalls spürte Olga Michailowna mit einem Mal eine große Schwäche im ganzen Körper, besonders in Beinen und Schultern. Sie wollte plötzlich weder reden noch zuhören noch sich bewegen.

»Grigori«, sagte sie matt und mit Anstrengung, »wenn Sie Tee oder etwas anderes servieren, wenden Sie sich bitte nicht an mich, fragen Sie nicht, sprechen Sie über nichts ... Machen Sie alles selbst und ... trampeln Sie nicht so mit den Füßen. Ich bitte Sie ... Ich kann nicht, weil ...«

Sie sprach nicht zu Ende und ging weiter zum Krocketplatz. Unterwegs aber fielen ihr die Damen ein, sie kehrte um und ging zu den Himbeersträuchern. Der Himmel, die Luft und die Bäume sahen immer noch dunkel aus und verkündeten Regen; es war heiß und schwül; riesige Krähenschwärme jagten im Vorgefühl des Unwetters krächzend über den Garten. Je näher sie dem Obstgarten kam, desto verwilderter, dunkler und schmaler wurden die Alleen. In einer von ihnen, die im dichten Gestrüpp von wilden Birnen, Sauerdorn, jungen Eichen und Hopfen versteckt lag, umkreisten Olga Michailowna ganze Wolken von kleinen schwarzen Mücken; sie bedeckte das Gesicht mit den Händen und versuchte mit aller Kraft, an das kleine Menschlein zu denken ... In ihrer Phantasie jagten Grigori, Mitja, Kolja und die Gesichter der Bauern vorbei, die am Morgen gekommen waren, um zu gratulieren.

Sie hörte Schritte und öffnete die Augen. Ihr Onkel Nikolai Nikolajitsch kam ihr eilig entgegen.

»Bist du es, meine Liebe? Ich bin sehr froh ...«, begann er, nach Luft schnappend. »Auf zwei Worte ...« Er wischte sein rasiertes, gerötetes Kinn mit einem Tuch ab, trat dann plötzlich einen Schritt zurück, schlug die Hände zusammen und riß die Augen weit auf. »Meine Liebe, wie lange soll das noch so weitergehen?« sagte er hastig und sich verhaspelnd. »Ich frage dich, wo sind die Grenzen? Gar nicht davon zu reden, daß seine Dershimorda*-Ansichten die Umwelt demoralisieren, daß er in mir und in jedem ehrlichen denkenden Menschen alles Heilige und Gute beleidigt – ich will davon gar nicht reden, doch soll er sich wenigstens anständig benehmen! Was soll das? Er schreit, brüllt, tut sich wichtig, gibt sich als Bonaparte, läßt keinen zu Wort kommen … weiß der Teufel! Große Gesten, ein Generalslachen, ein herablassender Ton! Erlaube mir zu fragen: Wer ist er denn? Ich frage dich: Wer ist er denn? Der Gatte seiner Frau, ein Titularrat mit kleinem Landbesitz, der das Glück hatte, eine reiche Frau zu heiraten! Ein Emporkömmling und Junker, von denen es viele gibt! Ein Typ von Schtschedrin**! Ich wette bei Gott, es ist eins von beiden: Entweder er leidet an Größenwahn, oder die alte, schwachsinnige Ratte Graf Alexej Petrowitsch hat wirklich recht, wenn er sagt, die Kinder und jungen Leute werden heutzutage spät erwachsen und spielen, bis sie vierzig sind, noch Kutscher und General!«

»Das stimmt, das stimmt …«, gab Olga Michailowna ihm recht. »Laß mich vorbei.«

»Jetzt urteile selbst, wohin das führt!« fuhr der Onkel fort und versperrte ihr den Weg. »Womit wird dieses Spiel enden, sich konservativ und als General zu geben? Jetzt muß er schon vor Gericht! Ja, vor Gericht! Ich freue mich sehr darüber! Er hat so lange geschrien und sich so weit verrannt, bis er auf der Anklagebank gelandet ist. Und das nicht beim Kreisgericht, nein, beim obersten Gerichtshof! Etwas Schlim-

---

* Sprechender Name: Ausdruck für einen groben, despotischen Menschen; hier Anspielung auf einen Polizisten aus Gogols *Revisor*
** Michail Saltykow-Schtschedrin (1826–1889), sozialkritischer russischer Schriftsteller

meres kann man sich kaum vorstellen! Außerdem ist er mit allen zerstritten! Heute ist sein Namenstag, aber sieh mal, weder Wostrjakow noch Jachontow oder Wladimirow, weder Schewud noch der Graf sind gekommen … Dabei kann konservativer als Graf Alexej Petrowitsch wohl keiner sein, doch auch der ist nicht gekommen. Und er wird nicht mehr kommen! Du wirst sehen, er kommt nicht.«

»Mein Gott, was habe ich denn damit zu tun?« fragte Olga Michailowna.

»Was du damit zu tun hast? Du bist seine Frau! Du bist klug, hast studiert, und es steht in deiner Macht, aus ihm einen anständigen, arbeitsamen Menschen zu machen!«

»Im Studium lernt man nicht, wie man auf schwierige Menschen Einfluß nimmt. Ich muß mich wohl bei euch allen entschuldigen, daß ich studiert habe!« sagte Olga Michailowna scharf. »Hör mal, Onkel, wenn man an deinem Ohr den ganzen Tag ein und dieselbe Leier spielen würde, du würdest es nicht aushalten und weglaufen. Ich höre jetzt schon ein ganzes Jahr Tag für Tag ein und dasselbe, immer ein und dasselbe. Meine Güte, da muß man doch Mitleid haben!«

Der Onkel machte ein sehr ernstes Gesicht, blickte sie dann forschend an und verzog seinen Mund zu einem spöttischen Lächeln.

»Ach, so ist das!« sagte er mit singender Altweiberstimme. »Entschuldige!« sagte er und verbeugte sich förmlich. »Wenn du selbst unter seinen Einfluß geraten bist und deine Überzeugungen geändert hast, dann hättest du das vorher sagen müssen. Es tut mir leid!«

»Ja, ich habe meine Überzeugungen geändert!« schrie sie. »Freu dich!«

»Es tut mir leid!«

Der Onkel verbeugte sich noch einmal förmlich zur Seite

hin, machte in sich zusammensinkend einen Kratzfuß und kehrte um.

Schwachkopf, dachte Olga Michailowna. Er sollte besser nach Hause fahren.

Die Damen und die jungen Leute fand sie im Obstgarten bei den Himbeeren. Die einen aßen Himbeeren, andere, die schon genug davon hatten, spazierten durch die Erdbeerbeete oder machten sich über die Zuckererbsen her. Etwas abseits von den Himbeersträuchern neben einem dicht verzweigten Apfelbaum, der ringsherum mit alten Zaunpfählen gestützt wurde, mähte Pjotr Dmitritsch Gras. Das Haar fiel ihm in die Stirn, die Krawatte war gelockert, die Uhrkette aus dem Knopfloch gerutscht. In jedem seiner Schritte und jedem Schwung der Sense waren seine Geschicklichkeit und seine außerordentliche Körperkraft zu spüren. Neben ihm standen Ljubotschka und die Töchter eines Nachbarn, des Obersten Bukrejew, Natalja und Walentina oder Nata und Wata, wie alle sie nannten, anämische und krankhaft dicke Blondinen von sechzehn, siebzehn Jahren; sie waren weiß gekleidet und sahen einander verblüffend ähnlich. Pjotr Dmitritsch brachte ihnen das Mähen bei.

»Das ist ganz einfach …«, sagte er. »Man muß nur lernen, die Sense richtig zu halten, und nichts überhasten, das heißt nicht mehr Kraft einsetzen als nötig. Sehen Sie, so … Möchten Sie es mal versuchen?« sagte er und bot Ljubotschka die Sense an. »Na los!«

Ljubotschka nahm die Sense ungeschickt in die Hand, errötete plötzlich und begann zu lachen.

»Nur Mut, Ljubow Alexandrowna!« rief Olga Michailowna so laut, daß alle Damen sie hören konnten und wußten, daß sie jetzt bei ihnen war. »Nur Mut! Man muß es üben! Wenn Sie einen Tolstoianer heiraten, dann müssen Sie mähen.«

Ljubotschka nahm die Sense hoch, begann aber wieder zu lachen und ließ sie, vom Lachen ermattet, sogleich wieder sinken. Sie genierte sich, und es war ihr zugleich angenehm, daß man mit ihr sprach wie mit einer Erwachsenen. Ohne zu lächeln und ohne Scheu, mit einem ernsten und kalten Gesichtsausdruck nahm Nata die Sense, holte aus und blieb im Gras hängen. Wata, die wie ihre Schwester nicht lächelte und ebenfalls eine ernste und kalte Miene aufgesetzt hatte, nahm schweigend die Sense und stieß sie in die Erde. Als sie dies vollbracht hatten, hakten sich die Schwestern unter und gingen zu den Himbeeren.

Pjotr Dmitritsch lachte und war ausgelassen wie ein kleiner Junge, und diese kindlich-ausgelassene Stimmung, in der er äußerst gutmütig erschien, paßte viel besser zu ihm als irgend etwas anderes. So liebte ihn Olga Michailowna. Doch seine Jungenhaftigkeit hielt gewöhnlich nicht lange an. So war es auch diesmal: Nachdem er mit der Sense Unsinn getrieben hatte, hielt er es für nötig, seinen Späßen einen ernsten Anstrich zu geben.

»Wenn ich mähe, wissen Sie, fühle ich mich gesünder und normaler«, sagte er. »Wenn man mich zwingen würde, mich allein mit geistiger Arbeit zufriedenzugeben, würde ich wahrscheinlich verrückt werden. Ich fühle, daß ich nicht zum Kulturmenschen geboren bin. Ich muß mähen, pflügen, säen, ausreiten ...«

Zwischen Pjotr Dmitritsch und den Damen entspann sich ein Gespräch über die Vorteile der körperlichen Arbeit, über die Kultur, dann über die Schädlichkeit von Geld und über Eigentum. Olga Michailowna, die ihrem Mann zuhörte, mußte auf einmal an ihre Mitgift denken.

Es wird wohl die Zeit kommen, dachte sie, wo er mir nicht verzeihen kann, daß ich reicher bin als er. Er ist stolz und ehrgeizig. Vielleicht wird er mich dafür hassen, daß er mir so viel verdankt.

Sie blieb neben Oberst Bukrejew stehen, der Himbeeren aß und sich auch an dem Gespräch beteiligte.

»Bitte sehr«, sagte er und gab Olga Michailowna und Pjotr Dmitritsch den Weg frei. »Hier sind sie am reifsten ... Also, nach Meinung von Proudhon«, fuhr er fort und erhob seine Stimme, »ist Eigentum Diebstahl. Ich aber erkenne, offen gestanden, Proudhon nicht an und halte ihn nicht für einen Philosophen. Für mich sind die Franzosen keine Autorität, Gott mit ihnen!«

»Nun, was Proudhon und alle möglichen Buckles angeht, da bin ich schwach«, sagte Pjotr Dmitritsch. »Hinsichtlich der Philosophie wenden Sie sich besser an sie hier, an meine Frau. Sie hat studiert und kennt alle diese Schopenhauers und Proudhons in- und auswendig ...«

Olga Michailowna fühlte sich erneut unbehaglich. Sie ging wieder durch den Garten, den schmalen Pfad entlang, an Apfel- und Birnbäumen vorbei, und wieder sah sie so aus, als wäre sie mit einer sehr wichtigen Angelegenheit beschäftigt. Da kam sie an die Hütte des Gärtners ... Auf der Schwelle saß Warwara, die Gärtnersfrau, mit ihren vier kleinen Kindern, deren große Köpfe kurzgeschoren waren. Warwara war ebenfalls schwanger und sollte nach ihren Berechnungen um den Tag des Propheten Elias niederkommen. Nach der Begrüßung betrachtete Olga Michailowna schweigend sie und ihre Kinder, dann fragte sie:

»Nun, wie fühlst du dich?«

»Ganz gut ...«

Schweigen trat ein. Die beiden Frauen schienen sich ohne Worte zu verstehen.

»Schrecklich, das erste Mal niederzukommen«, sagte Olga

Michailowna nach einigem Nachdenken. »Mir scheint immer, daß ich das nicht aushalte und sterben werde.«

»Ich habe das auch geglaubt, aber ich lebe noch ... Man denkt so vieles!«

Warwara, die schon zum fünften Mal schwanger war und Erfahrung hatte, sah ihre Herrin etwas herablassend an, sprach mit ihr in einem belehrenden Ton, und Olga spürte zufrieden ihre Autorität. Gerne hätte sie über ihre Ängste, das Kind und ihre Empfindungen gesprochen, fürchtete aber, Warwara würde das für kleinkariert und naiv halten. So schwieg sie und wartete, daß Warwara etwas sagte.

»Olja, wir gehen ins Haus zurück«, rief Pjotr Dmitritsch aus den Himbeersträuchern.

Olga Michailowna fand es angenehm zu schweigen, zu warten und Warwara anzusehen. Sie wäre bereit gewesen, schweigend und ohne jeden Wunsch bis zum Einbruch der Nacht so dazustehen. Doch sie mußte gehen. Kaum hatte sie sich von der Hütte entfernt, da kamen ihr schon Ljubotschka, Wata und Nata entgegengerannt. Wata und Nata blieben etwa zwei Meter vor ihr plötzlich wie angewurzelt stehen; Ljubotschka aber lief zu ihr und fiel ihr um den Hals.

»Meine Liebe! Gute! Teuerste!« rief sie aus und küßte Olga Michailowna auf Hals und Gesicht. »Lassen Sie uns zum Teetrinken auf die Insel fahren!«

»Auf die Insel! Auf die Insel!« sagten Nata und Wata gleichzeitig, ohne zu lächeln.

»Aber es wird doch Regen geben, meine Lieben.«

»Es wird nicht regnen, sicher nicht!« rief Ljubotschka und machte ein weinerliches Gesicht. »Alle wollen fahren! Liebe! Gute!«

»Alle möchten zum Teetrinken auf die Insel fahren«, sagte Pjotr Dmitritsch, der sich zu ihnen gesellte. »Triff deine Anordnungen … Wir fahren mit den Booten, die Samoware und alles übrige schicken wir mit der Dienerschaft im Wagen.«

Er ging neben seiner Frau und nahm ihren Arm. Olga Michailowna wollte ihrem Mann etwas Unangenehmes, Bissiges sagen, ihn wenigstens an die Mitgift erinnern, je grausamer, desto besser, schien ihr. Sie überlegte und sagte:

»Warum ist denn Graf Alexej Petrowitsch nicht gekommen? Wie schade!«

»Ich bin sehr froh, daß er nicht gekommen ist«, log Pjotr Dmitritsch. »Diesen Narren kann ich noch weniger ausstehen als Bitterkraut.«

»Aber du hast ihn doch vor dem Essen so ungeduldig erwartet!«

III

Eine halbe Stunde später drängten sich die Gäste bereits am Ufer neben den Pfählen, an denen die Boote festgemacht waren. Alle redeten viel, lachten und schafften es in ihrer ausgelassenen Hektik nur schwer, in den Booten Platz zu finden. Drei Boote waren schon zum Bersten voll mit Passagieren, zwei aber standen ganz leer. Von diesen beiden waren die Schlüssel verlorengegangen, und immer wieder wurden Boten vom Fluß zum Hof geschickt, um die Schlüssel zu suchen. Die einen sagten, die Schlüssel seien bei Grigori, andere meinten, sie seien beim Verwalter, und wieder andere rieten, den Schmied zu rufen und die Schlösser aufbrechen zu lassen. Alle sprachen gleichzeitig, sich gegenseitig unterbrechend und überschreiend. Pjotr Dmitritsch lief ungeduldig am Ufer hin und her und rief:

»Was zum Teufel ist hier los! Die Schlüssel haben immer in der Diele am Fenster zu liegen. Wer hat es gewagt, sie von dort

66

wegzunehmen? Der Verwalter kann sich selbst ein Boot an-schaffen, wenn er eins braucht!«

Schließlich fanden sich die Schlüssel. Dann stellte sich her-aus, daß zwei Ruder fehlten. Wieder entstand ein Durch-einander. Pjotr Dmitritsch, der das Hin- und Herlaufen satt hatte, sprang in einen langen Kahn, der aus einem ausgehöhl-ten Pappelstamm gefertigt war, geriet ins Schwanken, fiel bei-nahe ins Wasser und stieß dann vom Ufer ab. Ihm folgten eins nach dem anderen die übrigen Boote, unter lautem Lachen und Kreischen der Damen.

Der weiße, bewölkte Himmel, die Bäume am Ufer, das Schilf und die Boote mit den Menschen und den Rudern spiegelten sich im Wasser; auch tief unter den Booten, im bo-denlosen Abgrund, war Himmel und sah man Vögel fliegen. Das Ufer, auf dem das Anwesen lag, war hoch, steil und ganz mit Wald bedeckt; am anderen, das leicht abfiel, grünten weite Rieselwiesen und schimmerten Buchten. Die Boote wa-ren etwa hundert Meter gefahren, als hinter den Trauerwei-den Bauernhütten und eine Rinderherde auftauchten. Man hörte Singen, trunkene Schreie und die Klänge einer Har-monika.

Hier und dort zogen lange schmale Boote mit Fischern vorüber, die zur Nacht ihre Netze auswerfen wollten. In einem dieser Boote saßen angeheiterte Musikanten und spielten auf selbstgefertigten Geigen und einem Violoncello.

Olga Michailowna saß am Steuer. Sie lächelte freundlich und redete viel, um die Gäste zu unterhalten, und schaute da-bei immer wieder zu ihrem Mann hinüber. Er fuhr aufrecht stehend in seinem Kahn allen voran und hantierte mit dem Ruder. Der leichte, spitze Kahn, den alle Gäste als Seelenmör-der bezeichneten – Pjotr Dmitritsch jedoch nannte ihn aus ir-gendeinem Grund Penderaklia –, flog schnell dahin; er wirkte lebendig und listig, es schien, als hasse er den schweren Pjotr Dmitritsch und warte nur auf einen günstigen Augenblick, um unter seinen Beinen wegzugleiten. Olga Michailowna betrachtete ihren Mann, und sie fühlte sich angewidert von seiner Schönheit, die allen gefiel, von seinem Nacken, seiner Pose und seinem saloppen Umgang mit Frauen. Sie haßte alle Frauen, die in dem Boot saßen, und war eifersüchtig, gleichzeitig aber zuckte sie ständig zusammen und fürchtete, der schwankende Kahn könne umkippen und Unheil anrichten.

»Langsamer, Pjotr!« rief sie, und ihr Herz stockte vor Angst. »Setz dich hin! Wir glauben dir auch so, daß du mutig bist!«

Es störten sie auch die Menschen, die mit ihr im Boot saßen. Es waren gewöhnliche, vernünftige Menschen, von denen es viele gab, jetzt aber schienen sie ihr alle ungewöhnlich und nichtswürdig. In jedem von ihnen sah sie nur Falschheit. Da sitzt, dachte sie, dieser brünette junge Mann mit der goldenen Brille und dem hübschen Bärtchen am Ruder, ein reiches, sattes und immer glückliches Muttersöhnchen, das alle für einen ehrlichen, freidenkenden und fortschrittlichen Menschen halten. Es ist noch kein Jahr her, daß er die Universität beendet hat und in unseren Kreis kam, und schon sagt er von sich: Wir Semstwo-Leute. Aber in einem Jahr wird er, wie so viele andere, sich langweilen und nach Petersburg gehen und, um seine Flucht zu rechtfertigen, überall erzählen, das Semstwo tauge nichts und er sei betrogen worden. Und aus dem anderen Boot sieht ihn unverwandt seine junge Frau an; sie hält ihn für einen Anhänger des Semstwo, und in einem Jahr wird sie glauben, daß das Semstwo nichts tauge. Und dort dieser dicke, sorgfältig rasierte Herr im Strohhut mit breitem Band und der teuren Zigarre zwischen den Zähnen. Der sagt gern: Es ist Zeit für uns, mit dem Phantasieren aufzuhören und uns an die Arbeit zu machen. Er hat Yorkshire-

Schweine, Bienenstöcke, Raps, Ananas, eine Ölmühle, eine Käserei und eine italienische doppelte Buchführung. Jeden Sommer aber verkauft er einen Teil seines Waldes zum Abholzen und verpfändet Grund und Boden Stück für Stück, um im Herbst mit seiner Geliebten auf der Krim zu leben. Und dann noch Onkel Nikolai Nikolajitsch, der auf Pjotr Dmitritsch böse ist und trotzdem nicht nach Hause fährt.

Olga Michailowna schaute sich nach den anderen Booten um, und auch dort sah sie nur uninteressante Sonderlinge, Schauspieler oder beschränkte Menschen. Sie rief sich alle ins Gedächtnis, die sie im Kreis nur irgendwie kannte, und es fiel ihr nicht ein einziger ein, von dem sie irgend etwas Gutes sagen oder denken konnte. Alle, so schien es ihr, waren talentlos, farblos, beschränkt, engstirnig, falsch und herzlos, alle sagten nicht das, was sie dachten, und taten nicht das, was sie eigentlich tun wollten. Langeweile und Verzweiflung drückten sie nieder; sie wollte auf einmal nicht mehr lächeln, wollte aufspringen und schreien: Ich habe euch alle satt! und dann aus dem Boot springen und zum Ufer schwimmen.

»Leute, wir nehmen Pjotr Dmitritsch ins Schlepptau!« rief jemand.

»Ins Schlepptau! Ins Schlepptau!« fielen die anderen ein. »Olga Michailowna, nehmen Sie Ihren Mann ins Schlepptau!«

Um dies zu tun, durfte Olga Michailowna, die am Steuer saß, nicht den Moment verpassen, in dem sie die Kette am Bug der Penderaklia zu fassen bekommen konnte. Als sie sich zu der Kette herunterbeugte, verzog Pjotr Dmitritsch das Gesicht und blickte erschrocken zu ihr hinüber.

»Daß du dich hier nur nicht erkältest!« sagte er.

Wenn du Angst um mich und das Kind hast, warum quälst du mich dann so? dachte Olga Michailowna.

Pjotr Dmitritsch erklärte sich für besiegt, und weil er nicht im Schlepptau fahren wollte, sprang er von der Penderaklia in das Boot, das ohnehin schon überfüllt war; er sprang so ungeschickt, daß das Boot sich stark auf die Seite legte und alle vor Schreck aufschrien.

Er ist nur gesprungen, um den Frauen zu gefallen, dachte Olga Michailowna. Er weiß, daß das Eindruck macht …

Sie begann an Armen und Beinen zu zittern, dachte, es käme von der Langeweile, dem Ärger, dem angespannten Lächeln und von dem Unbehagen, das sie im ganzen Körper spürte. Um dieses Zittern vor den Gästen zu verbergen, bemühte sie sich, noch lauter zu sprechen und zu lachen und sich schneller zu bewegen …

Falls ich plötzlich anfange zu weinen, dachte sie, werde ich sagen, ich hätte Zahnschmerzen …

Endlich legten die Boote an der »Insel der guten Hoffnung« an. So hieß die Halbinsel, die durch eine scharfe Windung des Flusses gebildet wurde und die von einem alten Wäldchen aus Birken, Eichen, Weiden und Pappeln bedeckt war. Unter den Bäumen standen bereits Tische, die Samoware rauchten, und Wassili und Grigori, in Frack und mit gestrickten weißen Handschuhen, machten sich mit dem Geschirr zu schaffen. Am anderen Ufer, der »Guten Hoffnung« gegenüber, standen die Kutschen, die die Verpflegung gebracht hatten. Körbe und Bündel wurden in einem der Penderaklia sehr ähnlichen Kahn auf die Insel herübergebracht. Die Diener, die Kutscher und sogar der Bauer, der in dem Kahn saß, zeigten einen feierlichen, zum Namenstag passenden Gesichtsausdruck, wie ihn nur Kinder und Dienerschaft zuwege bringen.

Während Olga Michailowna den Tee aufgoß und die ersten Gläser einschenkte, machten sich die Gäste über den

Fruchtlikör und die Süßigkeiten her. Dann ging alles bunt durcheinander, wie es beim Picknick während des Teetrinkens üblich ist, was jedoch die Gastgeberin sehr nervte und ermüdete. Kaum hatten Grigori und Wassili alles vorbereitet, da streckten sich Olga Michailowna schon Hände mit leeren Gläsern entgegen. Der eine wollte den Tee ohne Zucker, ein zweiter stärker, der dritte schwächer, der vierte dankte. All das mußte Olga Michailowna im Kopf behalten und dann rufen: »Iwan Petrowitsch, Sie wollten ohne Zucker?« oder »Meine Herrschaften, wer wollte ihn schwächer?« Derjenige aber, der ihn schwächer oder ohne Zucker wollte, dachte schon nicht mehr daran und nahm, in angenehme Gespräche vertieft, das erstbeste Glas. Abseits vom Tisch schlenderten verzagte Gestalten wie Schatten umher und taten, als suchten sie Pilze im Gras oder läsen die Aufschriften der Körbe – das waren die, für die die Gläser nicht gereicht hatten. »Haben Sie schon Tee getrunken?« fragte Olga Michailowna, und der, an den diese Frage gerichtet war, bat, sich keine Sorgen zu machen, und sagte: »Ich kann warten«, obwohl es für die Gastgeberin leichter gewesen wäre, wenn die Gäste nicht gewartet, sondern sich beeilt hätten.

Die einen, in Gespräche vertieft, tranken ihren Tee langsam und behielten die Gläser eine halbe Stunde lang bei sich, andere dagegen, besonders die, die zum Essen viel getrunken hatten, blieben am Tisch und tranken ein Glas nach dem anderen, so daß Olga Michailowna mit dem Einschenken kaum nachkam. Ein junger Spaßvogel trank seinen Tee, biß dazu den Zucker ab und sagte ständig vor sich hin: »Ich sündiger Mensch lasse mich gern mit diesem Chinesenkraut verwöhnen.« Von Zeit zu Zeit bat er mit einem tiefen Seufzer: »Bitte, noch ein Schälchen!« Er trank viel, zerbiß laut den Zucker und meinte, das alles sei komisch und originell und er ahme die Kaufleute vortrefflich nach. Keiner begriff, daß all diese Nichtigkeiten für die Gastgeberin eine Qual waren, und das war auch schwer zu erraten, denn Olga Michailowna lächelte die ganze Zeit über freundlich und redete Unsinn.

Und doch fühlte sie sich nicht wohl … Die vielen Menschen, das Lachen, die Fragen, der Spaßvogel, die kopflosen, wild herumlaufenden Diener, die um den Tisch tobenden Kinder brachten sie auf; sie ärgerte sich, daß Wata der Nata und Kolja dem Mitja so ähnlich sah und daß sie nicht wußte, wer von ihnen schon Tee getrunken hatte und wer noch nicht. Sie spürte, daß ihr angespanntes, freundliches Lächeln zu einer bösen Miene geriet, und glaubte jeden Augenblick, sie werde jetzt anfangen zu weinen.

»Herrschaften, es regnet!« rief jemand.

Alle blickten zum Himmel.

»Ja wirklich, es regnet …«, bestätigte Pjotr Dmitritsch und wischte sich die Wange ab.

Vom Himmel fielen nur wenige Tropfen, es regnete noch nicht richtig, doch die Gäste ließen den Tee stehen und drängten zur Eile. Zuerst wollten alle mit den Kutschen fahren, überlegten es sich aber anders und begaben sich zu den Booten. Olga Michailowna bat unter dem Vorwand, sie müsse sich schnell um das Abendessen kümmern, um Erlaubnis, die Gesellschaft allein zu lassen und mit der Kutsche nach Hause zu fahren.

Als sie in der Kutsche saß, vergönnte sie erst einmal ihrem Gesicht, sich von dem ewigen Lächeln zu erholen. Mit böser Miene fuhr sie durch das Dorf, und mit böser Miene erwiderte sie den Gruß der Bauern, die ihr begegneten. Zu Hause angekommen, ging sie durch den Hintereingang in ihr Schlafzimmer und legte sich auf das Bett ihres Mannes.

»Herr, du mein Gott«, flüsterte sie, »wozu diese Zwangsarbeit? Warum drängen sich die Menschen hier zusammen und tun so, als seien sie fröhlich? Warum lächle ich und lüge? Ich versteh das nicht, nein, ich versteh das nicht!«

Sie hörte Schritte und Stimmen. Die Gäste kamen zurück.

Sollen sie nur, dachte Olga Michailowna, ich bleibe noch ein bißchen liegen.

Doch das Zimmermädchen kam ins Schlafzimmer und sagte:

»Gnädige Frau, Marja Grigorjewna fährt ab!«

Olga Michailowna sprang auf, brachte ihre Frisur in Ordnung und verließ eilig das Schlafzimmer.

»Marja Grigorjewna, was soll das heißen?« begann sie in gekränktem Ton, während sie Marja Grigorjewna entgegenging. »Wohin wollen Sie denn so eilig?«

»Ich kann nicht bleiben, meine Liebe, ich kann nicht! Ich bin sowieso schon zu lange geblieben. Zu Hause warten die Kinder auf mich.«

»Das ist nicht nett von Ihnen! Warum haben Sie denn die Kinder nicht mitgebracht?«

»Wenn Sie erlauben, Liebste, bringe ich sie ein andermal an einem Wochentag zu Ihnen, aber heute …«

»Ja bitte«, unterbrach sie Olga Michailowna. »Ich würde mich sehr freuen. Sie haben so nette Kinder! Küssen Sie alle von mir … Aber wirklich, Sie kränken mich! Ich verstehe nicht, warum Sie es so eilig haben!«

»Es geht nicht anders, es geht nicht … Leben Sie wohl, Liebste. Passen Sie auf sich auf. Sie sind jetzt in einem Zustand …«

Sie umarmten sich. Nachdem sie den Gast zum Wagen begleitet hatte, ging Olga Michailowna in den Salon zu den Damen. Dort waren die Lichter schon angezündet, und die Männer setzten sich zum Kartenspiel.

IV

Nach dem Abendessen begannen die Gäste aufzubrechen, es war kurz nach Mitternacht. Um sie zu verabschieden, stand Olga Michailowna auf der Freitreppe und sagte:

»Sie hätten wirklich ein Tuch nehmen sollen! Es wird etwas frisch. Gebe Gott, daß Sie sich nicht erkälten!«

»Machen Sie sich keine Sorgen, Olga Michailowna«, gaben die Gäste zur Antwort und stiegen in die Kutsche. »Nun, leben Sie wohl! Und vergessen Sie nicht, wir erwarten Sie! Enttäuschen Sie uns nicht!«

»Brrrr!« Der Kutscher hielt die Pferde zurück.

»Fahr los, Denis! Leben Sie wohl, Olga Michailowna!«

»Küssen Sie die Kinder von mir!«

Der Wagen setzte sich in Bewegung und verschwand sofort in der Dunkelheit. In dem hellen Lichtkegel, den die Lampe auf den Weg warf, erschien ein neues Gespann oder eine Troika mit ungeduldigen Pferden, dazu die Silhouette des Kutschers mit ausgestreckten Armen. Wieder gab es Küsse, Vorwürfe und die Bitte, bald wiederzukommen oder ein Tuch umzulegen. Pjotr Dmitritsch kam aus der Diele geeilt und half den Damen beim Einsteigen.

»Fahr diesmal nach Jefremowschtschina«, belehrte er den Kutscher. »Über Mankino ist es näher, aber die Straße ist schlechter. Du könntest umkippen … Leben Sie wohl, meine Schöne! Mille compliments für Ihren Künstler.«

»Leben Sie wohl, liebste Olga Michailowna! Gehen Sie hinein, sonst erkälten Sie sich noch! Es ist feucht!«

»Brrr! Willst wohl dein Mütchen kühlen!«

»Was habt ihr da für Pferde?« fragte Pjotr Dmitritsch.

»Haben wir in der Großen Fastenzeit bei Chaidarow gekauft«, gab der Kutscher zur Antwort.

»Herrliche Pferdchen ...«

Pjotr Dmitritsch klopfte das Beipferd auf die Kruppe.

»Nun fahr schon! Gott geb euch eine glückliche Fahrt!«

Endlich war der letzte Gast abgefahren. Der helle Lichtkegel auf dem Weg begann zu zittern, schwenkte zur Seite,
verengte sich und erlosch – Wassili hatte die Lampe von der
Freitreppe weggebracht. Die letzten Male waren Pjotr Dmitritsch und Olga Michailowna, nachdem sie die Gäste verabschiedet hatten, gewöhnlich im Saal voreinander herumge-
sprungen, hatten in die Hände geklatscht und gesungen: »Sie
sind abgefahren! Abgefahren! Abgefahren!« Diesmal jedoch
war Olga Michailowna nicht danach. Sie ging in das Schlafzimmer, zog sich aus und legte sich ins Bett.

Sie dachte, sie würde augenblicklich in einen tiefen Schlaf
fallen. Beine und Schultern schmerzten, ihr Kopf war schwer
von den Gesprächen, und im ganzen Körper spürte sie nach
wie vor ein gewisses Unbehagen. Die Decke über den Kopf
gezogen, lag sie etwa drei Minuten, guckte dann unter der
Decke hervor auf das Lämpchen unter der Ikone, horchte auf
die Stille und lächelte.

»Es ist gut, sehr gut ...«, flüsterte sie und zog die Beine an,
die, wie ihr schien, vom vielen Gehen länger geworden waren.
»Schlafen, nur schlafen!«

Die Beine ließen sich nicht in die richtige Lage bringen, ihr
ganzer Körper fühlte sich unbehaglich, und sie drehte sich
auf die andere Seite. Durch das Schlafzimmer zog surrend
eine große Fliege und stieß ruhelos an die Decke. Es war auch
zu hören, wie Grigori und Wassili leise im Saal die Tische ab-
räumten. Olga Michailowna glaubte, sie würde erst einschlafen und sich wohlfühlen können, wenn die Geräusche verstummt seien. Und sie drehte sich wieder ungeduldig auf die
andere Seite.

Sie hörte die Stimme ihres Mannes aus dem Salon. Wahrscheinlich war jemand zur Nacht geblieben, denn Pjotr Dmitritsch sagte laut:

»Ich sage nicht, Graf Alexej Petrowitsch sei ein unaufrichtiger Mensch. Aber zwangsläufig wirkt er so, weil Sie alle, meine Herren, bemüht sind, in ihm nicht das zu sehen, was er wirklich ist. In seiner Wunderlichkeit sieht man einen originellen Geist, in seinem ungezwungenen Umgangston Gutmütigkeit, im völligen Fehlen von eigenen Ansichten Konservatismus. Nehmen wir einmal an, er wäre wirklich ein Konservativer von echtem Schrot und Korn. Was ist das denn eigentlich, Konservatismus?«

Pjotr Dmitritsch, der auf den Grafen Alexej Petrowitsch, auf die Gäste und auf sich selbst wütend war, machte jetzt seinem Herzen Luft. Er schimpfte auf den Grafen, die Gäste und war aus Ärger über sich selbst bereit, alles nur Erdenkliche zu sagen und zu verfechten. Nachdem er den Gast in sein Zimmer geleitet hatte, ging er im Salon von einer Ecke in die andere, lief durch das Eßzimmer, den Korridor, sein Arbeitszimmer, dann wieder durch den Salon und betrat darauf das Schlafzimmer. Olga Michailowna lag auf dem Rücken, nur bis zum Gürtel zugedeckt (ihr war jetzt heiß), und verfolgte mit bösem Gesicht die Fliege, die immerfort an die Decke stieß.

»Ist denn jemand zur Nacht geblieben?« fragte sie.

»Jegorow.«

Pjotr Dmitritsch entkleidete sich und legte sich in sein Bett. Schweigend zündete er sich eine Zigarette an und begann ebenfalls, die Fliege zu beobachten. Sein Blick war hart und unruhig. Ein paar Minuten lang betrachtete Olga Michailowna schweigend sein schönes Profil. Sie hatte das Gefühl, sie würde anfangen zu weinen oder zu lachen, wenn ihr

Mann sich plötzlich zu ihr umdrehen und sagen würde: Olja, mir ist so schwer ums Herz!, und ihr wäre leichter zumute. Sie glaubte, der Schmerz in ihren Beinen und das Gefühl des Unbehagens im ganzen Körper kämen daher, daß sie seelisch so angespannt war.

»Pjotr, woran denkst du?« fragte sie.

»Nur so, an nichts ...«, erwiderte ihr Mann.

»Du hast in letzter Zeit irgendwelche Geheimnisse vor mir. Das ist nicht schön.«

»Warum nicht schön?« gab ihr Mann trocken und nach einer kleinen Pause zur Antwort. »Jeder hat sein eigenes Leben, und deshalb muß er auch seine Geheimnisse haben.«

»Eigenes Leben, seine Geheimnisse ... das sind doch nur Worte! Versteh doch, daß du mich kränkst!« sagte Olga Michailowna und setzte sich im Bett auf. »Wenn dir schwer ums Herz ist, warum verbirgst du das vor mir? Und warum hältst du es für angebrachter, fremden Frauen dein Herz auszuschütten statt deiner eigenen? Ich habe doch gehört, wie offen du heute am Bienenstand mit Ljubotschka gesprochen hast.«

»Na, da gratuliere ich dir. Wie schön, daß du zugehört hast.«

Das hieß: Laß mich in Ruhe und störe mich nicht beim Nachdenken! Olga Michailowna war empört. Der Ärger, der Haß und die Wut, die sich im Laufe des Tages in ihr angesammelt hatten, stiegen plötzlich in ihr hoch; sie wollte jetzt, und nicht erst morgen, ihrem Mann alles sagen, ihn verletzen, sich an ihm rächen ... Sie nahm sich mit aller Macht zusammen, um nicht zu schreien, und sagte:

»Du sollst nur wissen, das alles ist erbärmlich, erbärmlich, erbärmlich! Ich habe dich heute den ganzen Tag gehaßt – das hast du erreicht!«

Pjotr Dmitritsch setzte sich nun auch im Bett auf.

»Das ist erbärmlich, erbärmlich, erbärmlich!« fuhr Olga Michailowna fort und fing an, am ganzen Körper zu zittern. »Du brauchst mir nicht zu gratulieren! Gratuliere lieber dir selbst. Schmach und Schande über dich! Du hast so jämmerlich gelogen, daß du dich schämen solltest, mit deiner Frau in einem Zimmer zu sein. Du bist durch und durch verlogen. Ich habe dich durchschaut und verstehe jeden deiner Schritte!«

»Olja, wenn du schlechte Laune hast, sag es mir bitte gleich. Dann schlafe ich im Arbeitszimmer.«

Mit diesen Worten nahm Pjotr Dmitritsch sein Kissen und verließ das Schlafzimmer. Das hatte Olga Michailowna nicht erwartet. Ein paar Minuten lang schaute sie schweigend mit offenem Mund und am ganzen Körper zitternd auf die Tür, hinter der ihr Mann verschwunden war, und versuchte zu begreifen, was das bedeutete. War das einer der Tricks, die unaufrichtige Menschen bei Streitigkeiten anwenden, wenn sie im Unrecht sind, oder war das eine Kränkung, die er absichtlich ihrer Eigenliebe zugefügt hatte? Wie sollte sie das verstehen? Olga Michailowna erinnerte sich an einen Vetter, einen Offizier und fröhlichen Burschen, der ihr wiederholt unter Schmunzeln erzählt hatte, wenn seine liebe Gattin nachts anfange, ihm zuzusetzen, nehme er sein Kissen und gehe pfeifend in sein Arbeitszimmer, und seine Frau bleibe in einer dummen und lächerlichen Lage zurück. Dieser Offizier war mit einer reichen, launischen und einfältigen Frau verheiratet, die er nicht achtete, sondern nur ertrug.

Olga Michailowna sprang aus dem Bett. Ihrer Meinung nach blieb ihr jetzt nur noch eins: sich möglichst rasch anzuziehen und das Haus für immer zu verlassen. Das Haus gehörte ihr, um so schlimmer für Pjotr Dmitritsch. Ohne lange zu überlegen, ob das nötig war oder nicht, ging sie rasch in das Arbeitszimmer, um ihrem Mann ihren Entschluß mitzuteilen (Weiberlogik! schoß es ihr durch den Kopf) und um ihm zum Abschied noch etwas Kränkendes, Bissiges zu sagen …

Pjotr Dmitritsch lag auf dem Sofa und tat so, als lese er Zeitung. Neben ihm auf dem Stuhl brannte eine Kerze. Wegen der Zeitung konnte sie sein Gesicht nicht sehen.

»Wollen Sie mir bitte erklären, was das bedeutet. Ich frage Sie!«

»Sie …«, äffte Pjotr Dmitritsch sie nach, ohne sein Gesicht zu zeigen. »Es reicht mir, Olga! Ehrenwort, ich bin müde und mir ist jetzt nicht danach … Morgen können wir streiten.«

»Nein, ich verstehe dich sehr gut!« fuhr Olga Michailowna fort. »Du haßt mich! Ja, ja! Du haßt mich dafür, daß ich reicher bin als du. Du wirst mir das nie verzeihen und wirst mich immer belügen! (Weiberlogik! schoß es ihr abermals durch den Kopf.) Ich weiß, du lachst jetzt über mich … Ich bin sogar überzeugt, daß du mich nur geheiratet hast, um die Privilegien und diese dämlichen Pferde zu bekommen …! Ach, ich Unglückliche!«

Pjotr Dmitritsch ließ die Zeitung fallen und richtete sich auf. Die unerwartete Kränkung hatte ihn erschüttert. Er lächelte kindlich-hilflos, sah seine Frau bestürzt an, und als wollte er sich vor weiteren Schlägen schützen, streckte er ihr seine Hände entgegen und sagte flehend:

»Olja!«

In der Erwartung, sie würde noch etwas Schreckliches sagen, drückte er sich an die Lehne des Sofas, und seine ganze große Gestalt wirkte genauso hilflos und kindlich wie sein Lächeln.

»Olja, wie konntest du so etwas sagen?« flüsterte er.

Olga Michailowna kam zur Besinnung. Sie spürte plötzlich

ihre abgöttische Liebe zu diesem Menschen, sie dachte daran, daß Pjotr Dmitritsch ihr Mann war, ohne den sie nicht einen Tag leben konnte und der sie ebenso abgöttisch liebte. Sie schluchzte laut auf mit einer ihr fremden Stimme, griff sich an den Kopf und lief zurück ins Schlafzimmer.

Sie fiel auf ihr Bett, und ihr abgerissenes hysterisches Schluchzen, das sie am Atmen hinderte und Arme und Beine zum Zucken brachte, erfüllte das Schlafzimmer. Als ihr einfiel, daß drei oder vier Zimmer weiter ein Gast schlief, verbarg sie den Kopf unter dem Kissen, um das Schluchzen zu ersticken, doch das Kissen fiel auf den Boden, und fast wäre sie selbst gefallen, als sie sich danach bückte; sie zog die Decke zum Gesicht, doch ihre Hände gehorchten ihr nicht und rissen krampfartig an allem, woran sie sich festhalten wollte.

Ihr schien, als sei alles schon verloren, und die Unwahrheit, die sie gesagt hatte, um ihren Mann zu verletzen, habe aus ihrem Leben einen Scherbenhaufen gemacht. Ihr Mann würde ihr nicht verzeihen. Die Kränkung, die sie ihm zugefügt hatte, war von der Art, daß sie nicht mit Zärtlichkeiten und Schwüren wiedergutzumachen war … Wie konnte sie ihren Mann davon überzeugen, daß sie selbst nicht glaubte, was sie gesagt hatte?

»Es ist aus, es ist aus!« schrie sie und bemerkte nicht, daß das Kissen schon wieder zu Boden gefallen war. »Um Gottes willen, um Gottes willen!«

Wahrscheinlich hatte ihr Schreien bereits den Gast und die Dienerschaft geweckt; morgen würde der ganze Kreis wissen, daß sie einen hysterischen Anfall hatte, und alle würden Pjotr Dmitritsch die Schuld daran geben. Sie gab sich die größte Mühe, sich zusammenzunehmen, doch ihr Schluchzen wurde mit jedem Augenblick lauter und lauter.

»Um Gottes willen!« schrie sie mit ganz fremder Stimme

und verstand nicht, warum sie das schrie. »Um Gottes willen!«

Ihr war, als würde das Bett unter ihr einbrechen und ihre Beine hätten sich in der Decke verfangen. In das Schlafzimmer trat Pjotr Dmitritsch im Schlafrock, eine Kerze in der Hand.

»Olja, hör auf!« sagte er.

Sie richtete sich auf, kniete im Bett, und wegen des Kerzenlichts blinzelnd brachte sie unter Schluchzen hervor:

»Versteh doch … versteh …«

Sie wollte sagen, daß die Gäste, seine Lüge und ihre Lüge sie gequält hatten, daß sich in ihr so vieles angestaut hatte, doch sie brachte nur heraus:

»Versteh doch … versteh!«

»Da, trink doch was!« sagte er und reichte ihr Wasser.

Gehorsam nahm sie das Glas und begann zu trinken, doch sie verschüttete das Wasser, und es rann ihr über die Arme, die Brust, die Knie … Sicher sehe ich jetzt furchtbar häßlich aus, dachte sie. Pjotr Dmitritsch legte sie schweigend ins Bett, deckte sie zu, nahm dann die Kerze und ging hinaus.

»Um Gottes willen!« schrie Olga Michailowna nochmals. »Pjotr, versteh doch, versteh!«

Plötzlich preßte sie etwas im Unterleib und im Rücken mit solcher Gewalt zusammen, daß ihr Weinen abriß und sie vor Schmerzen in das Kissen biß. Doch der Schmerz ließ sofort wieder nach, und sie schluchzte von neuem.

Das Zimmermädchen kam herein, zog ihr die Decke zurecht und fragte bestürzt:

»Liebe gnädige Frau, was ist mit Ihnen?«

»Verschwinden Sie von hier!« sagte Pjotr Dmitritsch streng und trat an das Bett.

»Versteh doch … versteh …«, begann Olga Michailowna.

»Olja, ich bitte dich, beruhige dich!« sagte er. »Ich wollte dich nicht kränken. Ich hätte das Schlafzimmer nicht verlassen, wenn ich gewußt hätte, daß das auf dich diese Wirkung hat. Mir war einfach schwer ums Herz. Ich sage dir das ganz ehrlich …«

»Versteh doch, du hast gelogen und ich habe gelogen …«

»Ich verstehe … Laß gut sein! Ich verstehe!« sagte Pjotr Dmitritsch zärtlich und setzte sich zu ihr aufs Bett. »Du hast das im Zorn gesagt, das ist verständlich … Ich schwöre bei Gott, ich liebe dich mehr als alles auf der Welt, und als ich dich heiratete, hab ich nicht einmal daran gedacht, daß du reich bist. Ich habe dich unendlich geliebt, nur das zählte … Ich versichere es dir. Ich habe nie Not gelitten und kannte den Wert des Geldes nicht, deshalb habe ich gar kein Gefühl für den Unterschied zwischen deinem und meinem Vermögen. Mir kam es immer so vor, als wären wir gleich reich. Daß ich in kleinen Dingen nicht aufrichtig war, das ist … natürlich wahr. Mein Leben war bisher so wenig von Ernst erfüllt, daß ich ohne die eine oder andere Lüge nicht auskam. Mir ist jetzt selbst schwer ums Herz. Lassen wir dieses Gespräch, um Gottes willen!«

Olga Michailowna spürte wieder den starken Schmerz und faßte ihren Mann am Ärmel.

»Es tut weh, es tut so weh …«, brachte sie schnell hervor. »Ach, es tut so weh!«

»Zum Teufel mit diesen Gästen!« murmelte Pjotr Dmitritsch und erhob sich. »Du hättest heute nicht mit auf die Insel fahren sollen!« rief er. »Und warum habe ich Dummkopf dich nicht zurückgehalten? Oh, mein Gott!«

Er kratzte sich ärgerlich am Kopf, machte eine hilflose Handbewegung und verließ das Zimmer.

Er kam dann mehrmals wieder, setzte sich zu ihr ans Bett

und redete viel, mal sehr zärtlich, mal ärgerlich, doch sie hörte ihn kaum. Ihr Schluchzen wurde immer wieder von schrecklichen Schmerzen unterbrochen, und jeder neue Schmerz war stärker und länger. Zu Anfang hielt sie während der Schmerzanfälle den Atem an und biß in das Kissen, dann aber begann sie zu schreien, mit einer unmenschlichen, herzzerreißenden Stimme. Als sie ihren Mann einmal neben sich sah, erinnerte sie sich, daß sie ihn gekränkt hatte, und ohne zu überlegen, ob es eine Fieberphantasie war oder der echte Pjotr, nahm sie seine Hand in beide Hände und begann sie zu küssen.

»Du hast gelogen, ich habe gelogen ...«, begann sie sich zu rechtfertigen. »Versteh doch, versteh ... Man hat mich gequält, hat mich aus der Fassung gebracht ...«

»Olja, wir sind hier nicht allein!« sagte Pjotr Dmitritsch.

Olga Michailowna hob den Kopf und sah Warwara, die neben der Kommode kniete und die untere Schublade herauszog. Die oberen Schubladen waren bereits offen. Als sie mit der Kommode fertig war, erhob sich Warwara, rot vor Anstrengung, und mit einer kühlen, feierlichen Miene machte sie sich daran, eine Schatulle aufzuschließen.

»Marja, ich bekomme sie nicht auf«, sagte sie flüsternd. »Versuch du es.«

Das Zimmermädchen Marja stocherte mit einer Schere in dem Leuchter herum, um eine neue Kerze einzusetzen; sie ging zu Warwara und half ihr, die Schatulle zu öffnen.

»Damit nichts verschlossen bleibt ...«, flüsterte Warwara. »Öffne, meine Liebe, auch diese Schachtel. Gnädiger Herr«, wandte sie sich an Pjotr Dmitritsch, »Sie sollten zu Vater Michail schicken, er möge die Heilige Pforte aufschließen! Es muß sein!«

»Macht, was ihr wollt«, sagte Pjotr Dmitritsch, stoßweise atmend, »holt nur um Gottes willen schnell den Doktor oder die Hebamme! Ist Wassili gefahren? Schickt noch jemanden. Schick deinen Mann!«

Ich komme nieder, dachte Olga Michailowna. »Warwara«, stöhnte sie, »es kommt ja doch nicht lebend zur Welt!«

»Aber nein, aber nein, gnädige Frau …«, flüsterte Warwara. »Gott wirdet (wie sie immer sagte) es geben, es wirdet lebend geboren! Es wirdet leben.«

Als Olga Michailowna sich zwischendurch von den Schmerzen erholte, ließ auch das Schluchzen und das Hin- und Herwälzen nach, sie stöhnte nur. Das Stöhnen konnte sie auch in den Pausen nicht unterdrücken, wenn die Schmerzen nachließen. Die Kerzen brannten noch, aber das Morgenlicht drang bereits durch die Vorhänge. Wahrscheinlich war es gegen fünf Uhr morgens. Im Schlafzimmer saß an einem runden Tischchen eine unbekannte Frau in weißer Schürze, sie wirkte sehr bescheiden. Aus ihrer Haltung war zu erkennen, daß sie schon lange dort saß. Olga Michailowna erriet, daß es die Hebamme war.

»Ist es bald vorbei?« fragte sie und hörte in ihrer Stimme einen besonderen, unbekannten Ton, den sie nie zuvor an sich gekannt hatte. Wahrscheinlich sterbe ich bei der Geburt, dachte sie.

Behutsam trat Pjotr Dmitritsch ins Schlafzimmer, angezogen wie am Tage, und stellte sich ans Fenster, mit dem Rücken zu seiner Frau. Er hob die Vorhänge leicht an und blickte nach draußen.

»Was für ein Regen!« sagte er.

»Wie spät ist es?« fragte Olga Michailowna, um den unbekannten Ton in ihrer Stimme noch einmal zu hören.

»Viertel vor sechs«, antwortete die Hebamme.

Was ist, wenn ich wirklich sterbe? dachte Olga Michailowna und schaute auf den Kopf ihres Mannes und die Fensterscheiben, an die der Regen prasselte. Wie wird er ohne mich leben? Mit wem wird er Tee trinken, Mittag essen, sich am Abend unterhalten, schlafen?

Und er erschien ihr wie ein kleines verwaistes Kind. Er tat ihr leid, und sie wollte ihm etwas Schönes, Zärtliches, Tröstliches sagen. Ihr fiel ein, wie er sich im Frühjahr Jagdhunde kaufen wollte und wie sie, die die Jagd für ein grausames und gefährliches Vergnügen hielt, ihn daran gehindert hatte.

»Pjotr, kauf dir die Jagdhunde!« stöhnte sie.

Er ließ die Vorhänge fallen und kam zu ihr ans Bett; er wollte etwas sagen, doch in diesem Augenblick spürte Olga Michailowna wieder den Schmerz und schrie mit unmenschlicher, herzzerreißender Stimme.

Vom Schmerz, dem ständigen Schreien und Stöhnen war sie völlig apathisch geworden. Sie hörte, sah, und manchmal sagte sie auch etwas, doch sie verstand schlecht und wußte nur, daß sie Schmerzen hatte oder gleich wieder bekommen würde. Es schien ihr, als sei der Namenstag vor langer, langer Zeit gewesen, nicht gestern, sondern vor einem Jahr, und ihr neues, so schmerzerfülltes Leben dauere bereits länger als ihre Kindheit, das Studium und ihre Ehe und würde noch lange, unendlich lange andauern. Sie sah, wie man der Hebamme Tee brachte, wie man sie zum Frühstück und später zum Mittagessen rief; sie sah, wie Pjotr Dmitritsch es sich zur Gewohnheit machte, ins Zimmer zu kommen, lange am Fenster zu stehen und wieder zu gehen, und wie es für irgendwelche fremden Männer, für das Zimmermädchen und Warwara zur Gewohnheit wurde, hereinzukommen … Warwara sagte nur »es wirdet, es wirdet« und wurde ärgerlich, wenn jemand die Schubladen der Kommode verschob. Olga Michailowna sah, wie sich im Zimmer und im Fenster das Licht änderte: Bald war es dämmerig, bald trübe wie bei Nebel, bald helles

Tageslicht, wie gestern nach dem Mittagessen, dann wieder dämmerig … Und jede dieser Veränderungen dauerte so lange wie ihre Kindheit, die Zeit im Institut, das Studium …

Am Abend führten zwei Ärzte – der eine war knochig, kahlköpfig, mit einem breiten roten Bart, der andere hatte jüdische Gesichtszüge, war brünett und trug eine billige Brille – an Olga eine Operation durch. Daß fremde Männer ihren Körper berührten, ließ sie völlig gleichgültig. Sie hatte kein Schamgefühl und keinen Willen mehr; jeder konnte mit ihr machen, was er wollte. Hätte sich jemand in dieser Zeit mit einem Messer auf sie gestürzt oder Pjotr Dmitritsch beleidigt oder ihr das Recht auf das kleine Menschlein genommen, sie hätte nicht ein Wort dazu gesagt.

Während der Operation gab man ihr Chloroform. Als sie später erwachte, waren die Schmerzen immer noch da und kaum zu ertragen. Es war Nacht. Und Olga Michailowna erinnerte sich, daß es genau so eine Nacht schon einmal gegeben hatte, mit der Stille, dem Lämpchen unter der Ikone, der unbeweglich am Bett sitzenden Hebamme, den herausgezogenen Kommodenschubladen und dem am Fenster stehenden Pjotr Dmitritsch, aber das war lange, lange her …

v

Ich bin nicht gestorben …, dachte Olga Michailowna, als sie ihre Umgebung wieder wahrzunehmen begann und keine Schmerzen mehr hatte.

In die beiden weit geöffneten Fenster des Schlafzimmers blickte der helle Sommertag; draußen im Garten tschilpten und krächzten die Spatzen und Elstern, ohne auch nur einen Augenblick zu verstummen.

Die Schubladen der Kommode waren wieder geschlossen,

das Bett ihres Mannes in Ordnung gebracht. Im Schlafzimmer saßen weder die Hebamme noch Warwara oder das Zimmermädchen; nur Pjotr Dmitritsch stand wie zuvor bewegungslos am Fenster und blickte in den Garten. Kein Kinderweinen war zu hören, niemand gratulierte ihr oder freute sich, das kleine Menschlein war offenbar tot geboren.

»Pjotr!« rief Olga Michailowna ihren Mann an.

Pjotr Dmitritsch sah sich um. Wahrscheinlich war sehr viel Zeit vergangen, seit der letzte Gast abgefahren war und Olga Michailowna ihren Mann gekränkt hatte, denn Pjotr Dmitritsch war auffallend hohlwangig geworden und stark abgemagert.

»Was ist?« fragte er und trat an ihr Bett.

Er blickte zur Seite, bewegte die Lippen und lächelte hilflos wie ein Kind.

»Ist alles vorbei?« fragte Olga Michailowna.

Pjotr Dmitritsch wollte etwas antworten, aber seine Lippen zitterten, und sein Mund verzog sich greisenhaft wie bei dem zahnlosen Onkel Nikolai Nikolajitsch.

»Olja!« sagte er, die Hände ringend, und aus seinen Augen strömten plötzlich große Tränen. »Olja! Ich brauche weder deine Privilegien noch die Sitzungen (er schluchzte auf) … noch die besonderen Meinungen oder diese Gäste und auch nicht deine Mitgift … nichts brauche ich! Warum haben wir unser Kind nicht behütet? Ach, was gibt es da zu reden!«

Er machte eine mutlose Handbewegung und verließ das Zimmer.

Doch Olga war schon alles völlig gleich. Ihr Kopf war vom Chloroform noch vernebelt, und in ihrem Herzen herrschte große Leere … Jene stumpfe Gleichgültigkeit gegenüber dem Leben, die sie erfüllte, als die beiden Ärzte sie operierten, war immer noch nicht von ihr gewichen.

Ein flatterhaftes Wesen

I

Auf Olga Iwanownas Hochzeit waren all ihre Freunde und guten Bekannten.

»Schauen Sie ihn an: Er hat so etwas an sich, nicht wahr?« sagte sie zu ihren Freunden und wies mit einer Kopfbewegung auf ihren Mann, als wollte sie dadurch gleichsam erklären, warum sie ausgerechnet diesen unauffälligen, ganz gewöhnlichen und durch nichts bemerkenswerten Menschen geheiratet hatte.

Ihr Mann, Ossip Stepanytsch Dymow, war Arzt und hatte den Rang eines Titularrats. Er arbeitete in zwei Krankenhäusern: in dem einen als außerplanmäßiger Stationsarzt und in dem anderen als Prosektor*. Täglich von neun Uhr morgens bis zum Mittag hatte er Sprechstunde und betreute seine Station, nachmittags fuhr er mit der Pferdebahn in das andere Krankenhaus, wo er die verstorbenen Patienten sezierte. Seine Privatpraxis war sehr klein, sie brachte ihm etwa fünfhundert Rubel im Jahr ein. Das war auch schon alles. Was ließe sich wohl noch über ihn sagen? Indessen waren Olga Iwanowna und ihre Freunde und guten Bekannten alles andere als gewöhnliche Menschen. Jeder von ihnen stach durch irgend etwas hervor und war ein wenig bekannt, hatte bereits einen Namen und galt als Berühmtheit oder aber, auch wenn

---

* früher: Assistent eines pathologischen Instituts, der die Sektionen durchführte

er noch nicht berühmt war, gab doch zu glänzenden Hoffnungen Anlaß. So zum Beispiel ein Schauspieler vom Theater, ein bedeutendes, seit langem anerkanntes Talent, ein aparter, kluger und bescheidener Mensch und ein ausgezeichneter Rezitator, der Olga Iwanowna das Rezitieren beigebracht hatte; ein gutmütiger dicker Opernsänger, der seufzend Olga Iwanowna versicherte, sie werde sich noch zugrunde richten. Falls sie ein bißchen ehrgeiziger wäre, könnte aus ihr eine hervorragende Sängerin werden; dann einige Künstler, angeführt von dem Genre-, Tier- und Landschaftsmaler Rjabowski, einem sehr hübschen blonden jungen Mann von fünfundzwanzig Jahren, der auf Ausstellungen bereits recht erfolgreich war und sein letztes Bild für fünfhundert Rubel verkauft hatte; er korrigierte Olga Iwanownas Skizzen und sagte, daß aus ihr vielleicht noch etwas Vernünftiges werden könne; dann ein Cellist, bei dem das Instrument zu schluchzen pflegte und der offen gestand, daß von allen ihm bekannten Frauen nur Olga Iwanowna zu begleiten verstehe; dann ein junger, aber bereits bekannter Literat, der Romane, Theaterstücke und Erzählungen schrieb. Wer noch? Nun, Wassili Wassiljitsch noch, ein Adliger, ein Gutsbesitzer, dilettierender Illustrator und Vignettenzeichner, der sich stark dem altrussischen Stil, den Bylinen* und dem Epos verbunden fühlte; auf Papier, Porzellan und auf rußgeschwärzten Tellern vollbrachte er buchstäblich Wunder. Inmitten dieser freien, vom Schicksal verwöhnten Künstlergesellschaft, die zwar feinfühlig und bescheiden war, aber sich an die Existenz irgendwelcher Ärzte nur im Krankheitsfall erinnerte und für die der Name Dymow genauso nichtssagend klang wie Sidorow oder Tarassow – inmitten dieser Gesellschaft wirkte Dymow

* epische Heldenlieder der russ. Volksdichtung

fremd, überflüssig und klein, obwohl er hochgewachsen und breitschultrig war. Er schien einen fremden Frack und ein Beamtenbärtchen zu tragen. Und wenn er Schriftsteller oder Künstler gewesen wäre, dann hätte es geheißen, er erinnere mit seinem Bärtchen an Zola.

Der Schauspieler sagte zu Olga Iwanowna, daß sie mit ihrem flachsblonden Haar und in dem Brautkleid sehr einem schlanken Kirschbäumchen gleiche, wenn es im Frühling in voller zarter weißer Blüte stehe.

»Nein, hören Sie zu!« sagte Olga Iwanowna zu ihm und ergriff dabei seine Hand. »Wie kam es so plötzlich dazu? Hören Sie zu, hören Sie zu … Sie müssen wissen, daß mein Vater zusammen mit Dymow im selben Krankenhaus gearbeitet hat. Nachdem mein armer Vater erkrankt war, wachte Dymow Tag und Nacht an seinem Bett. So viel Selbstaufopferung! Hören Sie zu, Rjabowski … Auch Sie, Herr Schriftsteller, hören Sie zu, das ist sehr interessant. Kommen Sie näher. Wie viel Selbstaufopferung, wie viel aufrichtige Anteilnahme! Ich habe auch nächtelang nicht geschlafen und bei Vater gesessen, und plötzlich – war's passiert, hatte ich den guten Kerl erobert! Mein Dymow hatte sich bis über beide Ohren in mich verliebt. Wirklich, das Schicksal ist mitunter so sonderbar. Nun, nach Vaters Tod kam er manchmal zu mir, begegnete mir auf der Straße, und plötzlich, eines schönen Abends – zack! machte er mir einen Heiratsantrag … wie ein Blitz aus heiterem Himmel … Die ganze Nacht habe ich dann geweint und mich selbst auch höllisch verliebt. Und nun, wie Sie sehen, bin ich seine Frau geworden. Er hat so etwas Starkes, Kraftvolles, Bärenhaftes an sich, nicht wahr? Jetzt ist sein Gesicht uns nur zu drei Vierteln zugewandt und unvorteilhaft beleuchtet, aber wenn er sich umdreht, dann schauen Sie sich mal seine Stirn an. Rjabowski, was sagen Sie zu dieser Stirn?

Dymow, wir sprechen von dir!« rief sie ihrem Mann zu. »Komm her. Reiche Rjabowski deine ehrliche Hand ... Ja so. Seid Freunde.«

Dymow lächelte gutmütig und naiv, streckte Rjabowski die Hand entgegen und sagte:

»Sehr erfreut. Mit mir hat auch ein gewisser Rjabowski das Studium abgeschlossen. Das ist nicht etwa ein Verwandter von Ihnen?«

II

Olga Iwanowna war zweiundzwanzig, Dymow einunddreißig. Nach ihrer Hochzeit begann für die beiden ein vortreffliches Leben. Olga Iwanowna hängte im Salon alle Wände voll mit ihren eigenen und fremden gerahmten und ungerahmten Malskizzen, und um den Flügel und die Möbel herum gruppierte sie eine wunderschöne Ansammlung von chinesischen Schirmen, Staffeleien, bunten Läppchen, Dolchen, kleinen Büsten und Photographien ... Im Eßzimmer beklebte sie die Wände mit einfachen Holzschnitten, hängte Bastschuhe und Sicheln auf, stellte in eine Ecke eine Sense und einen Rechen, und das Ergebnis war ein Eßzimmer im russischen Stil. Im Schlafzimmer drapierte sie – damit es einer Höhle glich – Decke und Wände mit dunklem Tuch, hängte über die Betten eine venezianische Laterne, und an die Tür stellte sie eine Figur mit einer Hellebarde. Und alle fanden, daß die jungen Eheleute ein gemütliches Nest hätten.

Jeden Tag, nachdem Olga Iwanowna gegen elf Uhr aufgestanden war, spielte sie auf dem Flügel, oder sie malte, wenn die Sonne schien, irgend etwas mit Ölfarben. Dann, kurz nach zwölf, fuhr sie zu ihrer Schneiderin. Da sie und Dymow mit Geld sehr knapp waren, mußten ihre Schneiderin und sie sich ständig etwas einfallen lassen, damit sie immer wieder in neuen Kleidern erscheinen und dadurch Aufsehen erregen konnte. Sehr oft entstanden aus einem alten umgefärbten Kleid, aus Tüll-, Spitzen-, Plüsch- und Seidenresten, die nichts kosteten, wahre Wunderwerke, entstand etwas Bezauberndes, nicht einfach nur ein Kleid, sondern ein Traum von einem Kleid. Von der Schneiderin fuhr Olga Iwanowna gewöhnlich zu irgendeiner der ihr bekannten Schauspielerinnen, um Neuigkeiten aus dem Theater zu erfahren und bei dieser Gelegenheit eine Karte für die Premiere eines neuen Stücks oder für eine Benefizvorstellung zu ergattern. Von der Schauspielerin fuhr sie ins Atelier eines Künstlers oder zu einer Gemäldeausstellung, dann zu irgendeiner Berühmtheit – um diese zu sich einzuladen oder einen Gegenbesuch abzustatten oder einfach um zu plaudern. Und überall empfing man sie gern und freundschaftlich und versicherte ihr, daß sie schön, lieb und einzigartig sei ... Diejenigen, die sie berühmt und groß nannte, nahmen sie wie ihresgleichen auf und prophezeiten ihr einstimmig, daß bei ihren Talenten, ihrem Geschmack und ihrer Intelligenz etwas sehr Vernünftiges herauskommen werde, wenn sie sich nicht verzettele. Sie sang, spielte Klavier, malte, modellierte, wirkte in Laientheatergruppen mit, doch all das nicht irgendwie, sondern mit Talent; ganz gleich, ob sie Lampions für eine Beleuchtung anfertigte, ob sie sich festlich kleidete oder ob sie jemandem die Krawatte band – alles gelang ihr außergewöhnlich kunstvoll, graziös und anmutig. Aber nirgendwo zeigte sich ihre Begabung so deutlich wie in ihrer Fähigkeit, jederzeit berühmte Leute kennenzulernen und sich bald darauf mit ihnen anzufreunden. Es mußte nur irgend jemand ein wenig berühmt werden und von sich reden machen, schon war sie mit ihm bekannt, schloß noch am selben Tag Freundschaft und lud ihn zu sich ein. Jede neue

Bekanntschaft war für sie ein wahres Fest. Sie vergötterte berühmte Leute, war stolz auf sie, und jede Nacht erschienen sie ihr sogar im Traum. Sie war süchtig nach ihnen und konnte diese Sucht überhaupt nicht befriedigen. Alte Bekannte verschwanden und gerieten in Vergessenheit, an ihre Stelle traten neue, aber auch diese wurden bald zur Gewohnheit, oder Olga war von ihnen enttäuscht und begann begierig neue und immer wieder neue große Leute zu suchen, fand sie und suchte wieder. Wozu?

Nach vier Uhr aß sie zu Hause mit ihrem Mann zu Mittag. Seine zurückhaltende Art, sein gesunder Menschenverstand und seine Gutmütigkeit rührten und begeisterten sie. Ständig sprang sie auf, umfaßte stürmisch seinen Kopf und bedeckte ihn mit Küssen.

»Dymow, du bist ein kluger, edler Mensch«, sagte sie, »aber du hast einen ganz entscheidenden Fehler: Du interessierst dich überhaupt nicht für die Kunst. Du lehnst sowohl die Musik als auch die Malerei ab.«

»Ich verstehe nichts davon«, sagte er sanft. »Ich habe mich mein ganzes Leben lang mit Naturwissenschaften und Medizin beschäftigt und hatte nie Zeit, mich für die Künste zu interessieren.«

»Aber das ist doch schrecklich, Dymow!«

»Warum denn? Deine Bekannten verstehen nichts von Naturwissenschaften und Medizin, du machst es ihnen jedoch nicht zum Vorwurf. Jedem das Seine. Ich verstehe nichts von Landschaftsmalerei und von Opern, aber ich sehe das folgendermaßen: Wenn kluge Leute den schönen Künsten ihr ganzes Leben widmen und andere kluge Leute dafür riesige Summen ausgeben, dann sind sie wohl notwendig. Ich verstehe nichts davon, aber nichts davon zu verstehen heißt nicht, es abzulehnen.«

»Laß mich deine ehrliche Hand drücken!«

Nach dem Mittagessen pflegte Olga Iwanowna zu Bekannten zu fahren, dann ins Theater oder ins Konzert und kam gewöhnlich erst nach Mitternacht nach Hause. Und das täglich.

Mittwochs fanden bei ihr gesellige Abende statt. An diesen Abenden wurde nicht etwa Karten gespielt oder getanzt, sondern die Hausherrin und ihre Gäste fanden Zerstreuung durch verschiedene künstlerische Darbietungen. Der Schauspieler vom Theater rezitierte, der Sänger sang, die Maler zeichneten etwas in die Alben, von denen Olga Iwanowna eine Menge besaß, der Cellist musizierte, und die Dame des Hauses zeichnete und modellierte selbst auch, sang und begleitete auf dem Flügel. In den Pausen zwischen den Rezitationen, der Musik und dem Gesang wurden Streitgespräche über Literatur, Theater und Malerei geführt. Damen waren keine dabei, weil Olga Iwanowna alle Damen, außer Schauspielerinnen und ihrer Schneiderin, für langweilig und geistlos hielt. Keiner dieser Abende verging, ohne daß die Hausherrin bei jedem Läuten zusammenzuckte und triumphierend sagte: »Das ist er!« – wobei sie mit »er« stets eine neu eingeladene Berühmtheit meinte. Dymow war nie im Salon dabei, und niemand dachte daran, daß es ihn überhaupt gab. Pünktlich um halb zwölf aber ging die Tür zum Eßzimmer auf, Dymow erschien mit seinem gutmütigen, sanften Lächeln und sagte, sich die Hände reibend:

»Bitte, meine Herren, ein kleiner Imbiß.«

Alle begaben sich ins Eßzimmer, und jedesmal sahen sie auf dem Tisch das gleiche: eine Schüssel mit Austern, ein Stück Schinken oder Kalbfleisch, Sardinen, Käse, Kaviar, Pilze, Wodka und zwei Karaffen Wein.

»Mein lieber maître d'hôtel!« sagte Olga Iwanowna und schlug vor Begeisterung die Hände zusammen. »Du bist einfach bezaubernd! Meine Herren, schauen Sie sich seine Stirn an! Dymow, zeig dich mal im Profil. Meine Herren, schauen Sie: das Gesicht eines bengalischen Tigers, aber ein gütiger und lieber Ausdruck wie bei einem Hirsch. Uh, Liebling!«

Die Gäste aßen, und während sie Dymow ansahen, dachten sie: Wirklich, ein feiner Kerl, vergaßen ihn aber bald und setzten die Gespräche über Theater, Musik und Malerei fort.

Die jungen Eheleute waren glücklich, und ihr Leben lief glatt. Die dritte Flitterwoche verbrachten sie jedoch alles andere als glücklich. Dymow hatte sich im Krankenhaus mit Gürtelrose infiziert, mußte sechs Tage im Bett liegen und sein schönes schwarzes Haar radikal abschneiden lassen. Olga Iwanowna saß bei ihm und weinte bitterlich; aber als es ihm besser ging, band sie ein weißes Tuch um seinen kahlgeschorenen Kopf und zeichnete ihn als Beduinen. Und beide waren guter Dinge. Etwa drei Tage nachdem er genesen war und wieder ins Krankenhaus ging, passierte ihm erneut ein Mißgeschick.

»Ich habe kein Glück, Mama!« sagte er einmal beim Mittagessen. »Heute hatte ich vier Obduktionen und habe mich gleich zweimal in den Finger geschnitten. Und erst zu Hause habe ich es bemerkt.«

Olga Iwanowna erschrak. Er lächelte und meinte, das sei eine Lappalie und es passiere ihm des öfteren, daß er sich bei einer Obduktion an den Händen verletze.

»Ich bin so in meinem Element, Mama, da achte ich gar nicht darauf.«

Olga Iwanowna befürchtete eine Leichenvergiftung, und nachts betete sie, aber alles verlief glimpflich. Und wieder floß das friedliche und glückliche Leben ohne Kummer und Sorgen dahin. Die Gegenwart war wunderschön, und ihr folgte der nahende Frühling, der ihnen schon von weitem zulächelte und tausend Freuden versprach. Das Glück würde kein Ende nehmen! Im April, Mai und Juni eine Datscha weit außerhalb der Stadt, Spaziergänge, Malskizzen, Angeln, Nachtigallen, und dann von Juli bis in den Herbst hinein eine Fahrt der Künstler an die Wolga, und auch Olga Iwanowna als ständiges Mitglied dieser erlesenen Gesellschaft würde mit von der Partie sein. Sie hatte sich bereits zwei Reisekostüme aus leichtem Baumwollstoff schneidern lassen und für unterwegs Farben, Pinsel, Leinwand und eine neue Palette gekauft. Fast jeden Tag kam Rjabowski zu ihr, um zu sehen, welche Fortschritte sie beim Malen machte. Wenn sie ihm ihr Gemälde zeigte, vergrub er die Hände in den Hosentaschen, preßte die Lippen fest zusammen, holte tief Luft und sagte:

»Tja … Ihre Wolke schreit: Sie wird nicht vom Abend angestrahlt. Der Vordergrund ist irgendwie gedrängt, und, verstehen Sie, nicht so … Und Ihre kleine Hütte hat sich an etwas verschluckt und quietscht jämmerlich … diese Ecke da müßte man dunkler nehmen. Aber ansonsten durchaus nicht übel … Mein Lob.«

Und je geschraubter er sich ausdrückte, desto besser verstand ihn Olga Iwanowna.

III

Am zweiten Pfingstfeiertag kaufte Dymow nach dem Mittagessen Verschiedenes für den Imbiß, dazu Pralinen und fuhr zu seiner Frau auf die Datscha. Er hatte sie schon zwei Wochen nicht mehr gesehen und sehnte sich sehr nach ihr. Während der Zugfahrt und als er dann in dem großen Waldstück seine Datscha suchte, verspürte er Hunger und Müdigkeit und träumte davon, wie er zusammen mit seiner Frau in der freien Natur zu Abend essen und sich dann schlafen legen würde. Vergnügt blickte er auf sein Päckchen, in dem Kaviar, Käse und Weißlachs eingewickelt waren.

Als er seine Datscha endlich gefunden und wiedererkannt hatte, ging die Sonne bereits unter. Die Alte, die hier nach dem Rechten sah, sagte, daß die gnädige Frau nicht zu Hause sei, aber wohl bald zurückkommen werde. In der Datscha, die mit ihren niedrigen, mit Schreibpapier beklebten Decken und den ungleichmäßigen, rissigen Fußböden einen unansehnlichen Eindruck machte, gab es nur drei Zimmer. In dem einen stand ein Bett, in dem zweiten lagen auf Stühlen und Fensterbrettern Leinwände, Pinsel, fettiges Papier, Herrenmäntel und Hüte herum, und im dritten fand Dymow drei ihm unbekannte Männer vor – zwei bärtige Dunkelhaarige und einen glattrasierten Dicken, offensichtlich ein Schauspieler. Auf dem Tisch dampfte der Samowar.

»Was wünschen Sie?« fragte der Schauspieler mit tiefer Stimme und betrachtete Dymow griesgrämig. »Sie wollen zu Olga Iwanowna? Gedulden Sie sich einen Moment, sie kommt sofort.«

Dymow setzte sich und wartete. Einer der beiden Dunkelhaarigen, der ihm hin und wieder einen schläfrigen und trägen Blick zuwarf, goß sich Tee ein und fragte:

»Wollen Sie vielleicht einen Tee?«

Dymow hätte gerne etwas getrunken und gegessen, aber um sich nicht den Appetit zu verderben, lehnte er ab. Bald waren Schritte und ein bekanntes Lachen zu hören; eine Tür schlug zu, und in einem breitkrempigen Hut und mit dem Malkasten in der Hand kam Olga Iwanowna ins Zimmer gelaufen; nach ihr trat mit einem großen Sonnenschirm und einem Klappstuhl der fröhliche, rotwangige Rjabowski ein.

»Dymow!« rief Olga Iwanowna freudestrahlend. »Dymow!« wiederholte sie und legte ihm den Kopf und beide

Hände an die Brust. »Du bist es! Weshalb bist du so lange nicht gekommen? Weshalb? Weshalb?«

»Wann sollte ich denn, Mama? Ich bin immerzu beschäftigt, und wenn ich mal frei habe, dann paßt es vom Zugfahrplan her nicht.«

»Wie ich mich aber freue, dich zu sehen! Ich habe wirklich die ganze Nacht von dir geträumt und Angst gehabt, du könntest krank geworden sein. Ach, wenn du wüßtest, wie lieb du bist, wie du genau im richtigen Moment kommst! Du bist meine Rettung. Nur du allein kannst mich retten! Morgen wird hier eine überaus originelle Hochzeit stattfinden«, fuhr sie lachend fort und band ihrem Mann die Krawatte. »Der junge Telegrafist von der Bahnstation – ein gewisser Tschikeldejew – heiratet. Ein hübscher junger Mann, na und auch nicht dumm, und im Gesicht, weißt du, hat er so was Starkes, Bärenhaftes ... Man kann einen jungen Waräger* nach ihm malen. Wir Sommerfrischler sind ihm sehr zugetan und haben ihm hoch und heilig versprochen, bei seiner Hochzeit dabei zu sein ... Ein einsamer und schüchterner Mensch, nicht wohlhabend, und es wäre natürlich eine Sünde, unsere Teilnahme abzusagen. Stell dir vor, nach der Messe findet die Trauung statt, dann gehen alle zu Fuß zur Wohnung der Braut ... verstehst du, Wald, Vogelgesang, Sonnenflecken auf dem Gras – und wir alle als bunte Flecken auf dem leuchtendgrünen Hintergrund – überaus originell, im Stil der französischen Expressionisten. Aber, Dymow, was ziehe ich bloß zur Kirche an?« sagte Olga Iwanowna und setzte ein weinerliches Gesicht auf. »Ich habe hier nichts, buchstäblich nichts! Kein Kleid, keine Blumen, keine Hand-

* im 9. Jahrhundert nach Rußland vorgedrungene Wikinger, die dort die erste Reichsgründung vornahmen

schuhe … Du mußt mich retten. Da du gekommen bist, hat dir also das Schicksal selbst befohlen, mich zu retten. Nimm die Schlüssel, Liebling, fahr nach Hause und hol dort mein rosafarbenes Kleid aus dem Schrank. Du erinnerst dich daran, es hängt da als erstes … Dann in der Abstellkammer auf der rechten Seite auf dem Boden siehst du zwei kleine Kartons. Wenn du den oberen aufmachst, dann ist da alles voller Tüll, Tüll, Tüll und verschiedener Stoffrestchen, und darunter Papierblumen. Nimm die Blumen alle vorsichtig heraus, paß auf, Schatz, daß du sie nicht zerdrückst, ich suche mir dann welche aus … Und kauf mir Handschuhe.«

»Gut«, sagte Dymow. »Ich werde morgen fahren und es dir schicken.«

»Wann denn morgen?« fragte Olga Iwanowna und sah ihn erstaunt an. »Wie willst du das denn morgen schaffen? Morgen geht der erste Zug um neun, und die Trauung ist um elf. Nein, Liebling, das muß heute sein, unbedingt heute! Wenn du morgen nicht kommen kannst, dann schick es mit einem Kurier. Nun geh schon … Gleich muß der Personenzug kommen. Verspäte dich nicht, Schatz.«

»Gut.«

»Ach, wie leid es mir tut, dich fortgehen zu lassen«, sagte Olga Iwanowna, und Tränen traten ihr in die Augen. »Warum nur hab ich dummes Ding dem Telegrafisten mein Wort gegeben?«

Dymow trank rasch ein Glas Tee, nahm einen Butterkringel und ging mit einem sanften Lächeln zur Bahnstation. Den Kaviar, den Käse und den Weißlachs aber aßen die beiden Dunkelhaarigen und der dicke Schauspieler.

IV

In einer stillen Mondnacht im Juli stand Olga Iwanowna auf dem Deck eines Wolgadampfers und blickte bald aufs Wasser, bald auf die schönen Ufer. Neben ihr stand Rjabowski und sagte, daß die schwarzen Schatten auf dem Wasser keine Schatten, sondern ein Traum seien, daß angesichts dieses bezaubernden Wassers mit dem phantastischen Glanz, angesichts des unergründlichen Himmels und der traurigen, verträumten Ufer, die von der Nichtigkeit unseres Lebens und der Existenz von etwas Höherem, Ewigem, Glückseligem sprächen, es gut wäre, sich zu vergessen, zu sterben, Erinnerung zu werden. Die Vergangenheit sei läppisch und uninteressant, die Zukunft bedeutungslos, und diese wundervolle, im Leben einzigartige Nacht werde bald zu Ende gehen, mit der Ewigkeit verschmelzen – weshalb also leben?

Und Olga Iwanowna lauschte bald der Stimme Rjabowskis, bald der nächtlichen Stille und dachte, daß sie unsterblich sei, niemals sterben werde. Das Türkisblau des Wassers – eine solche Farbe hatte sie zuvor noch nie gesehen –, der Himmel, die Ufer, die schwarzen Schatten und eine unerklärliche Freude, die ihre Seele erfüllte, sagten ihr, daß aus ihr eine große Künstlerin werden würde und daß irgendwo dort in der Ferne, jenseits der Mondnacht – im unendlichen Raum – Erfolg, Ruhm, die Liebe des Volkes sie erwarteten … Während sie lange und unverwandt in die Ferne schaute, tauchten vor ihrem geistigen Auge eine große Menschenmenge und Lichter auf, sie schien festliche Klänge und Begeisterungsrufe zu hören, sie sah sich selbst im weißen Kleid, sah Blumen, die von allen Seiten auf sie herabrieselten. Sie dachte auch daran, daß neben ihr, die Ellbogen auf die Reling gestützt, ein wahrhaft großer Mensch stand, ein Genie, ein von Gott Auserwählter … Alles, was er bis jetzt geschaffen hatte, war wunderschön, neu und außergewöhnlich, und alles, was er mit der Zeit noch schaffen würde, wenn sich mit zunehmender Reife sein seltenes Talent erst festigte, wäre verblüffend, unermeßlich erhaben, und das sah man an seinem Gesicht, an seiner Art sich auszudrücken und an seiner Einstellung zur Natur. Von den Schatten, den abendlichen Klängen, dem Glanz des Mondes sprach er irgendwie besonders, in einer ihm eigenen Sprache, so daß man unwillkürlich den Zauber seiner Macht über die Natur spürte. Er selbst sah sehr gut aus, war originell, und sein unabhängiges, freies Leben, bar alles Alltäglichen, glich dem Leben der Vögel.

»Es wird kühl«, sagte Olga Iwanowna und zuckte zusammen.

Rjabowski hüllte sie in seinen Mantel und sagte traurig:

»Ich fühle mich in Ihrer Gewalt. Ich bin ein Sklave. Weshalb sind Sie heute so bezaubernd?«

Er schaute sie immerzu an, ohne den Blick abzuwenden, und darin lag etwas Furchterregendes, und sie hatte Angst, ihn anzusehen.

»Ich liebe Sie wahnsinnig …«, flüsterte er, und sein Atem berührte ihre Wange. »Sagen Sie mir nur ein einziges Wort, und ich werde nicht mehr leben, werde die Kunst aufgeben …«, murmelte er in starker Erregung. »Lieben Sie mich, lieben Sie …«

»Sprechen Sie nicht so«, erwiderte Olga Iwanowna und schloß die Augen. »Das ist schrecklich. Und Dymow?«

»Dymow, ja und? Warum Dymow? Was geht mich Dymow an? Die Wolga, der Mond, die Schönheit, meine Liebe, meine Begeisterung, es gibt überhaupt keinen Dymow … Ach, ich weiß gar nichts … Ich brauche die Vergangenheit nicht, schenken Sie mir einen Augenblick … einen Moment!«

Olga Iwanowna bekam Herzklopfen. Sie wollte an ihren Mann denken, aber ihre ganze Vergangenheit samt Hochzeit, Dymow und den geselligen Abenden erschien ihr auf einmal unbedeutend, trübe, nutzlos und weit, weit weg … Wirklich: Dymow, ja und? Warum Dymow? Was ging sie Dymow an? Existierte er denn in der Realität, war er nicht einfach nur ein Traum?

Für ihn, einen unauffälligen und gewöhnlichen Menschen, reicht eigentlich die Portion Glück, die er bereits bekommen hat, dachte sie und bedeckte das Gesicht mit den Händen. Mag man mich *dort* verurteilen, verdammen, ich aber werde, allen zum Trotz, ohne lange zu fackeln, zugrunde gehen, ja, ohne lange zu fackeln, geh ich zugrunde … Man muß alles im Leben ausprobieren. Gott, wie unheimlich und wie schön!

»Na, was ist? Was?« murmelte der Künstler, umarmte sie und küßte gierig ihre Hände, mit denen sie den schwachen Versuch unternahm, ihn von sich zu schieben. »Du liebst mich? Ja? Ja? Oh, was für eine Nacht! Eine wundervolle Nacht!«

»Ja, was für eine Nacht!« flüsterte sie und blickte ihm dabei in die tränenglänzenden Augen, dann sah sie sich rasch um, preßte ihn an sich und küßte ihn fest auf den Mund.

»Wir erreichen Kineschma!« sagte jemand auf der anderen Seite des Decks.

Man vernahm schwere Schritte. Ein Kellner vom Buffet ging vorbei.

»Hören Sie«, sagte Olga Iwanowna zu ihm, lachend und weinend vor Glück, »bringen Sie uns Wein.«

Der vor Erregung ganz blasse Künstler setzte sich auf eine Bank und sah Olga Iwanowna mit schwärmerischen, dankbaren Blicken an, dann schloß er die Augen und sagte mit einem matten Lächeln: »Ich bin müde.« Und lehnte den Kopf an die Reling.

V

Der zweite September war ein warmer und ruhiger, aber
trüber Tag. Am frühen Morgen zog ein leichter Nebel über
die Wolga, und nach neun Uhr begann es zu regnen. Und es
bestand keinerlei Hoffnung, daß sich der Himmel aufhellen
würde. Beim Tee sagte Rjabowski zu Olga Iwanowna, die
Malerei sei die undankbarste und langweiligste Kunst, und
er sei kein Künstler, nur Dummköpfe glaubten, er habe
Talent; und plötzlich, mir nichts, dir nichts, ergriff er ein
Messer und zerkratzte damit seine beste Skizze. Nach dem
Tee saß er mit finsterer Miene am Fenster und blickte auf die
Wolga. Diese hatte ihren Glanz bereits verloren und ein trü-
bes, mattes, kaltes Aussehen angenommen. Alles, alles erinnerte an das Herannahen des melancholischen, düsteren
Herbstes. Und die Natur schien die üppigen grünen Matten
an den Ufern, die diamantenen Spiegelungen der Sonnen-
strahlen, die transparente blaue Weite und alles Imposante
und Festliche der Wolga genommen und bis zum nächsten
Frühjahr in Truhen gelegt zu haben, und die Krähen flogen
neben der Wolga her und neckten sie: »Nackedei! Nackedei!« Rjabowski lauschte ihrem Krächzen und dachte daran,
daß er sich bereits verausgabt und sein Talent verloren habe,
daß alles auf dieser Welt Konventionen unterworfen, relativ
und dumm sei und er sich nicht mit dieser Frau hätte einlas-
sen sollen … Mit anderen Worten, er hatte schlechte Laune
und war trübsinnig.

Olga Iwanowna saß auf dem Bett hinter einer Trennwand,
und während sie die Finger durch ihr wunderschönes flachs-
blondes Haar gleiten ließ, sah sie sich in ihrer Phantasie
bald im Salon, bald im Schlafzimmer, bald im Arbeitszimmer
ihres Mannes; ihre Phantasie trug sie ins Theater, zu ihrer

Schneiderin und zu berühmten Freunden. Was diese wohl jetzt machten? Ob sie sich ihrer erinnerten? Die Saison hatte bereits begonnen, und es war Zeit, an die geselligen Abende zu denken. Und Dymow? Lieber Dymow! Wie sanftmütig und kindlich flehte er sie in seinen Briefen an, recht bald nach Hause zu kommen! Jeden Monat schickte er ihr fünfundsiebzig Rubel, und als sie ihm schrieb, daß sie den Künstlern hundert Rubel schulde, schickte er ihr auch diese hundert. Was für ein guter, großzügiger Mensch! Die Reise hatte Olga Iwanowna erschöpft, sie langweilte sich und wollte so schnell wie möglich fort von diesen Bauern, von dem feuchten Geruch des Flusses, wollte das Gefühl der körperlichen Unreinlichkeit loswerden, das sie die ganze Zeit, während sie in Bauernhütten gehaust und von Dorf zu Dorf gezogen war, empfunden hatte. Wenn Rjabowski den anderen Künstlern nicht hoch und heilig versprochen hätte, er werde bis zum zwanzigsten September mit ihnen zusammen hierbleiben, dann hätte man heute bereits abreisen können. Und wie schön wäre das gewesen!

»Mein Gott«, stöhnte Rjabowski, »wann kommt endlich die Sonne heraus? Ich kann doch meine sonnige Landschaft nicht weitermalen ohne Sonne!«

»Aber du hast doch noch eine Skizze bei bewölktem Himmel«, sagte Olga Iwanowna und kam hinter der Trennwand hervor. »Erinnerst du dich, rechts ist Wald, und links sind Gänse und eine Kuhherde. Jetzt könntest du das Bild zu Ende malen.«

»Äh!« Der Künstler verzog das Gesicht. »Zu Ende malen! Glauben Sie wirklich, ich bin so dumm, daß ich nicht weiß, was ich zu tun habe!«

»Wie hast du dich mir gegenüber verändert!« seufzte Olga Iwanowna.

»Na wunderbar.«

Olga Iwanownas Gesicht begann zu zittern, sie ging zum Ofen und brach in Tränen aus.

»Ja, das hat gerade noch gefehlt. Hören Sie auf! Ich hätte tausend Gründe zu weinen, aber ich weine nicht.«

»Tausend Gründe!« Olga Iwanowna schluchzte auf. »Der Hauptgrund ist der, daß ich Ihnen bereits lästig bin. Ja!« stieß sie laut weinend hervor. »Um die Wahrheit zu sagen, unsere Liebe ist Ihnen peinlich. Sie unternehmen alles, damit die anderen Künstler nichts merken, obwohl es sich nicht verheimlichen läßt und sie schon längst alles wissen.«

»Olga, ich bitte Sie um eines«, sagte der Künstler flehend, wobei er die Hand aufs Herz legte, »um eines: Quälen Sie mich nicht! Mehr verlange ich nicht von Ihnen!«

»Aber schwören Sie, daß Sie mich immer noch lieben!«

»Das ist qualvoll!« raunte der Künstler und sprang auf. »Es wird damit enden, daß ich mich in die Wolga stürze oder den Verstand verliere! Lassen Sie mich in Ruhe!«

»Los, bringen Sie mich um, bringen Sie mich um!« schrie Olga Iwanowna. »Bringen Sie mich um!«

Sie brach wieder in Schluchzen aus und verschwand hinter der Trennwand. Der Regen prasselte auf das Strohdach nieder. Rjabowski faßte sich an den Kopf und ging im Zimmer auf und ab, dann setzte er mit entschiedener Miene, als wollte er jemandem etwas beweisen, seine Schirmmütze auf, warf das Gewehr über die Schulter und verließ die Hütte.

Als er fort war, blieb Olga Iwanowna lange auf dem Bett liegen und weinte. Zuerst dachte sie, daß es gut wäre, sich zu vergiften, damit Rjabowski sie bei seiner Rückkehr tot vorfände, dann jedoch trugen die Gedanken sie in ihren Salon, ins Arbeitszimmer ihres Mannes, und sie stellte sich vor, wie sie regungslos neben Dymow saß und die physische Ruhe und

Sauberkeit genoß und wie sie abends Masini* im Theater lauschte. Und die Sehnsucht nach der Zivilisation, nach dem Lärm der Stadt und nach den berühmten Leuten machte ihr das Herz schwer. Da betrat die Bauersfrau die Hütte und begann in aller Ruhe den Ofen zu heizen, um das Mittagessen zu kochen. Plötzlich roch es brenzlig, und die Luft wurde grau vom Rauch. Die Künstler kamen in hohen schmutzigen Stiefeln und mit regennassen Gesichtern zurück; sie begutachteten ihre Malskizzen und sagten, sich selbst zum Trost, daß die Wolga sogar bei schlechtem Wetter ihren Reiz habe. Und die billige Uhr an der Wand machte ticktack, ticktack, ticktack ... Die frierenden Fliegen drängten sich surrend in der heiligen Ecke um die Ikonen, und man hörte, wie unter den Bänken in den dicken Pappkartons die Küchenschaben herumkrabbelten ...

Rjabowski kehrte nach Hause zurück, als die Sonne bereits unterging. Er warf seine Schirmmütze auf den Tisch, und blaß, abgekämpft, in schmutzigen Stiefeln, ließ er sich auf die Bank fallen und schloß die Augen.

»Ich bin müde ...«, sagte er und zog die Brauen hoch, bemüht, die Augenlider zu heben.

Um ihn zu umschmeicheln und ihm zu zeigen, daß sie nicht mehr böse war, ging Olga Iwanowna auf ihn zu, küßte ihn schweigend und fuhr ihm mit einem Kamm durch sein blondes Haar.

»Was soll das?« fragte er, zuckte zusammen, als habe man ihn mit etwas Kaltem berührt, und schlug die Augen auf. »Was soll das? Lassen Sie mich in Ruhe, ich bitte Sie.«

Er schob sie mit den Händen von sich und wich zurück, und ihr schien, daß sein Gesicht Abneigung und Verdruß aus-

* Angelo Masini, ital. Opernsänger (1844–1926)

drückte. In dem Moment brachte ihm die Bauersfrau, vorsichtig mit beiden Händen, einen Teller Kohlsuppe, und Olga Iwanowna sah, wie die Kohlsuppe über ihre Daumen schwappte. Und das schmutzige Bauernweib mit dem prallen Bauch und die Kohlsuppe, die Rjabowski gierig zu essen begann, und die Hütte und dieses ganze Leben, das sie am Anfang wegen seiner Einfachheit und künstlerischen Unordnung so geliebt hatte, kamen ihr jetzt grauenhaft vor. Sie fühlte sich plötzlich beleidigt und sagte kalt:

»Wir müssen uns für einige Zeit trennen, sonst könnten wir uns vor Überdruß ernsthaft entzweien. Mir reicht's. Ich reise heute ab.«

»Womit? Rittlings auf 'nem Besenstiel?«

»Heute ist Donnerstag, also kommt um halb zehn ein Dampfer.«

»Ah? Ja, ja … Was soll's, fahr nur …«, sagte Rjabowski sanft und wischte sich statt mit der Serviette an einem Handtuch den Mund ab. »Dir ist es langweilig hier, hast nichts zu tun, und man müßte schon ein großer Egoist sein, wenn man dich zurückhalten wollte. Fahr, und nach dem Zwanzigsten sehen wir uns wieder.«

Olga Iwanowna packte frohgelaunt ihre Sachen, und sogar ihre Wangen begannen vor Vergnügen zu glühen. Sollte es wirklich wahr sein, fragte sie sich, daß sie schon bald in ihrem Salon malen, in ihrem Schlafzimmer schlafen und mit einer Tischdecke zu Mittag essen würde? Ihr fiel ein Stein vom Herzen, und sie war nicht mehr böse auf den Künstler.

»Die Farben und Pinsel lasse ich dir da, Rjabuscha«, sagte sie. »Was übrigbleibt, bringst du mit … Paß aber auf, daß du ohne mich nicht faulenzt oder Trübsal bläst, sondern arbeitest. Du bist ein Prachtstück, mein Rjabuscha.«

Um neun Uhr küßte Rjabowski sie zum Abschied, um

sie, wie sie meinte, nicht auf dem Dampfer in Gegenwart der Künstler küssen zu müssen, und brachte sie zur Anlegestelle. Der Dampfer kam bald und nahm sie mit.

Nach zweieinhalb Tagen traf sie zu Hause ein. Ohne Hut und Regenmantel abzulegen, ging sie, schwer atmend vor Aufregung, durch den Salon und von dort ins Eßzimmer. Dymow saß ohne Gehrock, mit offener Weste am Tisch und wetzte das Messer an der Gabel; vor ihm auf dem Teller lag ein Haselhuhn. Beim Betreten der Wohnung war Olga Iwanowna davon überzeugt gewesen, daß sie vor ihrem Mann unbedingt alles geheimhalten müsse und daß sie dazu das entsprechende Geschick und die nötige Kraft haben würde, aber jetzt, als sie sein breites, sanftes, glückliches Lächeln und die vor Freude glänzenden Augen sah, spürte sie, daß vor diesem Menschen etwas zu verbergen genauso niederträchtig, genauso abscheulich, genauso unmöglich war und über ihre Kräfte ging, wie jemanden zu verleumden, zu bestehlen oder zu töten, und sie beschloß augenblicklich, ihm alles, was gewesen war, zu erzählen. Nachdem sie sich von ihm hatte küssen und umarmen lassen, fiel sie vor ihm auf die Knie und bedeckte das Gesicht.

»Was ist? Was ist, Mama?« fragte er zärtlich. »Hattest du Sehnsucht?«

Sie hob das Gesicht, das vor Scham rot angelaufen war, und sah ihn schuldbewußt und flehend an, aber Angst und Scham hinderten sie daran, die Wahrheit zu sagen.

»Es ist nichts …«, sagte sie. »Ich bin nur so …«

»Setzen wir uns«, sagte er, indem er sie aufrichtete und am Tisch Platz nehmen ließ. »Hier bitte … Iß von dem Haselhuhn. Du hast Hunger bekommen, mein Armes.«

Gierig atmete sie die vertraute Luft ein und aß von dem Haselhuhn, während er sie gerührt und freudestrahlend anschaute.

VI

Ab Mitte des Winters begann Dymow offenbar zu ahnen, daß er betrogen wurde. Als habe er kein reines Gewissen, konnte er seiner Frau nicht mehr direkt in die Augen schauen, er lächelte auch nicht mehr vor Freude, wenn er ihr begegnete, und um weniger mit ihr allein zu sein, brachte er häufig zum Mittagessen seinen Kollegen Korosteljow mit – ein kleines kahlgeschorenes Männchen mit einem abgespannten Gesicht –, der, wenn er sich mit Olga Iwanowna unterhielt, vor Verlegenheit sein Jackett auf- und wieder zuknöpfte und dann mit der rechten Hand seine linke Schnurrbartspitze zwirbelte. Beim Essen sprachen die beiden Ärzte darüber, daß es bei hochstehendem Zwerchfell manchmal zu Herzrhythmusstörungen kommen könne oder daß multiple Nervenentzündung in der letzten Zeit sehr häufig zu beobachten sei oder daß Dymow gestern bei der Obduktion eines Leichnams mit der Diagnose »bösartige Anämie« einen Bauchspeicheldrüsenkrebs festgestellt habe. Und die beiden schienen nur deshalb ein medizinisches Fachgespräch zu führen, um Olga Iwanowna die Möglichkeit zu geben zu schweigen, das heißt, nicht zu lügen. Nach dem Essen setzte sich Korosteljow an den Flügel, und Dymow sagte seufzend zu ihm:

»Ach, mein Lieber! Nun ja! Spiel mal irgend etwas Trauriges.«

Mit hochgezogenen Schultern und weit gespreizten Fingern schlug Korosteljow einige Akkorde an und begann mit seiner Tenorstimme zu singen: »Zeig mir einen Ort, wo der russische Bauer nicht stöhnt«[*], und Dymow seufzte noch einmal, stützte den Kopf auf die Faust und wurde nachdenklich.

* aus einem Gedicht von Nikolai Nekrassow (1821–1878)

In der letzten Zeit verhielt sich Olga Iwanowna äußerst unvorsichtig. Jeden Morgen erwachte sie mit der schlechtesten Laune und mit dem Gedanken, daß sie Rjabowski nicht mehr liebe und daß Gott sei Dank alles schon zu Ende sei. Aber nach dem Kaffee überlegte sie, daß Rjabowski ihr den Mann genommen habe und daß sie nun ohne Mann und ohne Rjabowski sei; dann erinnerte sie sich an die Gespräche ihrer Bekannten, in denen die Rede davon war, daß Rjabowski für eine Ausstellung etwas Erstaunliches vorbereitete, eine Mischung aus Landschafts- und Genremalerei im Stil von Polenow*, das alle, die in seinem Atelier waren, in Begeisterung ausbrechen ließ; aber das hatte er doch, dachte sie, unter ihrem Einfluß geschaffen, und überhaupt hatte er sich dank ihres Einflusses sehr zu seinem Vorteil verändert. Ihr Einfluß war so wohltuend und wesentlich, daß, wenn sie ihn verließ, dies möglicherweise seinen Untergang bedeutete. Und sie erinnerte sich auch, daß er bei seinem letzten Besuch in einem graugesprenkelten Gehrock und mit einer neuen Krawatte bei ihr erschienen war und träumerisch gefragt hatte: »Seh ich gut aus?« Und in der Tat hatte er mit seinen langen blonden Locken und den blauen Augen sehr gut und apart ausgesehen (oder hatte es vielleicht nur den Anschein gehabt) und war zärtlich zu ihr gewesen.

Nachdem Olga Iwanowna sich an vieles erinnert und allerhand Überlegungen angestellt hatte, zog sie sich an und fuhr in heftiger Erregung zu Rjabowski ins Atelier. Sie traf ihn in heiterer Stimmung und voller Begeisterung für sein wirklich großartiges Gemälde; er sprang umher, war albern und antwortete auf ernste Fragen mit Scherzen. Olga Iwanowna war eifersüchtig auf Rjabowskis Bild und haßte es, aber aus Höf-

* Wassili Polenow, russ. Maler (1844–1927)

lichkeit blieb sie etwa fünf Minuten schweigend davor stehen, und seufzend, wie man vor einem Heiligtum seufzt, sagte sie leise:

»Ja, du hast noch nie etwas Derartiges gemalt. Weißt du, es ist geradezu kolossal.«

Dann begann sie ihn anzuflehen, sie zu lieben, sie nicht zu verlassen, Mitleid mit ihr, der Armen und Unglücklichen, zu haben. Sie weinte, küßte ihm die Hände, verlangte, daß er ihr seine Liebe schwor, versuchte ihm zu beweisen, daß er ohne ihren guten Einfluß vom Weg abkommen und zugrunde gehen würde. Und als sie ihm die gute Laune verdorben hatte und sich gedemütigt fühlte, fuhr sie zu ihrer Schneiderin oder zu einer ihr bekannten Schauspielerin wegen einer Theaterkarte.

Wenn sie Rjabowski nicht in seinem Atelier antraf, dann hinterließ sie ihm einen Brief, worin sie schwor, sie werde sich unweigerlich vergiften, falls er heute nicht zu ihr käme. Feige, wie er war, kam er zu ihr und blieb zum Mittagessen. Ohne sich in Gegenwart ihres Mannes zu schämen, warf er ihr Grobheiten an den Kopf, auf die sie ihm in gleicher Weise antwortete. Beide spürten, daß sie sich gegenseitig behinderten, daß sie Despoten und Feinde waren, und sie wurden wütend und bemerkten vor lauter Wut ihr anstößiges Benehmen nicht, bemerkten nicht, daß sogar der kurzgeschorene Korosteljow alles verstand. Nach dem Mittagessen versuchte Rjabowski sich rasch zu verabschieden und zu verschwinden.

»Wohin gehen Sie?« fragte ihn Olga Iwanowna im Vorzimmer, wobei sie ihn haßerfüllt ansah.

Er verzog das Gesicht und kniff die Augen zusammen, nannte den Namen irgendeiner Dame, einer gemeinsamen Bekannten, und es war offensichtlich, daß er sich über ihre Eifersucht lustig machte und sie ärgern wollte. Sie ging in ihr Schlafzimmer und legte sich aufs Bett; vor Eifersucht, Ärger und mit dem Gefühl der Erniedrigung und Scham biß sie ins Kopfkissen und fing laut an zu heulen. Dymow ließ Korosteljow im Salon zurück und ging ins Schlafzimmer; verlegen und verwirrt, sagte er leise:

»Wein nicht so laut, Mama ... Weshalb? Darüber muß man schweigen ... Darf sich nichts anmerken lassen ... Weißt du, was einmal passiert ist, läßt sich nicht mehr rückgängig machen.«

Da sie nicht wußte, wie sie die quälende Eifersucht, von der ihr sogar die Schläfen schmerzten, unterdrücken sollte, und da sie glaubte, an der Sache ließe sich noch etwas ändern, wusch sie sich, puderte ihr verweintes Gesicht und machte sich auf den Weg zu der Bekannten. Als sie Rjabowski bei ihr nicht antraf, fuhr sie zu einer zweiten, dann zu einer dritten ... Anfänglich war es ihr peinlich, so herumzufahren, aber dann gewöhnte sie sich daran, und es kam vor, daß sie an einem Abend bei allen ihr bekannten Damen die Runde machte, um Rjabowski zu suchen, und alle hatten dafür Verständnis.

Einmal sagte sie zu Rjabowski über ihren Mann:

»Dieser Mensch erdrückt mich mit seiner Großmut!«

Der Satz gefiel ihr derart, daß sie, wenn sie mit den Künstlern zusammentraf, die von ihrem Verhältnis mit Rjabowski wußten, jedesmal mit einer energischen Handbewegung über ihren Mann sagte:

»Dieser Mensch erdrückt mich mit seiner Großmut!«

Das Leben verlief genauso wie im vorigen Jahr. Mittwochs fanden die geselligen Abende statt. Ein Schauspieler rezitierte, die Maler zeichneten, ein Cellist musizierte, ein Sänger sang, und nach wie vor ging um halb zwölf die Tür zum Eßzimmer auf, und Dymow sagte lächelnd:

»Bitte, meine Herren, ein kleiner Imbiß.«

Wie bisher war Olga Iwanowna auf der Suche nach Prominenten, fand sie, gab sich damit jedoch nicht zufrieden und machte sich erneut auf die Suche. Wie bisher kam sie jede Nacht spät nach Hause, aber Dymow schlief noch nicht, wie im vorigen Jahr, sondern saß in seinem Arbeitszimmer und war mit etwas beschäftigt. Er legte sich gegen drei Uhr morgens hin und stand um acht Uhr auf.

Eines Abends, als Olga Iwanowna sich im Schlafzimmer vor dem Kaminspiegel fürs Theater zurechtmachte, kam Dymow im Frack und mit weißer Krawatte herein. Er lächelte sanft, und wie früher blickte er freudestrahlend seiner Frau direkt in die Augen.

»Ich habe gerade meine Dissertation verteidigt«, sagte er, während er sich setzte und dabei über seine Knie strich.

»Erfolgreich verteidigt?« fragte Olga Iwanowna.

»Und ob!« sagte er lachend und reckte den Hals, um im Spiegel das Gesicht seiner Frau zu sehen, die weiterhin mit dem Rücken zu ihm stand und ihre Frisur ordnete. »Und ob!« wiederholte er. »Weißt du, es ist sehr gut möglich, daß man mir eine Privatdozentur für allgemeine Pathologie anbietet. Es sieht ganz danach aus.«

Seinem verzückten, strahlenden Gesicht war anzumerken, daß, wenn Olga Iwanowna die Freude und den Triumph mit ihm geteilt hätte, er ihr alles verziehen – sowohl das Gegenwärtige als auch das Zukünftige – und auch alles vergessen hätte, aber sie verstand nicht, was Privatdozentur und allgemeine Pathologie bedeuteten, und außerdem befürchtete sie, zu spät ins Theater zu kommen, also sagte sie nichts.

Er blieb noch zwei Minuten sitzen, lächelte schuldbewußt und ging dann hinaus.

VII

Es war ein äußerst unruhiger Tag.

Dymow hatte starke Kopfschmerzen; am Morgen hatte er keinen Tee getrunken, war nicht ins Krankenhaus gegangen und hatte die ganze Zeit in seinem Arbeitszimmer auf dem türkischen Diwan gelegen. Olga Iwanowna war aus Gewohnheit kurz nach zwölf Uhr zu Rjabowski gefahren, um ihm ihre Malskizze, eine »nature morte«, zu zeigen und ihn zu fragen, warum er gestern nicht gekommen sei. Die Skizze schien ihr nicht der Rede wert, und sie hatte sie nur deshalb gemalt, um wieder einmal einen Grund zu haben, dem Künstler einen Besuch abzustatten.

Ohne zu läuten, trat sie bei ihm ein, und als sie im Vorraum die Galoschen auszog, hörte es sich so an, als ob im Atelier jemand leise vorüberhuschte, wobei das Rascheln eines Kleides auf eine Frau hindeutete, und als sie hastig einen Blick ins Atelier warf, sah sie nur noch einen braunen Rockzipfel, der für einen Moment auftauchte und dann hinter dem großen Bild verschwand, das samt Staffelei bis zum Boden mit schwarzem Kaliko zugehängt war. Zweifellos versteckte sich hier eine Frau. Wie oft hatte Olga Iwanowna selbst Zuflucht hinter diesem Bild gesucht! Rjabowski, offenbar sehr verlegen, streckte ihr, als wundere er sich über ihr Kommen, beide Hände entgegen und sagte mit einem gezwungenen Lächeln:

»Aaah! Sehr erfreut, Sie zu sehen. Was haben Sie Schönes zu berichten?«

Olga Iwanownas Augen füllten sich mit Tränen. Sie empfand Scham und Bitterkeit, und nicht für eine Million wäre sie zu reden bereit gewesen in Anwesenheit der fremden Frau, einer Rivalin, einer Lügnerin, die jetzt hinter dem Bild stand und wahrscheinlich schadenfroh grinste.

»Ich habe Ihnen eine Skizze gebracht …«, sagte sie schüchtern, mit dünnem Stimmchen und zitternden Lippen, »eine nature morte.«

»Aha … eine Skizze?«

Der Künstler nahm die Skizze in die Hand, und während er sie betrachtete, ging er gleichsam automatisch ins andere Zimmer.

Olga Iwanowna folgte ihm bereitwillig.

»Nature morte … erste Sort«, murmelte er, nach einem Reim suchend, »Kurort … Tort … Port …«

Im Atelier waren eilige Schritte und das Rascheln eines Kleides zu hören. *Sie* war also gegangen. Olga Iwanowna wollte laut aufschreien, dem Künstler mit irgend etwas Schwerem auf den Kopf schlagen und verschwinden, aber sie konnte durch den Tränenschleier nichts sehen, war niedergeschlagen durch ihre Scham und empfand sich schon nicht mehr als Olga Iwanowna und als Künstlerin, sondern als ein mickriges Käferchen.

»Ich bin müde …«, sagte der Künstler matt, wobei er die Skizze betrachtete und den Kopf schüttelte, um gegen die Schläfrigkeit anzukämpfen. »Das ist nett, natürlich, aber heute eine Skizze und im letzten Jahr eine Skizze und in einem Monat wieder eine Skizze … Wird Ihnen das nicht langweilig? Ich würde an Ihrer Stelle die Malerei aufgeben und mich ernsthaft mit der Musik oder sonstwas beschäftigen. Sie sind doch keine Malerin, sondern eine Musikerin. Aber wissen Sie, wie müde ich bin! Ich werde uns sofort Tee bringen lassen … Ja?«

Er ging aus dem Zimmer, und Olga Iwanowna hörte, wie er seinem Diener etwas auftrug. Um sich nicht verabschieden und sich nicht erklären zu müssen, vor allem aber, um nicht laut loszuheulen, lief sie rasch, bevor Rjabowski zurückkam, ins Vorzimmer, zog ihre Galoschen an und ging hinaus auf die Straße. Hier atmete sie erleichtert auf und fühlte sich für immer befreit von Rjabowski, von der Malerei und von der erdrückenden Scham, die im Atelier so auf ihr gelastet hatte. Vorbei ist vorbei!

Sie fuhr zu ihrer Schneiderin, dann zu Barnay*, der erst gestern angekommen war, von Barnay in eine Musikalienhandlung, und die ganze Zeit dachte sie daran, wie sie Rjabowski einen kühlen, geharnischten Brief voller Selbstbewußtsein schreiben würde und wie sie im Frühjahr oder im Sommer mit Dymow auf die Krim fahren, sich dort endgültig von der Vergangenheit befreien und ein neues Leben beginnen würde.

Als sie spät am Abend nach Hause zurückkehrte, setzte sie sich, ohne sich umzuziehen, in den Salon, um den Brief zu verfassen. Rjabowski hatte ihr gesagt, daß sie keine Malerin sei, und sie würde ihm nun aus Rache schreiben, daß er jedes Jahr immer nur ein und dasselbe male und jeden Tag ein und dasselbe sage, daß er erstarrt sei und daß er, außer dem bereits Erreichten, nichts mehr erreichen würde. Sie wollte ihm auch schreiben, daß er vieles ihrem guten Einfluß zu verdanken habe, und wenn er nicht das Richtige tue, dann nur deshalb, weil ihr Einfluß durch allerhand zwielichtige Personen, wie jene, die sich heute hinter dem Bild versteckt habe, geschwächt werde.

»Mama!« rief Dymow aus seinem Arbeitszimmer, ohne die Tür zu öffnen. »Mama!«

»Was willst du?«

»Mama, komm nicht herein zu mir, sondern geh nur bis zur Tür. Also … Vorgestern habe ich mich im Krankenhaus mit Diphtherie angesteckt, und jetzt … geht's mir nicht gut. Laß ganz schnell Korosteljow holen.«

* Ludwig Barnay, dt. Schauspieler und Theaterleiter (1842–1924)

Olga Iwanowna redete ihren Mann, wie alle ihr bekannten Männer, nie mit dem Vornamen, sondern mit dem Nachnamen an; sein Vorname Ossip gefiel ihr nicht, denn er erinnerte sie an den Ossip Gogols[*] und an den Kalauer: »Ossip ochrip, a Archip ossip«[**]. Nun schrie sie auf:

»Ossip, sag, daß es nicht wahr ist!«

»Laß ihn holen! Es geht mir nicht gut ...«, sagte Dymow hinter der Tür, und man hörte, wie er sich zum Diwan schleppte und sich hinlegte. »Laß ihn holen!« vernahm man dumpf seine Stimme.

Was hat das bloß zu bedeuten? dachte Olga Iwanowna, starr vor Entsetzen. Das ist doch gefährlich!

Vollkommen unnötigerweise nahm sie eine Kerze und ging in ihr Schlafzimmer, und während sie noch überlegte, was zu tun sei, sah sie sich zufällig im Kaminspiegel. Mit dem bleichen, erschrockenen Gesicht, in der Jacke mit den Keulenärmeln, mit den gelben Volants auf der Brust und dem extravagant gestreiften Rock kam sie sich selbst furchtbar häßlich vor. Plötzlich empfand sie ein tiefes Mitleid mit Dymow, und auch seine grenzenlose Liebe zu ihr, sein junges Leben und sogar sein verwaistes Bett, in dem er schon lange nicht mehr geschlafen hatte, taten ihr leid, und sie erinnerte sich an sein stetes, sanftes, ergebenes Lächeln. Sie fing bitterlich an zu weinen und schrieb Korosteljow eine flehentliche Nachricht. Es war zwei Uhr in der Nacht.

---

[*] die Gestalt des Dieners in Gogols Komödie *Der Revisor*
[**] Unübersetzbares Wortspiel, das wörtlich bedeutet: »Ossip ist heiser, und Archip ist heiser.«

Als Olga Iwanowna am Morgen kurz nach sieben mit einem vor Schlaflosigkeit schwerem Kopf, ungekämmt, nicht schön und mit schuldbewußter Miene aus dem Schlafzimmer trat, ging ein Herr mit schwarzem Bart – offensichtlich ein weiterer Arzt – an ihr vorbei ins Vorzimmer. Es roch nach Medikamenten. An der Tür zum Arbeitszimmer stand Korosteljow und zwirbelte mit der rechten Hand seine linke Schnurrbartspitze.

»Verzeihen Sie, aber ich lasse Sie nicht zu ihm«, sagte er ungehalten zu Olga Iwanowna. »Wegen der Infektionsgefahr. Und eigentlich müssen Sie auch nicht hinein. Er phantasiert sowieso im Fieber.«

»Hat er eine richtige Diphtherie?« fragte Olga Iwanowna flüsternd.

»Wer mit dem Kopf durch die Wand will, gehört vor Gericht«, murmelte Korosteljow, ohne auf Olga Iwanownas Frage zu antworten. »Wissen Sie, wobei er sich infiziert hat? Er hat am Dienstag bei einem Jungen mit einem Röhrchen den Belag abgesaugt. Und wozu? Törichterweise … Ja, aus purer Dummheit …«

»Ist das gefährlich? Sehr?« fragte Olga Iwanowna.

»Ja, es heißt, daß es sich um eine schwere Form handle. Eigentlich müßte man Schrek holen lassen.«

Es kam ein kleiner rötlich-blonder Mann mit langer Nase und jüdischem Akzent, dann ein hochgewachsener gebeugter mit zerzaustem Haar, der wie ein Protodiakon aussah, und dann ein junger, sehr kräftiger Mann mit rotem Gesicht und Brille. Die Ärzte waren gekommen, um am Krankenbett ihres Kollegen zu wachen. Korosteljow, dessen Krankenwache zu Ende war, ging nicht nach Hause, sondern blieb noch und huschte wie ein Schatten durch alle Räume. Das Zimmermädchen brachte den drei diensttuenden Ärzten Tee, lief des öfteren zur Apotheke und hatte gar keine Zeit mehr, die Wohnung aufzuräumen. Es war still und trostlos.

Olga Iwanowna saß in ihrem Schlafzimmer und dachte darüber nach, daß Gott sie dafür, daß sie ihren Mann betrogen hatte, bestrafe. Ein schweigsames, demütiges, unbegreifliches Wesen, durch seine Sanftmut der Persönlichkeit beraubt, charakterschwach und machtlos durch übermäßige Güte, litt still dort in seinem Zimmer auf dem Diwan, ohne zu klagen. Wenn es jedoch geklagt hätte, und sei es nur im Fieberwahn, dann hätten die anwesenden Ärzte erfahren, daß hier nicht nur die Diphtherie schuld war. Hätten sie Korosteljow gefragt: Der wußte alles und schaute nicht umsonst die Frau seines Freundes mit solchen Augen an, als sei sie die eigentliche, die wahre, die Hauptübeltäterin und die Diphtherie nur ihre Komplizin. Sie erinnerte sich nicht mehr an den mondhellen Abend auf der Wolga, nicht mehr an die Liebeserklärungen, an das poetische Leben in der Bauernhütte, sie dachte nur noch daran, daß sie sich, aus einer Laune heraus, aus purem Übermut, von Kopf bis Fuß beschmutzt hatte und sich nie mehr würde reinwaschen können …

Ach, wie schrecklich habe ich mich belogen! dachte sie, sich an die unstete Liebschaft erinnernd, die sie mit Rjabowski gehabt hatte. Verflucht sei das alles!

Um vier Uhr aß sie zusammen mit Korosteljow zu Mittag. Er nahm keinen Bissen zu sich, trank nur Rotwein und machte ein finsteres Gesicht. Sie aß auch nichts. Bald betete sie in Gedanken und gelobte Gott, daß, falls Dymow genesen würde, sie ihn wieder lieben würde und eine treue Ehefrau wäre. Dann wieder, wenn sie sich für einen Moment vergaß, schaute sie Korosteljow an und dachte: Ist es denn nicht furchtbar langweilig, ein einfacher, unbekannter, durch nichts bemerkenswerter Mensch zu sein, und dazu noch mit einem so abgespannten Gesicht und schlechten Manieren? Bald schien ihr, daß Gott sie sogleich dafür töten werde, daß sie – aus Furcht, sich anzustecken – noch kein einziges Mal bei ihrem Mann im Zimmer gewesen war. Im allgemeinen aber hatte sie ein dumpfes Gefühl der Verzagtheit, und sie war überzeugt, daß ihr Leben zerstört und durch nichts wiederherzustellen sei …

Nach dem Mittagessen brach die Dunkelheit an. Als Olga Iwanowna den Salon betrat, schlief Korosteljow auf der Couch, unter dem Kopf ein mit Gold besticktes Seidenkissen. »Kchi-pua …«, schnarchte er, »kchi-pua.«

Den Ärzten dagegen, die ihre Krankenwache verrichtet hatten und nun wieder fortgingen, fiel die Unordnung gar nicht auf. Ein fremder Mann, schlafend und schnarchend im Salon, die Dame des Hauses ungekämmt und nachlässig gekleidet, die Skizzen an den Wänden und die wunderliche Einrichtung – all das erweckte jetzt nicht das geringste Interesse. Einer der Ärzte lachte plötzlich über etwas, und dieses Lachen klang irgendwie seltsam und scheu, es wurde einem sogar unheimlich zumute.

Als Olga Iwanowna ein zweites Mal in den Salon kam, schlief Korosteljow nicht mehr, sondern saß da und rauchte.

»Er hat eine Nasendiphtherie«, sagte er halblaut. »Und auch das Herz arbeitet nicht mehr richtig. Im Grunde genommen stehen die Dinge schlecht.«

»Lassen Sie doch Schrek holen«, sagte Olga Iwanowna.

»Der war schon da. Er hat ja festgestellt, daß die Diphtherie auf die Nase übergegangen ist. Äh, was ist denn Schrek! Im Grunde genommen ist Schrek nichts. Er ist Schrek, ich bin Korosteljow – und weiter nichts.«

Die Zeit zog sich furchtbar in die Länge. Olga Iwanowna lag angekleidet auf ihrem Bett, das seit dem Morgen ungemacht war, und döste vor sich hin. Es kam ihr vor, als wäre die ganze Wohnung vom Boden bis zur Decke mit einem riesigen Eisenklotz ausgefüllt, als brauchte man nur das Eisen hinauszuschaffen, und allen wäre wieder heiter und leicht zumute. Als sie die Augen aufschlug, erkannte sie, daß es kein Eisen, sondern Dymows Krankheit war.

Nature morte, Port …, dachte sie und fiel wieder in einen Dämmerzustand, Sport … Kurort … Und wie ist das mit Schrek? Schrek, grek, wrek … krek. Und wo sind jetzt meine Freunde? Wissen sie, daß wir Sorgen haben? Lieber Gott, errette … erlöse mich. Schrek, grek …

Und wieder das Eisen … Die Zeit zog sich in die Länge, und die Uhr in der unteren Etage schlug oft. Und ständig hörte man die Türklingel; die Ärzte kamen … Das Zimmermädchen trat mit einem leeren Glas auf einem Tablett ins Schlafzimmer und fragte:

»Gnädige Frau, soll ich jetzt das Bett machen?«

Und ohne eine Antwort erhalten zu haben, ging sie wieder hinaus. Unten schlug die Uhr; Olga Iwanowna träumte vom Regen auf der Wolga, und erneut kam jemand herein, anscheinend ein Fremder. Olga Iwanowna fuhr auf und erkannte Korosteljow.

»Wie spät ist es?« fragte sie.

»Etwa drei Uhr.«

»Nun, wie steht's?«

»Wie soll's stehen! Ich bin gekommen, um Ihnen zu sagen: Es geht zu Ende …«

Er schluchzte auf, setzte sich neben sie aufs Bett und wischte sich mit dem Ärmel die Tränen ab. Sie begriff nicht sofort, aber Kälte durchfuhr ihren ganzen Körper, und sie begann sich langsam zu bekreuzigen.

»Es geht zu Ende …«, wiederholte er mit dünner Stimme

und schluchzte wieder auf. »Er stirbt, weil er sich geopfert hat ... Was für ein Verlust für die Wissenschaft!« sagte er voll Bitterkeit. »Er war, verglichen mit uns allen, ein großartiger, ein außergewöhnlicher Mensch! Was für ein Talent! Welche Hoffnungen hat er bei uns allen geweckt!« fuhr Korosteljow händeringend fort. »Herr mein Gott, das wäre ein solcher Wissenschaftler geworden, wie man ihn heutzutage kaum noch findet. Osska Dymow, Osska Dymow, was hast du bloß gemacht! Oje, oje! Mein Gott!«

Korosteljow bedeckte verzweifelt mit beiden Händen das Gesicht und schüttelte den Kopf.

»Und was für eine moralische Kraft!« fuhr er fort, wobei er immer wütender auf jemanden wurde. »Eine gute, eine liebende, eine makellose Seele – nicht einfach nur ein Mensch, sondern ein Mensch rein wie Glas! Er hat der Wissenschaft gedient und ist an ihr zugrunde gegangen. Und geschuftet hat er wie ein Ochse, Tag und Nacht, niemand hat ihn geschont, und der junge Wissenschaftler, der zukünftige Professor, mußte sich eine Praxis suchen und nachts auch noch Übersetzungen machen, um diese ... läppischen Fetzen zu finanzieren!«

Korosteljow blickte Olga Iwanowna haßerfüllt an, packte mit beiden Händen das Bettlaken und zerrte wütend daran, als wäre es an allem schuld.

»Sich selbst hat er nicht geschont, und man hat ihn nicht geschont. Äh, das ist es im Grunde schon!«

»Ja, ein seltener Mensch!« sagte im Salon eine Baßstimme.

Olga Iwanowna ließ ihr ganzes Leben mit Dymow Revue passieren, von Anfang bis Ende, in allen Einzelheiten, und plötzlich begriff sie, daß er wirklich ein außergewöhnlicher, seltener und im Vergleich zu denen, die sie kannte, ein großartiger Mensch war. Und als sie sich daran erinnerte, wie ihr verstorbener Vater und seine ganzen Kollegen sich ihm gegenüber verhalten hatten, wurde ihr klar, daß alle in ihm eine zukünftige Berühmtheit gesehen hatten. Die Wände, die Zimmerdecke, die Lampe und der Teppich auf dem Fußboden grinsten sie spöttisch an, als wollten sie sagen: »Verspielt! Verspielt!« Sie stürzte weinend aus dem Schlafzimmer, huschte in den Salon, an einem unbekannten Menschen vorbei, und lief ins Arbeitszimmer zu ihrem Mann. Er lag reglos auf dem türkischen Diwan, bis zur Gürtellinie unter einer Bettdecke. Sein Gesicht war schrecklich eingefallen, abgemagert und hatte eine gräulich-gelbe Farbe, wie sie bei Lebenden niemals vorkommt; und nur an der Stirn, an den schwarzen Augenbrauen und an dem vertrauten Lächeln konnte man erkennen, daß es Dymow war. Olga Iwanowna befühlte rasch seine Brust, die Stirn und die Hände. Die Brust war noch warm, aber die Stirn und die Hände waren bereits unangenehm kalt. Und die halboffenen Augen waren nicht auf Olga Iwanowna, sondern auf seine Bettdecke gerichtet.

»Dymow!« rief sie laut. »Dymow!«

Sie wollte ihm erklären, daß es ein Fehler gewesen und nicht alles verloren sei, daß das Leben noch wunderschön und glücklich werden könne, daß er ein seltener, außergewöhnlicher, großartiger Mensch sei und daß sie ihn das ganze Leben verehren, anbeten und eine heilige Ehrfurcht vor ihm empfinden werde …

»Dymow!« rief sie ihn, rüttelte ihn an der Schulter und wollte nicht glauben, daß er nie mehr aufwachen würde. »Dymow, aber Dymow!«

Im Salon sagte Korosteljow zu dem Zimmermädchen:

»Was gibt's da zu fragen? Sie gehen zum Kirchendiener und erkundigen sich, wo die Armenhäuslerinnen wohnen. Die werden den Leichnam waschen und aufbahren – werden alles Notwendige tun.«

Angst

Erzählung meines Freundes

Dmitri Petrowitsch Silin[*] hatte ein Universitätsstudium beendet und in Petersburg gedient, mit dreißig jedoch den Dienst aufgegeben und befaßte sich seither mit Landwirtschaft. Die Wirtschaft lag ihm durchaus, und doch schien mir, als wäre er nicht am richtigen Platz und täte gut daran, wieder nach Petersburg zu gehen. Wenn er mich, sonnenverbrannt, grau von Staub und erledigt von der Arbeit, am Tor oder an der Auffahrt empfing und dann beim Abendessen mit der Müdigkeit kämpfte und von seiner Frau wie ein Kind ins Bett gebracht wurde, oder wenn er, nach überwundener Müdigkeit, mit seiner weichen, herzlichen, fast flehenden Stimme begann, seine schönen Gedanken darzulegen, dann sah ich in ihm keinen Landwirt und keinen Agronom, sondern nur einen gequälten Menschen. Und es war mir klar, daß er keinerlei Wirtschaft brauchte und nur eins für ihn zählte: daß der Tag vorüberging und man Gott dafür dankbar sein mußte.

Ich war gern bei ihm, und es kam vor, daß ich auf seinem Gut zwei oder drei Tage zu Gast war. Ich mochte sein Haus, den Park, den großen Obstgarten und das Flüßchen, und auch seine Philosophie, die, wenn auch ein wenig kraftlos und gekünstelt, doch klar war. Vermutlich habe ich auch ihn selber gemocht, obwohl ich mir da nicht ganz sicher bin, weil ich aus meinen damaligen Gefühlen noch immer nicht

---

[*] ironisch sprechender Name, von *sila*, russ. Kraft

124

schlau werde. Er war ein kluger, guter, gar nicht langweiliger und sehr aufrichtiger Mensch; ich erinnere mich aber noch sehr genau, daß ich unangenehm berührt war, als er mir seine tiefsten Geheimnisse anvertraute und unseren Beziehungen den Namen Freundschaft gab, und daß ich mich nicht wohl dabei fühlte. In seiner Freundschaft zu mir lag etwas Peinliches, etwas Lästiges, und ich hätte ihr mit Vergnügen eine gewöhnliche, weniger herzliche Beziehung vorgezogen.

Die Sache war die, daß mir seine Frau, Marija Sergejewna, außerordentlich gefiel. Verliebt war ich nicht, mir gefielen aber ihr Gesicht, ihre Augen, ihre Stimme, ihr Gang, ich sehnte mich nach ihr, wenn ich sie länger nicht gesehen hatte, und in meiner Phantasie nahm dann niemand so bereitwillig Gestalt an wie diese junge, hübsche, elegante Frau. Ich hatte ihr gegenüber keinerlei bestimmte Absichten und gab mich keinen Träumen hin; doch jedesmal, wenn wir miteinander allein waren, mußte ich daran denken, daß ihr Mann mich für seinen Freund hielt, und ich fühlte mich unwohl. Wenn sie auf dem Flügel meine Lieblingsstücke spielte oder mir etwas Interessantes erzählte, hörte ich mit Genuß zu, und gleichzeitig ging mir der Gedanke durch den Kopf, daß sie ihren Mann liebt, daß er mein Freund ist und daß sie selbst mich für seinen Freund hält, und das verdarb mir die Stimmung; ich wurde träge, langweilig und ungeschickt. Sie bemerkte diese Veränderung und sagte dann gewöhnlich: »Sie langweilen sich ohne Ihren Freund. Ich will ihn vom Feld holen lassen.«

Und wenn Dmitri Petrowitsch kam, sagte sie: »Nun, Ihr Freund ist da. Freuen Sie sich.«

So ging es anderthalb Jahre.

Einmal, an einem Sonntag im Juli, fuhr ich mit Dmitri Petrowitsch aus Langeweile in das große Dorf Kluschino, um dort für das Abendessen einzukaufen. Während wir von Laden zu Laden bummelten, ging die Sonne unter und der Abend brach an, ein Abend, den ich wohl in meinem ganzen Leben nicht vergessen werde. Nachdem wir Käse, der wie Seife aussah, und eine steinharte, nach Teer riechende Wurst gekauft hatten, begaben wir uns in die Kneipe und fragten nach Bier. Unser Kutscher fuhr zur Schmiede, um die Pferde beschlagen zu lassen, und wir sagten ihm, daß wir bei der Kirche auf ihn warten würden. Wir gingen umher, redeten, lachten über unsere Einkäufe, und schweigend und mit der geheimnisvollen Miene eines Polizeispitzels folgte uns ein Mann, der in unserem Kreis einen recht seltsamen Spitznamen trug: Vierzig Märtyrer. Dieser Vierzig Märtyrer war kein anderer als Gawrila Sewerow, oder einfach Gawrjuschka, der kurze Zeit bei mir als Lakai gedient und den ich wegen Trunksucht entlassen hatte. Er hatte auch bei Dmitri Petrowitsch gedient und war wegen des gleichen Lasters entlassen worden. Er war ein schlimmer Säufer, und sein Schicksal sah genauso berauscht und wüst aus wie er selbst. Sein Vater war Geistlicher gewesen, seine Mutter Adlige, seiner Geburt nach gehörte er also zu einer privilegierten Schicht; aber wie lange ich sein ausgemergeltes, höfliches und immer schwitzendes Gesicht auch betrachtete, seinen roten, schon grau werdenden Bart, sein erbärmliches zerrissenes Jackett und sein rotes, über die Hosen hängendes Hemd, ich vermochte doch keine Spur von dem zu entdecken, was man bei uns in der Öffentlichkeit als privilegiert bezeichnet. Er nannte sich gebildet und erzählte, er habe an einer geistlichen Lehranstalt studiert, das Studium jedoch nicht beendet, weil man ihn wegen Tabakrauchens relegiert habe; dann hat er im bischöflichen Chor gesungen und etwa zwei Jahre in einem Kloster gelebt, von wo man ihn ebenfalls fortgeschickt hatte, diesmal aber

nicht wegen des Rauchens, sondern wegen der »Schwäche«*.
Er durchquerte zu Fuß zwei Gouvernements, reichte Bittschriften beim Konsistorium und bei verschiedenen Amtsstellen ein und stand viermal vor Gericht. Schließlich blieb er in unserem Kreis hängen und war als Lakai, Waldhüter, Hundewärter und Kirchendiener tätig; er heiratete eine liederliche Witwe, eine Köchin, versank endgültig im Lakaienleben und wurde mit dessen Schmutz und Unannehmlichkeiten so eins, daß er mit einem gewissen Mißtrauen von seiner privilegierten Herkunft sprach, als handle es sich um einen Mythos. Zu der hier beschriebenen Zeit trieb er sich ohne feste Stelle herum und gab sich als Pferdedoktor und Jäger aus, während seine Frau spurlos verschwunden war.

Von der Kneipe gingen wir zur Kirche und setzten uns in den Vorraum, um auf den Kutscher zu warten. Vierzig Märtyrer stand ein wenig entfernt und hielt sich die Hand vor den Mund, um ehrerbietig in sie hineinzuhusten, falls es nötig sein würde. Es war schon dunkel; es roch stark nach abendlicher Feuchtigkeit, und der Mond ging langsam auf. An dem reinen Sternenhimmel waren nur zwei Wolken, und sie befanden sich gerade über uns: eine große und eine kleinere; einsam zogen sie, wie Mutter und Kind, hintereinander dem erlöschenden Abendrot entgegen.

»Ein herrlicher Tag heute«, sagte Dmitri Petrowitsch.

»Über die Maßen …«, pflichtete Vierzig Märtyrer ihm bei und hustete ehrerbietig in seine Hand. »Was hat Sie, Dmitri Petrowitsch, gütigerweise hierhergeführt?« fragte er mit einschmeichelnder Stimme, offensichtlich in dem Bemühen, ein Gespräch in Gang zu bringen.

Dmitri Petrowitsch antwortete nicht. Vierzig Märtyrer

* verbreitete Umschreibung für Trunksucht

seufzte tief und äußerte leise und ohne uns anzusehen: »Ich leide aus einem einzigen Grund, für den ich mich gegenüber dem Allmächtigen verantworten muß. Natürlich, ich bin ein verlorener und unfähiger Mensch, aber glauben Sie mir auf Ehre und Gewissen: Ohne ein Stück Brot ist man schlechter dran als ein Hund … Verzeihen Sie, Dmitri Petrowitsch!«

Silin antwortete nicht; er hatte den Kopf auf die Fäuste gestützt und dachte nach. Die Kirche stand am Ende der Straße, auf dem Steilufer, und durch das Gitter der Einfriedung sahen wir den Fluß, die überschwemmten Wiesen auf dem jenseitigen Ufer und den grellen, purpurroten Schein eines Lagerfeuers, um das sich schwarze Menschen und Pferde bewegten. Hinter dem Lagerfeuer blinkten noch mehr Lichter: Das war das Dörfchen … Dort wurde ein Lied gesungen.

Auf dem Fluß und hier und da auf der Wiese stieg Nebel auf. Hohe schmale Nebelfetzen trieben dicht und milchweiß über dem Wasser, verdeckten den Widerschein der Sterne und klammerten sich an die Weiden. Sie veränderten jeden Augenblick ihr Aussehen, und es schien, als würden sich die einen umarmen, die anderen verbeugen und wieder andere ihre Arme mit weiten Priesterärmeln zum Himmel heben, als beteten sie … Wahrscheinlich brachten sie Dmitri Petrowitsch auf den Gedanken an Gespenster und Verstorbene, denn er wandte mir sein Gesicht zu und fragte mit einem traurigen Lächeln: »Sagen Sie mir, mein Lieber, warum nehmen wir, wenn wir etwas Schreckliches, Geheimnisvolles und Phantastisches erzählen wollen, das Material nicht aus dem Leben, sondern unbedingt aus der Welt der Gespenster und Schatten von jenseits des Grabes?«

»Schrecklich ist das, was wir nicht begreifen.«

»Aber ist Ihnen das Leben denn begreiflich? Sagen Sie: Verstehen Sie etwa das Leben besser als die jenseitige Welt?«

Dmitri Petrowitsch rückte ganz nah zu mir heran, so daß ich seinen Atem auf meiner Wange spürte. In der Abenddämmerung erschien sein bleiches, hageres Gesicht noch bleicher und sein Bart schwärzer als Ruß. Sein Blick war traurig, aufrichtig und ein wenig erschrocken, als beabsichtigte er, mir etwas Schreckliches zu erzählen. Er sah mir in die Augen und sprach mit seiner gewohnten flehenden Stimme weiter: »Unser Leben und das Jenseits sind gleicherweise unbegreiflich und schrecklich. Wer sich vor Gespenstern fürchtet, der muß sich auch vor mir fürchten, vor diesen Lichtern und vor dem Himmel, denn all das ist, wenn man's recht bedenkt, nicht weniger unfaßbar und phantastisch als das, was aus der jenseitigen Welt kommt. Prinz Hamlet hat sich nicht umgebracht, weil er die Gespenster fürchtete, die ihn in seinem Todesschlaf heimsuchen könnten; sein berühmter Monolog gefällt mir, aber offen gesagt, meine Seele hat er nicht berührt. Ich gestehe Ihnen als Freund, daß ich mir manchmal, in Augenblicken der Niedergeschlagenheit, meine Todesstunde vorgestellt habe und daß meine Phantasie mir Tausende der schwärzesten Visionen gezeigt hat. Es gelang mir sogar, mich in einen Zustand qualvoller Exaltiertheit zu versetzen und Alpträume zu haben, doch all das erschien mir, das versichere ich Ihnen, nicht schrecklicher als die Wirklichkeit. Kurz gesagt, Visionen sind schrecklich, aber schrecklich ist auch das Leben. Ich verstehe das Leben nicht, mein Bester, und ich fürchte es. Vielleicht bin ich ja ein kranker, überdrehter Mensch. Einem normalen, gesunden Menschen scheint es, als verstehe er alles, was er hört und sieht, ich aber habe dieses ›scheint‹ verloren und vergifte mich von Tag zu Tag mit Angst. Es gibt eine Krankheit, die Platzangst; so kranke ich an der Lebensangst. Wenn ich im Gras liege und lange einen Käfer betrachte, der gestern erst geboren wurde und nichts versteht, dann kommt es mir vor, als bestehe sein Leben aus einem fortgesetzten Schrecken, und ich sehe in ihm mich selbst.«

»Aber wovor fürchten Sie sich denn?« fragte ich.

»Ich fürchte mich vor allem. Ich bin von Natur aus kein tief veranlagter Mensch und interessiere mich wenig für Fragen wie die nach dem Jenseits oder dem Schicksal des Menschengeschlechts, in so einer dünnen Luft bewege ich mich selten. In erster Linie fürchte ich mich vor dem Alltäglichen, dem sich keiner von uns entziehen kann. Ich bin nicht zu der Unterscheidung fähig, was in meinen Handlungen Wahrheit ist und was Lüge, und sie beunruhigen mich; ich erkenne, daß die Bedingungen des Lebens und die Erziehung mich in einen engen Kreis der Lüge eingeschlossen haben, daß mein ganzes Leben nichts anderes ist als die tägliche Sorge, wie ich mich und die Leute betrüge, ohne es selbst zu merken. Und ich empfinde Angst bei dem Gedanken, daß ich mich buchstäblich bis zu meinem Tod von dieser Lüge nicht werde befreien können. Heute tue ich etwas, und morgen verstehe ich schon nicht mehr, wozu ich das tat. In Petersburg trat ich eine Stelle an, erschrak und kam hierher, um mich mit Landwirtschaft zu beschäftigen, und erschrak ebenfalls … Ich sehe, daß wir wenig wissen und uns deshalb jeden Tag irren, häufig ungerecht sind, andere verleumden, ihnen das Leben schwer machen und alle unsere Kräfte für einen Unsinn vergeuden, den wir nicht brauchen und der uns hindert zu leben, und darum fürchte ich mich, weil ich nicht verstehe, für wen und wozu das alles gut ist. Ich verstehe die Menschen nicht, mein Bester, und ich fürchte sie. Es wird mir angst, wenn ich auf die Bauern schaue, ich weiß nicht, für welche angeblich höheren Ziele sie leiden und wozu sie leben. Wenn das Leben Genuß bedeutet, dann sind sie überflüssige, unnütze Menschen; wenn Ziel und Sinn des Lebens hingegen in der Not liegen und in der absolut hoffnungslosen Unwissenheit, dann ist mir unverständlich, wem und wozu eine derartige Inquisition vonnöten ist. Ich verstehe niemanden und nichts. Verstehen Sie doch bitte dieses Subjekt da!« sagte Dmitri Petrowitsch und wies auf Vierzig Märtyrer. »Denken Sie sich nur mal in ihn hinein!«

Als Vierzig Märtyrer merkte, daß wir beide ihn ansahen, hüstelte er höflich in seine Faust und sagte: »Bei guten Herrschaften bin ich ständig ein treuer Diener gewesen, aber der Hauptgrund waren die geistigen Getränke. Wenn Sie mich jetzt, einen unglücklichen Menschen, in Betracht ziehen würden und mir eine Anstellung gäben, dann würde ich die Ikone küssen. Mein unumstößliches Wort!«

Der Kirchendiener ging vorüber, warf uns einen erstaunten Blick zu und zog am Seil. Die Glocke zerriß die Abendstille und schlug gemessen und lang hallend die zehnte Stunde.

»Es ist ja schon zehn Uhr!« sagte Dmitri Petrowitsch. »Zeit, daß wir fahren. Ja, mein Bester«, äußerte er seufzend, »wenn Sie wüßten, wie ich mich vor den Gedanken meines ganz gewöhnlichen Alltagslebens fürchte, obwohl in ihnen doch, anscheinend, nichts zum Fürchten liegt. Um nicht zu denken, lenke ich mich durch Arbeit ab und sehe zu, daß ich müde werde, um in der Nacht fest zu schlafen. Die Kinder, die Frau – für andere ist das ganz gewöhnlich, für mich ist es schwer, mein Bester, sehr schwer!«

Er wischte sich mit den Händen übers Gesicht, räusperte sich und lächelte. »Könnte ich Ihnen nur erzählen, was für ein Dummkopf ich im Leben war!« sagte er. »Alle sagen zu mir: Sie haben eine liebe Frau, wunderbare Kinder, und Sie selbst sind ein ausgezeichneter Familienvater. Sie glauben, ich sei sehr glücklich, und sie beneiden mich. Nun, wenn wir bei diesem Thema sind, so sage ich Ihnen unter dem Siegel der Verschwiegenheit: Mein ach so glückliches Familienleben ist ein einziges trauriges Mißverständnis, und ich habe Angst davor.«

Das erzwungene Lächeln ließ sein Gesicht häßlich erscheinen. Er faßte mich um die Hüfte und fuhr mit leiser Stimme fort: »Sie sind mein aufrichtiger Freund, ich vertraue Ihnen und achte Sie hoch. Die Freundschaft hat uns der Himmel geschickt, damit wir uns aussprechen und uns vor den Geheimnissen, die uns bedrücken, retten können. Gestatten Sie mir, Ihre freundschaftliche Geneigtheit zu nutzen, um Ihnen die ganze Wahrheit zu entdecken. Mein Familienleben, das Ihnen so reizend erscheint, ist mein größtes Unglück und meine hauptsächliche Angst. Ich habe seltsam und dumm geheiratet. Ich muß Ihnen sagen, daß ich Mascha bis zu unserer Heirat wahnsinnig geliebt habe und mich zwei Jahre lang um sie bemühte. Fünfmal machte ich ihr einen Heiratsantrag, und jedesmal wies sie mich ab, weil ich ihr völlig gleichgültig war. Beim sechsten Mal, als ich vor Liebe fast verging und sie auf den Knien um ihre Hand bat wie um ein Almosen, willigte sie ein … Sie sagte folgendes: ›Ich liebe Sie nicht, aber ich werde Ihnen treu sein …‹ Eine solche Bedingung nahm ich begeistert an. Damals verstand ich, was das bedeutet, heute jedoch, ich schwöre es bei Gott, verstehe ich es nicht mehr. ›Ich liebe Sie nicht, aber ich werde Ihnen treu sein …‹ – was bedeutet das? Das ist Nebel, das ist Finsternis … Ich liebe sie heute noch genauso wie am ersten Tag unserer Ehe, während sie, wie mir scheint, so gleichgültig ist wie zuvor und wohl jedesmal froh, wenn ich wegfahre. Ich weiß nicht sicher, ob sie mich liebt oder nicht, ich weiß es nicht, ich weiß es nicht; aber schließlich leben wir unter einem Dach, sagen ›Du‹ zueinander, schlafen miteinander, haben Kinder, gemeinsamen Besitz … Was bedeutet das? Wozu das? Verstehen Sie da etwas, mein Bester? Eine grausame Folter! Weil mir unsere Beziehungen unverständlich sind, hasse ich mal sie, mal mich selbst, mal uns beide, alles in meinem Kopf ist durcheinandergeraten, ich quäle mich und stumpfe immer mehr ab, sie aber wird, wie zum Trotz, jeden Tag schöner und bewundernswerter … Meiner Meinung nach hat sie herrliches Haar und ein Lächeln wie keine andere Frau. Ich liebe und weiß, daß ich hoffnungslos liebe. Eine hoffnungslose Liebe zu einer Frau, von der ich schon zwei Kinder habe! Ist das denn zu verstehen und nicht vielmehr schrecklich? Ist das nicht schrecklicher als alle Gespenster?«

In dieser Stimmung hätte er noch lange so weitergeredet, doch zum Glück ertönte die Stimme des Kutschers. Unsere Pferde kamen. Wir setzten uns auf den Wagen, und Vierzig Märtyrer half uns mit gezogener Mütze hinauf. Er tat es mit einem Gesichtsausdruck, als habe er schon lange auf die Gelegenheit gewartet, unsere wertvollen Körper zu berühren.

»Dmitri Petrowitsch, geruhen Sie, daß ich zu Ihnen komme«, brachte er hervor, wobei er heftig blinzelte und den Kopf auf die Seite legte. »Erweisen Sie mir die göttliche Barmherzigkeit! Ich komme um vor Hunger!«

»Also gut«, sagte Silin. »Komm und bleib drei Tage, dann sehen wir weiter.«

»Zu Befehl«, sagte Vierzig Märtyrer erfreut. »Gleich heute komme ich.«

Bis zum Haus waren es sechs Werst. Dmitri Petrowitsch, zufrieden, daß er sich dem Freund gegenüber endlich ausgesprochen hatte, hielt mich die ganze Zeit um die Hüfte gefaßt und sagte ohne Bitterkeit und ohne Angst, sondern fröhlich, daß er, wenn in der Familie alles in Ordnung wäre, nach Petersburg zurückkehren und sich dort der Wissenschaft widmen würde. Diese Tendenz, sagte er, die so viele begabte junge Leute aufs Land gehen läßt, sei eine traurige Erscheinung. Roggen und Weizen gäbe es bei uns in Rußland genügend, kultivierte Menschen aber nicht. Die begabte, gesunde Jugend müsse sich mit den Wissenschaften, den Künsten und der Politik beschäftigen, jedes andere Verhalten sei unökonomisch. So philosophierte er genußvoll vor sich hin und äußerte sein Bedauern, daß er morgen früh von mir Abschied nehmen würde, weil er auf eine Holzauktion müsse.

Ich fühlte mich unwohl und traurig, und es war mir, als würde ich den Mann hintergehen. Und gleichzeitig hatte ich ein angenehmes Gefühl. Ich schaute auf den riesigen purpurnen Mond, der im Aufgehen begriffen war, und stellte mir die hochgewachsene, schlanke blonde Frau mit dem blassen Gesicht vor, wie sie, immer hübsch angezogen, nach einem besonderen moschusartigen Parfüm duftete, und irgendwie stimmte es mich fröhlich, daß sie ihren Mann nicht liebte.

Zu Hause angekommen, setzten wir uns zum Abendessen. Marija Sergejewna bewirtete uns lächelnd mit unseren Einkäufen, und ich fand, daß sie in der Tat herrliches Haar hatte und lächelte wie keine andere Frau. Ich beobachtete sie und wollte in jeder ihrer Bewegungen und ihrem Blick erkennen, daß sie ihren Mann nicht liebte, und es kam mir vor, als erkannte ich es tatsächlich.

Dmitri Petrowitsch begann bald mit der Müdigkeit zu kämpfen. Nach dem Abendessen saß er noch etwa zehn Minuten bei uns, dann sagte er: »Wie Ihr wollt, meine Herrschaften, aber ich muß morgen um drei Uhr aufstehen. Erlaubt, daß ich Euch verlasse.«

Er küßte zärtlich und fest seine Frau, drückte mir dankbar die Hand und nahm mir das Versprechen ab, ihn in der kommenden Woche unbedingt zu besuchen. Um morgen nicht zu verschlafen, ging er zur Nacht ins Seitengebäude.

Marija Sergejewna pflegte, nach Petersburger Art, spät schlafen zu gehen, und gerade heute freute mich das.

»Nun?« begann ich, als wir allein waren. »Seien Sie doch so gut und spielen Sie mir etwas vor.«

Ich hatte gar keine Lust auf Musik, ich wußte nur nicht, wie ich ein Gespräch beginnen sollte. Sie setzte sich an den Flügel und spielte, ich weiß nicht mehr, was es war. Ich saß neben ihr, betrachtete ihre weißen weichen Hände und bemühte mich, aus ihrem kühlen, gleichgültigen Gesicht etwas herauszulesen. Doch da lächelte sie plötzlich über irgend etwas und sah mich an.

»Es ist Ihnen langweilig ohne Ihren Freund«, sagte sie.

Ich lachte. »Für die Freundschaft würde es genügen, einmal im Monat herzukommen, ich aber bin mehrmals in der Woche hier.«

Nach diesen Worten stand ich auf und schritt erregt von einer Ecke des Zimmers zur anderen. Sie erhob sich ebenfalls und ging zum Kamin.

»Was wollen Sie damit sagen?« fragte sie und richtete ihre großen hellen Augen auf mich.

Ich erwiderte nichts.

»Sie haben die Unwahrheit gesagt«, fuhr sie nach kurzem Überlegen fort. »Sie sind nur wegen Dmitri Petrowitsch hier. Aber es freut mich doch sehr. Eine solche Freundschaft bekommt man in unserer Zeit nur selten zu sehen.«

Aha! dachte ich, und da ich nicht wußte, was ich sagen sollte, fragte ich: »Möchten Sie einen Spaziergang im Garten machen?«

»Nein.«

Ich trat auf die Terrasse hinaus. Ich fühlte ein Kribbeln im Kopf, und ich fröstelte vor Erregung. Mir war schon klar, daß sich unser Gespräch nur um völlig belanglose Dinge drehen würde und daß wir nicht imstande sein würden, uns irgend etwas Besonderes zu sagen, daß in dieser Nacht aber ganz bestimmt das geschehen würde, wovon ich nicht einmal zu träumen wagte. In dieser Nacht oder nie.

»Wie schön es ist!« sagte ich laut.

»Das ist mir absolut gleichgültig«, kam zur Antwort.

Ich ging in den Salon. Marija Sergejewna stand immer noch, die Hände auf dem Rücken, am Kamin und dachte, den Blick zur Seite gewandt, über etwas nach.

»Und warum ist Ihnen das absolut gleichgültig?« fragte ich.

»Weil mir langweilig ist. Ihnen ist nur ohne Ihren Freund langweilig, mir hingegen ist immer langweilig. Aber … das ist ja für Sie nicht interessant.«

Ich setzte mich an den Flügel und schlug, in Erwartung, was sie weiter sagen würde, ein paar Akkorde an.

»Bitte zieren Sie sich nicht«, sagte sie, wobei sie mich zornig ansah und vor Ärger fast in Tränen auszubrechen schien. »Wenn Sie schlafen möchten, dann gehen Sie. Denken Sie nicht, daß Sie als Dmitri Petrowitschs Freund dazu verpflichtet wären, sich mit seiner Frau zu langweilen. Ich wünsche kein Opfer. Bitte, gehen Sie.«

Ich ging natürlich nicht. Sie trat auf die Terrasse, während ich im Salon blieb und etwa fünf Minuten in den Noten blätterte. Dann trat auch ich hinaus. Wir standen nebeneinander im Schatten der Gardinen, die Stufen unter uns lagen im vollen Mondlicht. Über die Blumenbeete und den gelben Sand der Alleen zogen sich die langen Schatten der Bäume.

»Ich muß auch morgen fahren«, sagte ich.

»Natürlich, wenn der Ehemann nicht da ist, hält Sie hier nichts mehr«, ließ sie spöttisch fallen. »Ich stelle mir vor, wie unglücklich Sie wären, wenn Sie sich in mich verlieben würden. Warten Sie, irgendwann werfe ich mich Ihnen noch an den Hals! ... Um zu sehen, mit welchem Schreck Sie vor mir davonlaufen. Wäre interessant.«

In ihren Worten und auf ihrem bleichen Gesicht lag Zorn, ihre Augen jedoch waren von der zärtlichsten und leidenschaftlichsten Liebe erfüllt. Ich schaute auf dieses wunderschöne Geschöpf bereits wie auf mein Eigentum, und da bemerkte ich zum ersten Mal, daß sie goldene Augenbrauen hatte, wunderbare Augenbrauen, wie sie mir noch nie begegnet waren. Der Gedanke, daß ich sie jetzt sofort an mich ziehen, liebkosen und ihr herrliches Haar berühren könnte, stand plötzlich als etwas so Monströses vor mir, daß ich lachte und die Augen schloß.

»Aber es ist Zeit ... Ich wünsche Ihnen eine ruhige Nacht!« sagte sie.

»Ich möchte aber keine ruhige Nacht ...«, erwiderte ich lachend und trat hinter ihr in den Salon. »Ich werde diese Nacht verfluchen, wenn sie ruhig gewesen ist.«

Als ich ihr die Hand drückte und sie zu ihrer Tür begleitete, sah ich an ihrem Gesicht, daß sie mich verstand und froh darüber war, daß auch ich sie verstand.

Ich ging auf mein Zimmer. Auf dem Tisch, neben den Büchern, lag Dmitri Petrowitschs Mütze, und das erinnerte mich an seine Freundschaft. Ich nahm einen Spazierstock und ging in den Garten hinaus. Dort war der Nebel gestiegen, und zwischen den Bäumen und Sträuchern trieben, sie umarmend, dieselben hohen und schmalen Gespenster, die ich vorhin auf dem Fluß gesehen hatte. Wie schade, daß ich mit ihnen nicht reden konnte!

In der ungewöhnlich klaren Luft zeichnete sich jedes Blättchen, jeder Tautropfen ab – all das lächelte mir in der Stille verschlafen zu, und während ich an den grünen Bänken vorüberging, fielen mir die Worte aus irgendeinem Stück von Shakespeare ein: Wie süß das Mondlicht schläft auf dieser Bank!*

Im Garten gab es einen Hügel. Ich stieg hinauf und ließ mich nieder. Ein bezauberndes Gefühl setzte mir zu. Ich wußte ganz sicher, daß ich gleich ihren prachtvollen Körper umarmen und an mich drücken und ihre goldenen Augenbrauen küssen würde, und mich verlangte, nicht daran zu glauben, mir selbst etwas vorzumachen, und ich bedauerte, daß sie mich so wenig quälte und sich so rasch hingab.

Aber da ertönten unerwartet schwere Schritte. In der Allee erschien ein Mann von mittelgroßer Statur, in dem ich sofort Vierzig Märtyrer erkannte. Er setzte sich auf die Bank und tat einen tiefen Seufzer, worauf er sich dreimal bekreuzigte und sich hinlegte. Eine Minute später stand er auf und legte sich auf die andere Seite. Die Mücken und die Feuchtigkeit der Nacht hinderten ihn am Einschlafen.

»Ist das ein Leben!« stieß er hervor. »Unglücklich und bitter ist das Leben!«

Als ich auf seinen hageren, zusammengekrümmten Körper sah und seine schweren, heiseren Seufzer vernahm, fiel mir ein anderes unglückliches, bitteres Leben ein, das mir heute gebeichtet worden war, und mir wurde angesichts meines eigenen wonnevollen Zustands angst und bange. Ich stieg vom Hügel herunter und ging zum Haus.

Seiner Meinung nach ist das Leben schrecklich, dachte ich, dann geh nicht zimperlich mit ihm um, krieg's unter, bevor es dich zerdrückt, nimm dir alles, was du ihm entreißen kannst.

Auf der Terrasse stand Marija Sergejewna. Schweigend um-

---

* vgl. *Der Kaufmann von Venedig* V, I, 54: »How sweet the moonlight sleeps upon this bank!« (eigentlich: »Wie süß das Mondlicht auf dem Hügel schläft!«)

armte ich sie und begann gierig ihre Augenbrauen zu küssen, ihre Schläfen, ihren Hals ...

In meinem Zimmer sagte sie mir, daß sie mich schon lange liebte, länger als ein Jahr. Sie schwor mir ihre Liebe, weinte, bat, daß ich sie mitnehme. Immer wieder führte ich sie zum Fenster, um im Mondlicht ihr Gesicht zu betrachten, und sie erschien mir wie ein schöner Traum – gleich mußte ich sie fest umarmen, um an die Wirklichkeit glauben zu können. Eine solche Ekstase hatte ich schon lange nicht mehr erlebt ... Doch weit weg, irgendwo auf dem Grund meines Herzens, fühlte ich mich unbehaglich, war mir nicht wohl zumute. In ihrer Liebe zu mir lag etwas Unangenehmes und Bedrückendes, genauso wie in Dmitri Petrowitschs Freundschaft. Es war eine große, ernsthafte Liebe mit Tränen und Schwüren, während ich nichts Ernsthaftes wollte, weder Tränen und Schwüre noch Gespräche über die Zukunft. Als heller Meteor sollte diese Mondnacht in unserem Leben vorüberhuschen – und Schluß.

Um genau drei Uhr verließ sie mich, und als ich, in der Tür stehend, ihr nachblickte, erschien am Ende des Korridors plötzlich Dmitri Petrowitsch. Als sie ihm begegnete, zuckte sie zusammen und ließ ihn vorbei; ihre ganze Haltung verriet Widerwillen. Er lächelte irgendwie seltsam, hüstelte und trat in mein Zimmer.

»Ich hab gestern hier meine Mütze vergessen ...«, sagte er, ohne mich anzusehen.

Er fand die Mütze und setzte sie mit beiden Händen auf, dann betrachtete er mein verwirrtes Gesicht und meine Schuhe, und mit einer fremd klingenden, heiseren Stimme äußerte er: »Mir wurde wahrscheinlich schon an der Wiege gesungen, daß ich nichts verstehen würde. Wenn Sie etwas verstehen, dann ... gratuliere ich Ihnen. Vor meinen Augen ist immer Nacht.«

Und hüstelnd ging er hinaus. Dann sah ich durchs Fenster, wie er vor dem Pferdestall eigenhändig die Pferde einspannte. Seine Hände zitterten, er war in Eile und blickte sich ständig zum Haus um; wahrscheinlich fürchtete er sich. Dann setzte er sich in den Wagen, und mit einem merkwürdigen Ausdruck, als habe er Angst, verfolgt zu werden, hieb er auf die Pferde ein.

Ein wenig später fuhr auch ich ab. Die Sonne war bereits aufgegangen, und der gestrige Nebel schmiegte sich furchtsam an Sträucher und Hügel. Auf dem Kutschbock saß Vierzig Märtyrer, der bereits Zeit gefunden hatte, einen zu heben, und nun Säuferunsinn daherredete.

»Ich bin ein freier Mensch!« schrie er auf die Pferde herab. »He, ihr Himbeerfarbenen! Ich habe das erbliche Ehrenbürgerrecht, wenn ihr's wissen wollt!«

Dmitri Petrowitschs Angst, die mir nicht aus dem Kopf gehen wollte, teilte sich nun auch mir mit. Ich dachte über das Geschehene nach und verstand nichts. Ich blickte auf die Saatkrähen und fand es seltsam und bedrohlich, daß sie da umherflogen.

Wozu habe ich das getan? fragte ich mich erstaunt und verzweifelt. Warum hat es sich gerade so und nicht anders ergeben? Wem und wozu ist es von Nutzen, daß sie mich ernsthaft liebt und daß er seiner Mütze wegen im Zimmer erschien? Was hat die Mütze damit zu tun?

Am selben Tag reiste ich nach Petersburg und habe Dmitri Petrowitsch und seine Frau seither nie wieder gesehen. Es heißt, sie leben weiterhin zusammen.

Der Literaturlehrer

I

Man hörte das Getrappel von Pferdehufen auf dem Holzpflaster. Zuerst wurde der Rappe Graf Nulin* aus dem Stall herausgeführt, dann der Schimmel Welikan und danach seine Schwester Maika. Alles erstklassige, kostbare Pferde. Der alte Schelestow sattelte Welikan und sagte zu seiner Tochter Mascha:

»Also los, sitz auf, Marie Godefroy**. Hoppla!«

Mascha Schelestowa war die Jüngste in der Familie; sie war zwar schon achtzehn, galt aber zu Hause noch immer als die Kleine, weshalb sie von allen Manja und Manjusja genannt wurde. Seit ein Zirkus in der Stadt gastiert hatte, den sie eifrig besuchte, hieß sie jedoch bei allen nur noch Marie Godefroy.

»Hoppla!« rief sie und schwang sich auf Welikan.

Ihre Schwester Warja saß auf Maika auf, Nikitin auf Graf Nulin, die Offiziere schwangen sich auf ihre Pferde, und die langgezogene, schmucke Kavalkade, in der sich die weißen Offiziersjacken hell von den schwarzen Reitkleidern abhoben, setzte sich im Schrittempo vom Hof in Bewegung.

Nikitin bemerkte, daß Manjusja, als sie aufsaßen und auf

---

* nach dem gleichnamigen Helden eines Puschkin-Poems
** geht zurück auf den Zirkus der Gebrüder Godefroy (genaue Schreibweise nicht ermittelt), der tatsächlich 1877 in Tschechows Geburtsstadt Taganrog gastierte, und die Primadonna des Zirkus, die Kunstreiterin Marie Godefroy

141

die Straße hinausritten, irgendwie nur für ihn allein Augen hatte. Besorgt musterte sie ihn und Graf Nulin und sagte:

»Halten Sie ihn besser die ganze Zeit an der Kandare, Sergej Wassilitsch. Und passen Sie auf, daß er nicht scheut. Er spielt sich gern auf.«

Sei es, daß ihr Welikan Freundschaft mit Graf Nulin hielt, oder war es Zufall, sie ritt auch heute, wie gestern und vorgestern, die ganze Zeit neben Nikitin. Und er betrachtete ihre kleine schlanke Gestalt auf dem stolzen weißen Pferd, ihr feines Profil, den Zylinder, der ihr so gar nicht stand und sie älter machte als sie war, betrachtete sie voller Freude, gerührt und entzückt, hörte ihr zu, verstand kaum etwas und dachte:

Bei meinem Wort, ich werde allen Mut zusammennehmen und ihr noch heute einen Antrag machen, Gott ist mein Zeuge …

Es ging auf sieben Uhr abends, eine Zeit, da die weißen Akazien und der Flieder so stark duften, daß man meint, die Luft und die Bäume selbst erquickten sich an ihrem Geruch. Im Stadtpark spielte bereits die Musik. Die Pferde trappelten hallend über das Pflaster. Von überall her drangen Lachen, Stimmengewirr und das Klappen der Pforten. Entgegenkommende Soldaten salutierten vor den Offizieren, Gymnasiasten grüßten Nikitin, und es schien, als betrachteten alle Spaziergänger, die zur Musik in den Park eilten, die Kavalkade voller Wohlwollen. Und wie warm es war und wie weich die unordentlich über den Himmel verstreuten Wolken aussahen, wie sanft und behaglich die Schatten der Pappeln und Akazien – Schatten, die sich über die ganze breite Straße hinzogen und auf der anderen Seite bis zu den Balkons und zu den ersten Stockwerken der Häuser reichten!

Sie ritten aus der Stadt hinaus, dann ging es im Trab über die Landstraße. Hier duftete es bereits nicht mehr nach Akazien und Flieder, auch war keine Musik mehr zu hören, dafür aber roch es nach Feld, grünten der junge Roggen und Weizen, piepsten die Zieselmäuse und krächzten die Saatkrähen. Wohin man schaute, war es grün, nur hie und da schimmerte dunkel ein Melonenfeld, und links in der Ferne leuchtete auf dem Friedhof weiß eine Reihe verblühender Apfelbäume.

Sie ritten am Schlachthof vorbei, dann vorbei an der Brauerei und überholten einen Trupp Militärmusiker, die in ein Vorstadtgartenlokal unterwegs waren.

»Poljanski hat ein sehr gutes Pferd, keine Frage«, sagte Manjusja zu Nikitin und wies mit den Augen auf den Offizier, der neben Warja ritt. »Aber es taugt nichts. Wie unpassend dieser weiße Fleck auf dem linken Bein ist, und schauen Sie nur, wie es den Kopf zurückwirft. Das gewöhnt man ihm jetzt nicht mehr ab, es wird den Kopf zurückwerfen, bis es krepiert.«

Manjusja war genauso ein Pferdenarr wie ihr Vater. Sie litt, wenn sie bei jemandem ein gutes Pferd sah, und freute sich, entdeckte sie bei fremden Pferden einen Mangel. Nikitin dagegen kannte sich mit Pferden absolut nicht aus, ihm war es ganz gleichgültig, ob er das Pferd am Zügel oder an der Kandare hielt, im Trab oder im Galopp ritt. Er spürte lediglich, daß seine Haltung unnatürlich und verkrampft war und die Offiziere, die sich auf dem Sattel zu halten verstanden, Manjusja besser gefallen mußten als er. Und er war eifersüchtig auf die Offiziere.

Als sie am Gartenlokal vorbeiritten, schlug jemand vor, einzukehren und ein Selterswasser zu trinken. Das taten sie. Im Garten standen nur Eichen. Die Blätter hatten sich eben erst entfaltet, so daß man jetzt durch das junge Grün den ganzen Park mit seiner Bühne, den Tischchen und Schaukeln sehen konnte und alle Krähennester, die großen Hüten glichen. Die Reiter und ihre Damen saßen bei einem der Tischchen ab und bestellten Selterswasser. Bekannte, die im Garten flanierten, traten zu ihnen heran, darunter auch ein Militärarzt in hohen Stiefeln und der Kapellmeister, der auf seine Musiker wartete. Der Arzt hielt Nikitin offenbar für einen Studenten, denn er fragte:

»Sie sind wohl zu den Ferien zu uns gekommen?«

»Nein, ich wohne hier«, antwortete Nikitin. »Ich bin Lehrer am Gymnasium.«

»Tatsächlich?« wunderte sich der Arzt. »So jung und unterrichten schon?«

»Was heißt hier jung? Ich bin sechsundzwanzig … Gott sei's gelobt.«

»Sie haben zwar einen Bart und auch einen Schnurrbart, doch man würde Sie für nicht älter als zweiundzwanzig, dreiundzwanzig halten. Wie jugendlich Sie aussehen!«

Was für eine Frechheit! dachte Nikitin. Auch der hält mich für einen Milchbart!

Es gefiel ihm absolut nicht, wenn jemand auf seine Jugend zu sprechen kam, insbesondere in Anwesenheit von Damen oder Gymnasiasten. Seit er in diese Stadt gekommen war und seinen Dienst angetreten hatte, haßte er sein jugendliches Aussehen. Die Gymnasiasten hatten keinen Respekt vor ihm, die Alten nannten ihn »junger Mann« und die Damen tanzten lieber mit ihm, als seine langen Erörterungen anzuhören. Er hätte viel dafür gegeben, jetzt um zehn Jahre älter zu sein.

Vom Garten ritten sie weiter zur Meierei der Schelestows. Hier hielten sie am Tor, riefen die Frau des Verwalters Praskowja heraus und verlangten frisch gemolkene Milch.

Niemand trank von der Milch, man tauschte Blicke, brach in Gelächter aus und galoppierte zurück. Als sie heimritten, spielte im Vorstadtpark bereits die Musik; die Sonne hatte sich hinter dem Friedhof versteckt, und der halbe Himmel flammte im Abendrot.

Wieder ritt Manjusja neben Nikitin. Er hätte gern davon gesprochen, wie sehr er sie liebte, fürchtete aber, die Offiziere und Warja könnten ihn hören. So schwieg er. Auch Manjusja schwieg, und er ahnte, weshalb sie schwieg und warum sie neben ihm ritt, und war so glücklich, daß die Erde, der Himmel, die Lichter der Stadt und die schwarzen Umrisse der Brauerei vor seinen Augen zu etwas sehr Schönem und Lieblichem zusammenflossen, und ihm schien, sein Graf Nulin reite durch die Luft und wolle in den flammenden Himmel emporklettern.

Sie kamen nach Hause. Auf dem Gartentisch siedete schon der Samowar, und an einem Tischende saß mit seinen Bekannten, Beamten des Bezirksgerichts, der alte Schelestow und kritisierte etwas, wie er es immer tat.

»Das ist eine Frechheit!« sagte er. »Eine Frechheit und weiter nichts. Ja, eine Frechheit!«

Seit sich Nikitin in Manjusja verliebt hatte, gefiel ihm alles bei den Schelestows – das Haus, der Garten hinter dem Haus, der Abendtee, auch die Korbstühle, die alte Kinderfrau und selbst das Wort »Frechheit«, das der alte Mann so oft und gern gebrauchte. Nur die Unzahl der Hunde und Katzen und der Lachtauben, die in einem großen Käfig auf der Terrasse trostlos gurrten, gefiel ihm nicht. Hof- und Schoßhunde gab es so viele, daß er während der gesamten Zeit seiner Bekanntschaft mit den Schelestows nur zwei auseinanderzuhalten gelernt hatte – Muschka und Som. Muschka war eine kleine, kahle Hündin mit zottiger Schnauze, böse und verwöhnt. Sie haßte Nikitin; wenn sie ihn erblickte, neigte sie jedesmal den Kopf zur Seite, fletschte die Zähne und begann zu knurren: »Rrr … nga-nga-nga … rrr …«, worauf sie sich unter den Stuhl setzte. Wenn er dann versuchte, sie unter seinem Stuhl zu verscheuchen, brach sie in durchdringendes Gebell aus, und die Gastgeber sagten:

»Nur keine Angst, sie beißt nicht. Sie ist ein gutes Hündchen.«

Som dagegen war ein großer schwarzer Hund mit langen Beinen und hartem Schwanz, hart wie ein Stock. Während des Mittagessens und beim Tee strich er meist schweigend unter dem Tisch herum und klopfte mit dem Schwanz gegen Stiefel und Tischbeine. Es war ein gutmütiger, einfältiger Hund, doch Nikitin konnte ihn nicht ausstehen, weil er die Gewohnheit hatte, den Tischgästen die Schnauze auf die Knie zu legen und ihnen mit seinem Speichel die Hosen zu beschmutzen. Mehr als einmal hatte Nikitin versucht, ihm mit dem Messergriff gegen die breite Stirn zu schlagen, hatte ihm gegen die Nase geschnipst, ihn beschimpft, sich beschwert, doch nichts bewahrte seine Hosen vor den unweigerlichen Flecken.

Nach dem Spazierritt schmeckten Tee, Konfitüre, Zwieback und Butter besonders gut. Das erste Glas tranken alle schweigend und mit großem Appetit, vor dem zweiten begannen sie zu diskutieren. Mit diesen Diskussionen beim Tee oder beim Mittagessen begann jedesmal Warja. Sie war bereits dreiundzwanzig und hübsch, hübscher als Manjusja, galt als die Klügste und Gebildetste im Haus, war streng und hielt auf sich, wie ihr das als älterer Tochter zukam, die im Haus den Platz der verstorbenen Mutter einnahm. Als Dame des Hauses erschien sie vor den Gästen im Hauskleid, nannte die Offiziere beim Nachnamen, behandelte Manjusja wie ein kleines Mädchen und redete mit ihr wie eine Klassendame*. Sie bezeichnete sich selbst als alte Jungfer, was bedeutete, daß sie überzeugt war, bald zu heiraten.

Jedes Gespräch, selbst über das Wetter, artete bei ihr unweigerlich in eine Debatte aus. Sie war davon besessen, jeden beim Wort zu nehmen, des Widerspruchs zu überführen und jegliches Wort auf die Goldwaage zu legen. Man beginnt ihr etwas zu erzählen, sie aber blickt einem schon unverwandt in die Augen und unterbricht dann plötzlich: »Gestatten Sie, gestatten Sie, Petrow, vorgestern haben Sie das absolute Gegenteil gesagt!«

Oder aber sie lächelt spöttisch und sagt: »Da hört sich doch alles auf! Wie ich feststelle, haben Sie sich bereits die Prinzipien der Dritten Abteilung** zu eigen gemacht. Meinen Glückwunsch.«

Erzählt jemand einen Witz oder macht ein Wortspiel, ertönt unweigerlich ihre Stimme: »Das ist ein alter Hut!« oder »Das ist doch banal!« Witzelt aber ein Offizier, zieht sie eine verächtliche Grimasse und sagt: »Militärrrhumorrr!«

Und dieses »rrr ...« kommt ihr so überzeugend über die Lippen, daß Muschka unter dem Stuhl sogleich einfällt:

»Rrrrr ... nga-nga-nga ...«

Heute beim Tee begann die Debatte damit, daß Nikitin auf die Prüfungen am Gymnasium zu sprechen kam.

»Gestatten Sie, Sergej Wassilitsch«, unterbrach ihn Warja. »Sie sagen da, die Schüler hätten es schwer. Wer aber ist schuld, gestatten Sie die Frage? Sie haben den Schülern der achten Klassen beispielsweise das Aufsatzthema ›Puschkin als Psychologe‹ aufgegeben. Erstens darf man solche schwierigen Themen überhaupt nicht stellen und zweitens, was ist Pusch-

---

* Aufsichtsperson in einer Mädchenschule, die auf das Benehmen der Schülerinnen zu achten hatte
** Umschreibung für die Geheimpolizei

kin denn für ein Psychologe? Schtschedrin* vielleicht, oder meinetwegen Dostojewski, das ist etwas anderes, Puschkin aber ist ein großer Dichter und sonst nichts.«

»Schtschedrin muß man für sich betrachten und Puschkin ebenfalls«, entgegnete Nikitin finster.

»Ich weiß, an Ihrem Gymnasium hält man nichts von Schtschedrin, doch darum geht es nicht. Sagen Sie mir doch mal, worin Puschkins Psychologie besteht!«

»Ist er etwa kein Psychologe? Erlauben Sie, daß ich Beispiele anführe.«

Und Nikitin deklamierte einige Stellen aus dem ›Onegin‹ und anschließend aus ›Boris Godunow‹.

»Ich sehe darin keinerlei Psychologie«, seufzte Warja. »Als Psychologen bezeichnet man denjenigen, der die Windungen der menschlichen Seele beschreibt, dies aber sind herrliche Gedichte, sonst nichts.«

»Ich weiß, welche Psychologie Sie im Sinn haben!« entgegnete Nikitin gekränkt. »Sie wollen, daß mir jemand mit stumpfer Säge den Finger absägt und ich aus vollem Halse schreie – das ist Ihrer Ansicht nach Psychologie.«

»Wie banal! Sie haben mir aber noch immer nicht erklärt, warum Puschkin Psychologe ist!«

Mußte Nikitin gegen etwas ankämpfen, was ihm als Allgemeinplatz, Borniertheit oder dergleichen erschien, sprang er gewöhnlich von seinem Platz, griff sich mit beiden Händen an den Kopf und begann unter Stöhnen von einer Ecke zur anderen zu wandern. Auch jetzt war das so: Er sprang auf, griff sich an den Kopf, lief unter Stöhnen um den Tisch und nahm dann etwas abseits wieder Platz.

Die Offiziere ergriffen seine Partei. Der Stabskapitän Pol-

---

* Pseudonym des russ. Satirikers und revolutionären Demokraten Michail Jewgrafowitsch Saltykow (1826–1889)

janski begann Warja zu überzeugen, daß Puschkin tatsächlich Psychologe gewesen sei, und führte zum Beweis zwei Lermontow-Gedichte an; Oberleutnant Gernet sagte, wäre Puschkin nicht Psychologe gewesen, hätte man ihm in Moskau kein Denkmal errichtet.

»Das ist eine Frechheit!« klang es vom anderen Ende des Tisches herüber. »So habe ich es auch dem Gouverneur gesagt: Das, Euer Exzellenz, ist eine Frechheit!«

»Ich will nicht weiter streiten!« schrie Nikitin. »Sein Ruhm wird ewig bestehen! Basta! Ach – hau bloß ab, du scheußlicher Köter!« schrie er Som an, der ihm Kopf und Pfoten auf die Knie gelegt hatte.

»Rrrr … nga-nga-nga …«, klang es unter dem Stuhl.

»Geben Sie zu, daß Sie im Unrecht sind!« schrie Warja. »Geben Sie es zu!«

Doch dann kamen einige junge Damen, und der Streit verebbte von selbst. Alle begaben sich in den Salon. Warja setzte sich an den Flügel und spielte ein paar Tänze. Zunächst tanzte man Walzer, dann Polka, darauf Quadrille mit einer grande ronde, die Stabskapitän Poljanski durch sämtliche Zimmer führte, und danach tanzte man wieder Walzer.

Die Alten saßen während des Tanzes im Salon, rauchten und schauten der Jugend zu. Darunter auch Schebaldin, Direktor der städtischen Kreditgesellschaft, der für seine Liebe zu Literatur und Bühnenkunst bekannt war. Er hatte den örtlichen »Musikalisch-dramatischen Zirkel« gegründet und beteiligte sich auch selbst an Theateraufführungen, wobei er aus unerfindlichen Gründen immer nur komische Diener spielte oder in singendem Tonfall ›Die Sünderin‹* vortrug. In der

---

* Gedicht von Alexej Konstantinowitsch Tolstoi (1817–1875), russ. *Greschniza*, das damals sehr häufig bei Amateuraufführungen rezitiert wurde und als Synonym für ein abgegriffenes Repertoire galt

Stadt nannte man ihn »die Mumie«, da er groß war, sehr hager und drahtig und immer einen feierlichen Gesichtsausdruck hatte und trübe unbewegliche Augen. Die Bühnenkunst liebte er so innig, daß er sich sogar Schnurr- und Kinnbart abnahm, was noch mehr an eine Mumie erinnerte.

Nach der grande ronde trat er unschlüssig von der Seite an Nikitin heran, räusperte sich und sagte:

»Beim Tee hatte ich das Vergnügen, dem Streitgespräch beizuwohnen. Ich teile Ihre Meinung voll und ganz. Wir sind Gleichgesinnte, und es wäre mir sehr angenehm, mit Ihnen zu plaudern. Geruhten Sie, Lessings ›Hamburgische Dramaturgie‹ zu lesen?«

»Nein, ich habe sie nicht gelesen.«

Schebaldin erschrak fürchterlich und fuchtelte derart mit den Händen, als habe er sich die Finger verbrannt, und ließ Nikitin stehen, ohne ihn eines weiteren Wortes zu würdigen. Schebaldins Gestalt, seine Frage und seine Verwunderung muteten Nikitin lächerlich an, dennoch aber dachte er: Tatsächlich unangenehm. Ich bin Literaturlehrer, habe aber bis heute noch nichts von Lessing gelesen. Werd ihn wohl lesen müssen.

Vor dem Abendessen setzten sich alle, jung und alt, um »Schicksal« zu spielen. Man nahm zwei Kartenspiele – eines wurde zu gleichen Teilen verteilt, das andere mit der Rückseite nach oben auf den Tisch gelegt.

»Wer diese Karte in der Hand hält«, begann der alte Schelestow feierlich und hob die oberste Karte des zweiten Spiels auf, »der muß jetzt ins Kinderzimmer gehen und die Kinderfrau küssen.«

Das Vergnügen, die Kinderfrau zu küssen, fiel Schebaldin zu. Alle umringten ihn, geleiteten ihn ins Kinderzimmer und brachten ihn unter Gelächter und Händeklatschen dazu, die Kinderfrau zu küssen. Lärm erhob sich, es wurde geschrien …

»Nicht so stürmisch!« schrie Schelestow und lachte Tränen. »Nicht so stürmisch!«

Nikitin ereilte das Schicksal, allen die Beichte abzunehmen. Er setzte sich mitten im Salon auf einen Stuhl. Man brachte ein Tuch und bedeckte damit seinen Kopf. Als erste kam Warja zu ihm zur Beichte.

»Ich kenne Ihre Sünden«, begann Nikitin und betrachtete im Dämmer ihr strenges Profil. »Sagen Sie mir, Gnädigste, wie kommt es, daß Sie jeden Tag mit Poljanski spazierengehen? Ach, nicht von ungefähr geht sie mit dem Husaren daher!«[*]

»Wie banal«, sagte Warja und entfernte sich.

Dann blitzten große, unbewegliche Augen durch das Tuch, ein liebes Profil zeichnete sich im Dämmer ab, und es begann nach etwas Teurem, lange Vertrautem zu duften, das Nikitin an Manjusjas Zimmer erinnerte.

»Marie Godefroy«, sagte er und erkannte seine Stimme nicht wieder, so zärtlich und weich klang sie, »und wodurch haben Sie gesündigt?«

Manjusja kniff die Augen zusammen und zeigte ihm die Zungenspitze, dann lachte sie und ging fort. Einen Augenblick später stand sie bereits in der Mitte des Salons, klatschte in die Hände und rief:

»Abendessen, Abendessen!«

Und alle strömten ins Speisezimmer.

Beim Abendessen begann Warja wieder eine Debatte, diesmal mit ihrem Vater. Poljanski aß reichlich, trank Rotwein und erzählte Nikitin, wie er einst im Winter während des Krieges eine ganze Nacht bis zu den Knien im Sumpf gesteckt

---

[*] Anspielung auf ein Gedicht von Michail Lermontow (1814–1841)

habe. Der Feind sei nahe gewesen, so daß weder gesprochen noch geraucht werden durfte, und die Nacht kalt und dunkel, und es habe ein durchdringender Wind geweht. Nikitin hörte zu und schielte zu Manjusja hinüber. Sie blickte ihn unbeweglich an, ohne zu blinzeln, als denke sie über etwas nach oder träume mit offenen Augen … Für ihn war das angenehm und quälend zugleich.

Weshalb schaut sie mich so an? dachte er beklommen. Das ist peinlich. Man wird noch etwas bemerken. Ach, wie jung sie noch ist und wie naiv!

Um Mitternacht begannen die Gäste auseinanderzugehen. Als Nikitin vor das Tor trat, klappte im ersten Stock ein Fenster, und Manjusja blickte heraus.

»Sergej Wassilitsch!« rief sie ihm zu.

»Was befehlen Sie?«

»Ja, also …«, sagte Manjusja und dachte offenbar darüber nach, was sie sagen sollte. »Ja, also … Poljanski hat versprochen, in den nächsten Tagen mit seinem Photoapparat vorbeizukommen und uns alle aufzunehmen. Wir müssen uns dann treffen.«

»Gut.«

Manjusja verschwand, das Fenster schlug zu, und sogleich begann jemand im Haus auf dem Flügel zu spielen.

Ein Haus ist das! dachte Nikitin und überquerte die Straße. Ein Haus, in dem allein die Lachtauben stöhnen, und auch nur, weil sie ihre Freude nicht anders ausdrücken können!

Doch nicht allein bei den Schelestows ging es fröhlich zu. Nikitin war noch keine zweihundert Schritte gegangen, als aus einem anderen Haus ebenfalls Klaviermusik erklang. Und als er noch etwas weiterging, sah er an einem Tor einen Mann Balalaika spielen. Im Park schmetterte das Orchester ein Potpourri russischer Lieder …

Nikitin wohnte eine halbe Werst von den Schelestows entfernt, in einer Achtzimmerwohnung, die er gemeinsam mit seinem Kollegen, dem Geographie- und Geschichtslehrer Ippolit Ippolitytsch für dreihundert Rubel im Jahr gemietet hatte. Dieser Ippolit Ippolitytsch, ein noch nicht alter Mann mit rotem Bart, Stupsnase, ein wenig grobem, unintelligentem, doch gutmütigem Gesicht wie ein Handwerker, saß, als Nikitin nach Hause zurückkehrte, in seinem Zimmer am Tisch und korrigierte Schülerkarten. Im Fach Geographie hielt er das Zeichnen von Karten für das Nonplusultra und im Fach Geschichte die Kenntnis der Chronologie. Nächtelang saß er und korrigierte mit blauem Stift die Karten seiner Schüler und Schülerinnen oder stellte chronologische Tabellen zusammen.

»Welch herrliches Wetter wir heute haben!« sagte Nikitin, als er bei ihm eintrat. »Erstaunlich, daß Sie da im Zimmer sitzen können.«

Ippolit Ippolitytsch war ein wortkarger Mensch. Entweder schwieg er, oder er sagte etwas, das jeder bereits seit langem wußte. Heute antwortete er folgendermaßen:

»Ja, wunderbares Wetter. Jetzt haben wir Mai, bald wird's richtig Sommer. Und der Sommer, das ist kein Winter. Im Winter muß man die Öfen heizen, im Sommer aber ist es auch ohne Öfen warm. Im Sommer öffnet man nachts die Fenster, und es ist dennoch warm, im Winter aber – Doppelfenster und trotzdem kalt.«

Nikitin saß kaum eine Minute am Tisch und langweilte sich schon.

»Gute Nacht!« sagte er, erhob sich und gähnte. »Ich wollte Ihnen eigentlich etwas Romantisches erzählen, das mich betrifft, für Sie aber zählt ja nur die Geographie. Redet man über die Liebe, entgegnen Sie sogleich: ›In welchem Jahr war die Schlacht an der Kalka?‹ Zum Teufel mit Ihnen und Ihren Schlachten und Tschuktschenhalbinseln!«

»Weshalb regen Sie sich denn so auf?«

»Na ja, ist doch ärgerlich!«

Und verstimmt, daß er sich Manjusja noch nicht erklärt hatte und er jetzt niemanden hatte, mit dem er über seine Liebe sprechen konnte, ging er in sein Kabinett hinüber und legte sich auf den Diwan. Im Zimmer war es dunkel und still. Als er so dalag und in die Finsternis schaute, mußte Nikitin plötzlich daran denken, wie er in zwei oder drei Jahren nach Petersburg würde reisen müssen und wie Manjusja ihn zum Bahnhof begleiten und weinen würde. In Petersburg würde er von ihr einen langen Brief erhalten, in dem sie ihn bäte, so schnell wie möglich heimzukommen. Auch er würde ihr schreiben … Seinen Brief würde er wie folgt beginnen: »Meine liebe Ratte …«

»Genau so: Meine liebe Ratte«, sagte er und lachte.

Es war unbequem, so zu liegen. Er verschränkte die Hände unter dem Kopf und legte sein linkes Bein über die Diwanlehne. Das war bequemer. Indessen wurde es hinter dem Fenster merklich heller, und auf dem Hof begannen verschlafen die Hähne zu krähen. Nikitin spann den Faden weiter, wie er aus Petersburg zurückkehren und Manjusja ihn am Bahnhof abholen und ihm mit einem Freudenschrei um den Hals fallen würde. Oder noch besser, er würde es raffiniert anstellen: Er trifft nachts heimlich ein, die Köchin öffnet, er schleicht auf Zehenspitzen ins Schlafzimmer, kleidet sich lautlos aus und – plumps, ins Bett! Und sie erwacht und – welche Freude!

Es war jetzt ganz hell geworden. Kabinett und Fenster existierten nicht mehr. Auf den Stufen vor der Brauerei, derselben, an der sie heute vorbeigeritten waren, saß Manjusja und sagte etwas. Dann nahm sie Nikitin bei der Hand und ging mit ihm in den Stadtpark. Hier sah er Eichen und Krähennester, die Mützen glichen. Ein Nest schaukelte, Schebaldin lugte heraus und rief laut: »Sie haben Lessing nicht gelesen!«

Nikitin zitterte am ganzen Leib und schlug die Augen auf. Vor dem Diwan stand Ippolit Ippolitytsch und band sich mit zurückgebogenem Kopf die Krawatte.

»Stehen Sie auf, wir müssen zum Dienst«, sagte er. »Man soll nicht in Kleidung schlafen. Davon verderben die Sachen. Schlafen soll man im Bett, ausgekleidet ...«

Und er begann wie immer des langen und breiten darüber zu sprechen, was jeder bereits seit langem wußte.

Nikitins erste Stunde war eine Russischstunde in der zweiten Klasse. Als er Punkt neun Uhr das Klassenzimmer betrat, stand hier mit weißer Kreide »M. Sch.« in Großbuchstaben an der Tafel. Das sollte wohl Mascha Schelestowa bedeuten.

Haben schon Wind bekommen, die Halunken, dachte Nikitin. Woher sie bloß immer Bescheid wissen?

Den Literaturunterricht in der zweiten Stunde erteilte er in der fünften Klasse. Auch hier stand »M. Sch.« an der Tafel, und als er nach Stundenschluß das Klassenzimmer verließ, tönte ihm ein Schrei hinterher, ganz wie im Theater:

»Hurraaaa! Schelestowa!!«

Vom Schlafen in der Kleidung tat ihm der Kopf weh, er fühlte sich erschöpft und zerschlagen. Die Schüler, die jeden Tag auf die schulfreien Tage vor den Examen warteten, taten nichts mehr, hielten sich nur mit Mühe auf ihren Plätzen und trieben vor Langeweile Unfug. Auch Nikitin hielt sich nur mit Mühe wach, bemerkte den Unfug nicht und trat immer wieder ans Fenster. Er konnte die Straße sehen, die im hellen Sonnenlicht lag. Über den Häusern der klare, blaue Himmel, Vögel, und weit hinten, jenseits der grünen Gärten und der

Häuser die weite, unendliche Ferne mit blauenden Wäldern und dem Rauchfähnchen eines dahineilenden Zuges ...

Da liefen zwei Offiziere im Schatten der Akazien in weißen Uniformjacken die Straße entlang und spielten mit ihren Reitpeitschen. Und dort fuhr eine Gruppe Juden mit grauen Bärten und Schirmmützen in einem Kremser vorüber. Die Gouvernante spazierte mit der Enkelin des Direktors vorbei ... Som lief mit zwei Hofhunden irgendwohin ... Und dort ging Warja in einfachem, grauem Kleid und roten Strümpfen, in der Hand den ›Westnik Jewropy‹*. Sie kam wohl aus der Stadtbibliothek ...

Der Unterricht aber war noch lange nicht zu Ende – erst um drei Uhr! Nach der Schule allerdings hieß es nicht nach Hause gehen, auch nicht zu den Schelestows, sondern zur Stunde zu Wolf. Dieser Wolf, ein reicher Jude, der zum lutherischen Glauben konvertiert war, ließ seine Kinder nicht ins Gymnasium gehen, sondern hatte für sie Gymnasiallehrer engagiert, denen er fünf Rubel pro Stunde zahlte ...

Wie öde das alles war!

Um drei Uhr ging er zu Wolf und saß dort eine ganze Ewigkeit, wie ihm schien. Um fünf Uhr verließ er ihn, um sieben aber mußte er bereits beim pädagogischen Rat im Gymnasium sein, um das Verzeichnis für die mündlichen Prüfungen für die vierte und sechste Klasse zusammenzustellen!

Als er spät am Abend aus dem Gymnasium zu den Schelestows ging, schlug sein Herz, und sein Gesicht glühte. Vor einer Woche noch und auch vor einem Monat hatte er sich, in der Absicht, Manja einen Antrag zu machen, jedesmal eine ganze Rede zurechtgelegt, mit Einleitung und Schluß, jetzt aber hatte er kein einziges Wort mehr parat, in seinem Kopf schwirrte es,

---

* *Der Bote Europas*, eine liberale Zeitschrift

und er wußte nur, daß er sich heute *vermutlich* erklären würde und es unmöglich war, dies noch weiter aufzuschieben.

Ich werde sie in den Garten bitten, überlegte er, wir werden ein wenig spazierengehen und dann sage ich es ihr ...

Im Vorzimmer war keine Menschenseele. Er trat in den Salon, dann ins Wohnzimmer ... Auch hier war niemand. Von oben, aus dem ersten Stock, hörte man, wie Warja mit jemandem stritt und wie im Kinderzimmer die Lohnschneiderin mit der Schere klapperte.

Im Haus gab es einen Raum, der drei Bezeichnungen trug: kleines Zimmer, Durchgangszimmer und dunkles Zimmer. Darin stand ein großer alter Schrank mit Medikamenten, Schießpulver und Jagdutensilien. Von hier führte eine schmale Holztreppe in den ersten Stock hinauf, auf der immer ein paar Katzen schliefen. Der Raum hatte zwei Türen – eine ins Kinderzimmer, die andere ins Wohnzimmer. Als Nikitin dort eintrat, um nach oben zu gehen, wurde die Tür des Kinderzimmers aufgerissen und so laut zugeschlagen, daß Treppe und Schrank erzitterten. Manjusja kam in dunklem Kleid mit einem Stück blauem Stoff in der Hand hereingelaufen und huschte, ohne Nikitin zu bemerken, zur Treppe.

»Warten Sie ...«, hielt Nikitin sie auf. »Guten Tag, Godefroy ... Gestatten Sie ...«

Er rang nach Atem und wußte nicht, was er sagen sollte. Mit der einen Hand hielt er sie bei der Hand, mit der anderen am blauen Stoff. Sie aber war halb erschrocken, halb erstaunt und blickte ihn mit großen Augen an.

»Gestatten Sie ...«, fuhr Nikitin fort, der fürchtete, sie könnte hinausgehen. »Ich muß Ihnen etwas sagen ... Nur ... hier ist nicht der rechte Platz. Ich kann nicht, bin nicht imstande ... Begreifen Sie, Godefroy, ich kann nicht, das ist alles ...«

Der blaue Stoff fiel zu Boden, und Nikitin faßte Manjusja bei der anderen Hand. Sie wurde blaß, ihre Lippen zuckten, dann wich sie vor Nikitin zurück und fand sich in der Ecke zwischen Wand und Schrank wieder.

»Mein Ehrenwort, ich versichere Ihnen ...«, sagte er leise. »Manjusja, mein Ehrenwort ...«

Sie bog den Kopf zurück, und er küßte sie auf den Mund. Damit dieser Kuß so lange wie möglich anhielte, umfaßte er ihre Wangen. Irgendwie ergab es sich, daß er nun selbst in die Ecke zwischen Schrank und Wand geriet und sie seinen Hals umfaßte und ihren Kopf gegen sein Kinn schmiegte.

Dann liefen beide in den Garten hinaus.

Die Schelestows hatten einen großen Garten von vier Desjatinen. Hier standen je zwei Dutzend alte Ahornbäume und Linden, eine Tanne und verschiedene Obstbäume – Kirschen, Äpfel, Birnen, eine wilde Kastanie und ein silbriger Olivenbaum ... Auch viele Blumen gab es.

Nikitin und Manjusja wanderten schweigend durch die Alleen, lachten, stellten einander hin und wieder abgerissene Fragen, auf die sie nicht antworteten; über dem Garten leuchtete der Halbmond, und auf dem Boden reckten sich im matten Licht dieses Halbmondes verschlafene Tulpen und Iris aus dem Gras, als bäten sie, man möge auch ihnen eine Liebeserklärung machen.

Als Nikitin und Manjusja ins Haus zurückkehrten, hatten sich die Offiziere und jungen Damen bereits zusammengefunden und tanzten Mazurka. Wieder führte Poljanski die grande ronde durch sämtliche Zimmer, und wieder spielte man nach dem Tanz das Schicksalsspiel. Vor dem Abendessen, als die Gäste vom Salon ins Speisezimmer wechselten, schmiegte sich Manjusja, als sie mit Nikitin allein geblieben war, an ihn und sagte:

»Du mußt allein mit Papa und mit Warja sprechen. Ich schäme mich …«

Nach dem Abendessen sprach er mit dem alten Herrn. Nachdem er ihn angehört hatte, überlegte Schelestow einen Augenblick und sagte dann:

»Ich bin Ihnen sehr dankbar für die Ehre, die Sie mir und meiner Tochter erweisen, doch gestatten Sie, als Freund mit Ihnen zu sprechen. Nicht als Vater will ich mit Ihnen reden, sondern wie ein Gentleman zu einem anderen. Sagen Sie bitte, weshalb haben Sie das Bedürfnis, so früh zu heiraten? Nur das einfache Volk heiratet früh, doch das ist bekanntlich von niedrigen Beweggründen geleitet, aber welchen Grund haben Sie? Was für ein Vergnügen soll das sein, sich in so jungen Jahren Fesseln anzulegen?«

»Ich bin keineswegs jung!« sagte Nikitin gekränkt. »Ich bin bald siebenundzwanzig.«

»Papa, der Pferdedoktor ist da!« rief Warja aus dem anderen Zimmer.

Und das Gespräch brach ab. Warja, Manjusja und Poljanski geleiteten Nikitin nach Hause. Als sie an seiner Pforte angelangt waren, sagte Warja:

»Weshalb zeigt sich Ihr geheimnisvoller Mitropolit Mitropolitytsch eigentlich nirgends? Wenn er wenigstens mal zu uns käme.«

Der geheimnisvolle Ippolit Ippolitytsch saß, als Nikitin bei ihm eintrat, in seinem Zimmer auf dem Bett und zog sich die Hosen aus.

»Legen Sie sich noch nicht nieder, mein Lieber!« sagte Nikitin zu ihm und rang nach Luft. »Warten Sie, legen Sie sich nicht nieder!«

Ippolit Ippolitytsch zog die Hosen schnell wieder an und fragte besorgt:

»Was ist passiert?«

»Ich heirate!«

Nikitin setzte sich neben seinen Kollegen, blickte ihn verwundert an und sagte, gleichsam erstaunt über sich selbst:

»Stellen Sie sich vor, ich heirate! Mascha Schelestowa! Heute habe ich um ihre Hand angehalten.«

»Na ja! Sie ist, scheint's, ein gutes Mädchen. Nur sehr jung.«

»Ja, jung!« seufzte Nikitin und zuckte besorgt die Schultern. »Sehr, sehr jung!«

»Sie hat bei mir das Gymnasium besucht. Ich kenne sie. In Geographie war sie einigermaßen, in Geschichte dagegen schlecht. Und im Unterricht hat sie nicht aufgepaßt.«

Nikitin tat sein Kollege mit einemmal leid, und er wollte ihm etwas Nettes, Tröstendes sagen.

»Mein Lieber, weshalb heiraten Sie eigentlich nicht?« fragte er. »Ippolit Ippolitytsch, weshalb heiraten Sie nicht beispielsweise Warja? Sie ist ein wunderbares, prächtiges Mädchen! Zwar streitet sie sehr gern, ihr Herz aber … was für ein Herz! Sie hat gerade eben nach Ihnen gefragt. Heiraten Sie sie, mein Lieber! Was meinen Sie?«

Er wußte natürlich, daß Warja diesen langweiligen, stupsnasigen Mann nicht heiraten würde, bestärkte ihn aber dennoch darin, sie zu nehmen. Weshalb eigentlich?

»Die Heirat ist ein ernster Schritt«, sagte Ippolit Ippolitytsch nachdenklich. »Man muß alles bedenken und abwägen, einfach so geht das keinesfalls. Vernunft hat noch nie geschadet, insbesondere aber nicht bei der Ehe, wenn ein Mann aufhört, Junggeselle zu sein, und ein neues Leben beginnt.«

Und er begann darüber zu sprechen, was jeder bereits seit langem wußte. Nikitin hörte nicht zu, verabschiedete sich und ging in seine Zimmer hinüber. Er kleidete sich rasch aus und legte sich ins Bett, um so schnell wie möglich über sein Glück, über Manjusja und über die Zukunft nachdenken zu können, lächelte, und plötzlich fiel ihm ein, daß er Lessing noch nicht gelesen hatte.

Werd ihn lesen müssen ..., dachte er. Allerdings, weshalb eigentlich? Zum Teufel mit ihm!

Und erschöpft von seinem Glück schlief er augenblicklich ein, und das Lächeln wich bis zum Morgen nicht von seinem Gesicht.

Er träumte vom Klappern der Pferdehufe auf dem Holzpflaster; er träumte, wie zuerst der Rappe Graf Nulin aus dem Stall geführt wurde, dann der Schimmel Welikan und danach seine Schwester Maika ...

II

»In der Kirche war es sehr eng und laut und einmal schrie sogar jemand auf, und der Priester, der Manjusja und mich traute, blickte durch seine Brille auf die Menge und sagte streng:

›Machen Sie keinen Lärm und wandern Sie nicht in der Kirche herum, verhalten Sie sich ruhig und beten Sie. Man muß Gottesfurcht besitzen.‹

Mich geleiteten zwei meiner Kollegen, Manjas Brautführer aber waren Stabskapitän Poljanski und Oberleutnant Gernet. Der bischöfliche Chor sang wunderbar. Das Knistern der Kerzen, der Glanz, die Roben, die Offiziere, die vielen fröhlichen, zufriedenen Gesichter und Manjas irgendwie besonderer, lieblicher Anblick, überhaupt die gesamte Situation und die Trauungsgebete rührten mich zu Tränen und erfüllten mich mit Glückseligkeit. Ich dachte: Wie ist mein Leben in letzter Zeit erblüht, wie wunderbar poetisch hat es sich gefügt! Vor zwei Jahren war ich noch Student und habe in billigen Zimmern auf dem Neglinny* gewohnt, ohne Geld, ohne Familie und, wie mir damals schien, ohne Zukunft. Heute aber bin ich Gymnasiallehrer in einer der besten Gouvernementstädte, bin versorgt, werde geliebt und verwöhnt. Diese Menge hier, sagte ich mir, ist heute meinetwegen zusammengekommen, meinetwegen brennen die drei Kronleuchter, singt der Protodiakon aus Leibeskräften, mühen sich die Sänger, und für mich ist dieses junge Geschöpf, das sich in Kürze meine Frau nennen wird, so jung, schön und fröhlich. Ich erinnere mich an unsere erste Begegnung, unsere Ritte vor die Stadt, an die Liebeserklärung und an das Wetter, das wie auf Bestellung den ganzen Sommer über wunderschön gewesen ist, und jenes Glücks, das mir damals auf dem Neglinny nur in Romanen und Erzählungen möglich schien und das ich jetzt selbst erlebe und beinahe mit Händen greifen kann.

Nach der Trauung wurden Manja und ich von allen Seiten umringt, man sagte uns, wie froh alle seien, gratulierte und wünschte uns Glück. Ein Brigadegeneral, ein alter Mann um die siebzig, gratulierte nur Manjusja und sagte mit seiner altersschwachen, krächzenden Stimme, so laut, daß es durch die ganze Kirche hallte:

›Ich hoffe, meine Liebe, Sie bleiben auch nach der Hochzeit eine solche blühende Rose!‹

Die Offiziere, der Direktor und alle Lehrer lächelten aus Höflichkeit, und auch ich spürte auf meinem Gesicht ein freundliches, unaufrichtiges Lächeln. Der liebe Ippolit Ippolitytsch, Lehrer für Geographie und Geschichte, der stets das sagt, was jeder bereits seit langem weiß, drückte mir fest die Hand und sagte ergriffen:

---

* verkehrsreiche Straße im Zentrum Moskaus, russ. *Neglinny projesd*

›Bisher waren Sie nicht verheiratet und lebten allein, jetzt aber sind Sie verheiratet und werden zu zweit leben.‹

Von der Kirche fuhren wir zu dem zweistöckigen, unverputzten Haus, das ich als Mitgift bekommen habe. Außer diesem Haus bekommt Manja Zwanzigtausend und in Melitonowo ein Stück Brachland mit einem Wächterhäuschen, wo es, wie man sagt, eine Menge Hühner und Enten geben soll, die ohne Aufsicht verwildern. Nachdem wir aus der Kirche heimgekehrt waren, streckte ich mich in meinem neuen Kabinett auf dem türkischen Diwan aus und rauchte. Mir war so unbeschwert, behaglich und gemütlich zumute wie nie zuvor. Indessen schrien die Gäste ›hurra‹, und in der Diele spielte eine schlechte Kapelle einen Tusch und allerlei läppisches Zeug. Warja, Manjas Schwester, kam mit einem Weinglas in der Hand und einem irgendwie seltsamen, angespannten Gesichtsausdruck in mein Kabinett gelaufen, als wäre ihr Mund voller Wasser. Sie wollte wohl weiterlaufen, begann dann aber plötzlich erst zu lachen, dann zu schluchzen, und das Glas rollte mit einem Klirren über den Boden. Wir nahmen sie beim Arm und führten sie hinaus.

›Das begreift niemand!‹ murmelte sie dann im abgelegensten Zimmer, als sie auf dem Bett der Amme lag. ›Niemand, niemand! Mein Gott, niemand begreift das!‹

Doch alle begriffen sehr wohl, daß sie vier Jahre älter war als ihre Schwester Manja und noch immer nicht verheiratet und daß sie nicht aus Neid weinte, sondern aus dem traurigen Bewußtsein, daß ihre Zeit ablief und vielleicht schon abgelaufen war. Als die Quadrille getanzt wurde, war sie wieder im Salon, mit verweintem, stark gepudertem Gesicht, und ich sah, wie Stabskapitän Poljanski ihr ein Schälchen mit Eis hinhielt und sie folgsam mit einem Löffelchen aß …

Es geht schon auf sechs Uhr früh. Ich habe mir das Tagebuch vorgenommen, weil ich mein ganzes, vielfältiges Glück beschreiben wollte und dachte, ich würde an die sechs Seiten vollschreiben und sie morgen Manja vorlesen, doch seltsamerweise geht in meinem Kopf alles durcheinander, alles ist verworren, wie ein Traum, nur die Episode mit Warja ist mir deutlich im Gedächtnis geblieben, und ich schriebe gern: arme Warja! So würde ich am liebsten die ganze Zeit sitzen und schreiben: arme Warja! Übrigens rauschen bereits die Bäume, es wird Regen geben, die Krähen krächzen und meine Manja, die eben erst eingeschlafen ist, sieht aus unerfindlichem Grund traurig aus.«

Danach rührte Nikitin sein Tagebuch lange nicht mehr an. In den ersten Augusttagen begannen die Nachprüfungen und die Aufnahmeexamen, und nach Mariä Himmelfahrt fing der Unterricht wieder an. Meist ging er kurz vor neun Uhr morgens zur Schule und begann sich bereits um zehn nach Manja und seinem neuen Heim zu sehnen und schaute immer wieder auf die Uhr. In den unteren Klassen ließ er einen der Schüler diktieren und saß, während die Kinder schrieben, mit geschlossenen Augen auf dem Fensterbrett und träumte. Ob er von der Zukunft träumte oder an die Vergangenheit dachte, alles war gleich herrlich, wie ein Märchen. In den oberen Klassen lasen sie Gogol oder die Prosa von Puschkin, und das versetzte ihn in einen Dämmerzustand. Vor seinem geistigen Auge tauchten Menschen, Bäume, Felder und gesattelte Pferde auf, und er sagte seufzend, als gälte die Begeisterung dem Autor:

»Wie schön!«

Während der großen Pause schickte ihm Manja das Frühstück in einer schneeweißen Serviette, und er aß es langsam und mit Bedacht, um den Genuß zu verlängern, und Ippolit Ippolitytsch, der meist nur ein Brötchen frühstückte, be-

trachtete ihn voller Achtung und Neid und sagte etwas Alt-
bekanntes wie etwa:

»Ohne Nahrung kann man nicht existieren.«

Nach dem Gymnasium ging Nikitin zum Privatunterricht,
und wenn er schließlich in der sechsten Stunde heimkehrte,
war er vergnügt und aufgeregt, als wäre er ein ganzes Jahr
nicht zu Hause gewesen. Er lief atemlos die Treppe hinauf,
fand Manja, umarmte und küßte sie, schwor ihr, daß er sie
liebe, nicht ohne sie leben könne, sagte, er habe sich schrecklich nach ihr gesehnt, und fragte voller Angst, ob sie auch gesund sei und weshalb sie so betrübt aussehe. Dann aßen sie
gemeinsam zu Mittag. Nach dem Essen legte er sich im Kabinett auf den Diwan und rauchte, und sie setzte sich zu ihm
und erzählte leise etwas.

Die glücklichsten Tage waren für ihn jetzt die Sonn- und
Feiertage, wenn er von morgens bis abends zu Hause bleiben
konnte. An diesen Tagen nahm er teil an dem schlichten, doch
ungewöhnlich angenehmen Leben, das ihn an pastorale Idyl-
len erinnerte. Ohne Unterlaß schaute er zu, wie seine kluge
und tüchtige Manja ein Nest baute, und auch er tat allerlei
Überflüssiges, wollte er doch zeigen, daß er im Haus ebenfalls
zu etwas zu gebrauchen war. So holte er zum Beispiel den
Kremser aus dem Schuppen und betrachtete ihn von allen
Seiten. Manjusja betrieb mit drei Kühen eine regelrechte
Milchwirtschaft, und in ihrem Keller und in der Speisekam-
mer standen viele Krüge mit Milch und Töpfe mit saurer
Sahne, die alle für Butter vorgesehen waren. Manchmal bat
Nikitin sie aus Spaß um ein Glas Milch, dann erschrak sie,
denn das war außerhalb der Ordnung, er aber umarmte sie
lachend und sagte:

»Na, na, ich habe Spaß gemacht, mein Goldstück! Hab
Spaß gemacht!«

Oder er spottete über ihre Knausrigkeit, wenn sie zum Beispiel im Schrank ein steinhartes Stück Wurst oder Käse fand und mit wichtiger Miene sagte:

»Das können sie doch in der Küche noch essen.«

Er bemerkte darauf, daß dieses kleine Stück bestenfalls für die Mausefalle tauge, worauf sie mit Nachdruck zu beweisen begann, daß Männer nichts von Hauswirtschaft verstünden und man das Personal durch überhaupt nichts in Erstaunen versetzen könne, selbst wenn man ihm drei Pud* Vorspeisen in die Küche schickte, und er stimmte ihr zu und umarmte sie entzückt. Was an ihren Worten richtig war, erschien ihm unvergleichlich und wunderbar, was aber von seinen Überzeugungen abwich, das fand er naiv und rührend.

Mitunter überkam ihn eine philosophische Anwandlung, und er begann über ein abstraktes Thema zu räsonieren. Dann hörte sie ihm zu und blickte ihm interessiert ins Gesicht.

»Ich bin unendlich glücklich mit dir, mein Schatz«, sagte er und spielte mit ihren Fingern oder löste ihren Zopf und flocht ihn sogleich wieder. »Doch dieses mein Glück betrachte ich nicht als etwas, das mir zufällig, quasi vom Himmel, in den Schoß gefallen ist. Dieses Glück ist eine ganz natürliche, konsequente und logisch richtige Erscheinung. Ich glaube daran, daß der Mensch seines Glückes Schmied ist, und jetzt ernte ich lediglich das, was ich mir selbst geschaffen habe. Ja, ich sage das ohne falsche Bescheidenheit, dieses Glück habe ich mir selbst geschaffen und besitze es von Rechts wegen. Du kennst meine Vergangenheit. Mein Leben als Waisenkind, in Armut, meine unglückliche Kindheit und schwere Jugend – all das war Kampf, der Weg, den ich mir zum Glück geebnet habe ...«

* altes russ. Gewichtsmaß (16,38 kg)

Im Oktober erlitt das Gymnasium einen schweren Verlust: Ippolit Ippolitytsch erkrankte an der Gesichtsrose und starb. Die beiden letzten Tage vor seinem Tod war er nicht mehr bei Bewußtsein und phantasierte, doch auch im Fieberwahn sagte er nur das, was jeder bereits wußte:

»Die Wolga fließt ins Kaspische Meer ... Pferde fressen Hafer und Heu ...«

Am Tag seiner Beerdigung fiel der Unterricht im Gymnasium aus. Seine Kollegen und Schüler trugen Sarg und Sargdeckel, und der Gymnasialchor sang den ganzen Weg bis zum Friedhof »Heiliger Gott«. Drei Geistliche, zwei Diakone, das gesamte Knabengymnasium und der bischöfliche Chor im Festtagsstaat nahmen an der Prozession teil. Und Passanten, die im Vorübergehen das feierliche Begräbnis sahen, bekreuzigten sich und sagten:

»Gebe Gott jedem einen solchen Tod.«

Vom Friedhof heimgekehrt, suchte der ergriffene Nikitin im Schreibtisch nach seinem Tagebuch und notierte:

»Heute haben wir Ippolit Ippolitowitsch Ryshizki zu Grabe getragen.

Friede deiner Asche, bescheidener Arbeiter!

Manja, Warja und alle Frauen, die bei der Beerdigung zugegen waren, haben bitterlich geweint, vielleicht weil sie wußten, daß diesen uninteressanten, verschüchterten Mann nie auch nur eine einzige Frau geliebt hat. Ich wollte am Grab des Kollegen etwas Gefühlvolles sagen, doch man wies mich darauf hin, dies könne dem Direktor mißfallen, der den Verstorbenen nicht gemocht hat. Seit meiner Hochzeit ist dies wohl der erste Tag, an dem mir schwer zumute ist ...«

Dann ereignete sich das gesamte Schuljahr hindurch nichts besonders Bemerkenswertes.

Der Winter war mild, ohne Fröste, mit nassem Schnee; vor

den Heiligen Drei Königen beispielsweise heulte der Wind die ganze Nacht kläglich wie im Herbst, und es tropfte von den Dächern, und am Morgen zur Wasserweihe ließ die Polizei niemanden auf den Fluß, da das Eis, wie es hieß, porös geworden sei und sich dunkel verfärbt hätte. Doch ungeachtet des schlechten Wetters lebte Nikitin ebenso glücklich wie im Sommer. Sogar ein weiteres Vergnügen war hinzugekommen: Er hatte Whint spielen gelernt. Nur eines beunruhigte ihn mitunter, war ärgerlich und hinderte ihn, vollkommen glücklich zu sein: Das waren die Katzen und Hunde, die er als Mitgift bekommen hatte. In den Zimmern roch es ständig, besonders aber morgens, wie in einem Raubtierkäfig, und dieser Geruch ließ sich durch nichts übertönen. Die Katzen rauften auch oft mit den Hunden. Die böse Muschka wurde zehnmal pro Tag gefüttert, sie mochte Nikitin nach wie vor nicht und knurrte:

»Rrr ... nga-nga-nga ...«

Einmal, es war in der Zeit der Großen Fasten*, kehrte er gegen Mitternacht aus dem Klub heim, wo er Karten gespielt hatte. Es regnete, war finster und schmutzig. Nikitin lag ein unangenehmes Gefühl auf dem Herzen, und er konnte sich nicht erklären, weshalb. Vielleicht, weil er im Klub zwölf Rubel verloren hatte oder weil einer seiner Partner bei der Abrechnung gesagt hatte, Nikitin habe Geld wie Heu, was wohl eine Anspielung auf die Mitgift gewesen war. Um die zwölf Rubel tat es ihm nicht leid, und die Worte des Mannes enthielten auch nichts Beleidigendes, dennoch war ihm unbehaglich zumute. Nicht einmal nach Hause wollte er gehen.

»Pfui, wie häßlich!« sagte er und blieb an einer Laterne stehen.

* die vierzigtägige Fastenzeit nach dem Fastnachtssonntag bis Ostern

Er überlegte, daß es ihm um die zwölf Rubel wohl deshalb nicht leid tat, weil sie ihm in den Schoß gefallen waren. Wäre er Arbeiter gewesen, hätte er den Wert jeder einzelnen Kopeke gekannt, und Gewinn oder Verlust wären ihm nicht gleichgültig gewesen. Ja, auch das ganze Glück, überlegte er, war ihm in den Schoß gefallen, ohne Gegenleistung, und war im Grunde für ihn ein ebensolcher Luxus wie Medizin für einen Gesunden. Wäre er, wie die große Mehrheit der Menschen, von der Sorge um das tägliche Stück Brot getrieben, müßte er um seine Existenz kämpfen, würden ihm Rücken oder Brust von der Arbeit schmerzen, wären das Abendessen, eine warme, gemütliche Wohnung und das häusliche Glück ein Bedürfnis, eine Belohnung, ja Zierde seines Lebens. So aber hatte all das eine irgendwie seltsame, diffuse Bedeutung.

»Pfui, wie häßlich!« wiederholte er und begriff sehr wohl, daß diese Überlegungen allein schon ein schlechtes Zeichen waren.

Als er heimkam, lag Mascha im Bett. Sie atmete gleichmäßig und lächelte, offenbar schlief sie mit großem Vergnügen. Neben ihr lag zu einer Kugel zusammengerollt ein weißer Kater und schnurrte. Als Nikitin die Kerze anzündete und zu rauchen begann, erwachte Manja und trank gierig ein Glas Wasser.

»Hab zu viel Marmelade gegessen«, sagte sie und lachte. »Warst du bei den Unsrigen?« fragte sie kurz darauf.

»Nein, war ich nicht.«

Nikitin hatte schon gehört, daß Stabskapitän Poljanski, auf den Warja in letzter Zeit stark gehofft hatte, in eines der westlichen Gouvernements versetzt worden war und in der Stadt bereits Abschiedsvisiten machte, weshalb es im Haus des Schwiegervaters langweilig war.

»Am Abend ist Warja vorbeigekommen«, sagte Manja und setzte sich auf. »Sie hat nichts gesagt, aber man sah ihr an, wie schlecht es ihr geht, der Ärmsten. Ich kann Poljanski nicht ausstehen. Dick, aufgedunsen, und wenn er läuft oder tanzt, wackeln seine Wangen … Der wäre nicht mein Fall. Ich habe ihn aber trotzdem für einen anständigen Menschen gehalten.«

»Ich halte ihn auch jetzt noch für anständig.«

»Und warum hat er sich Warja gegenüber so schlecht benommen?«

»Weshalb denn schlecht?« fragte Nikitin, der sich bereits über den weißen Kater aufzuregen begann, der einen Buckel machte und sich streckte. »Soweit mir bekannt ist, hat er ihr weder einen Antrag noch irgendwelche Versprechungen gemacht.«

»Und weshalb ist er dann so oft bei uns gewesen? Wenn du nicht heiraten willst, dann komm nicht.«

Nikitin löschte die Kerze und legte sich nieder. Doch er wollte weder schlafen noch liegen. Sein Kopf kam ihm riesig und leer vor wie ein Speicher, und neue, irgendwie sonderbare Gedanken spazierten darin herum wie lange Schatten. Er mußte daran denken, daß es außer diesem matten Schein des Öllämpchens vor dem Heiligenbild, das von stillem Familienglück kündete, außer dieser engen Welt, in der er und selbst dieser Kater so friedlich und behaglich lebten, noch eine andere Welt gab … Und plötzlich verlangte es ihn leidenschaftlich, ja schmerzlich nach dieser anderen Welt, danach, selbst irgendwo in einer Fabrik oder einer großen Werkstatt zu arbeiten oder Vorlesungen zu halten, etwas zu schreiben, gedruckt zu werden, Aufsehen zu erregen, sich zu verausgaben, zu leiden … Er sehnte sich nach etwas, das ihn bis zur Selbstvergessenheit ergriff, bis zur Gleichgültigkeit gegenüber dem eigenen Glück, dessen Empfindungen so eintönig waren. Und vor seinem geistigen Auge tauchte plötzlich ganz lebhaft der rasierte Schebaldin auf und sagte entsetzt:

»Sie haben nicht einmal Lessing gelesen! Wie rückständig Sie sind! Mein Gott, wie sind Sie gesunken!«

Manja trank wieder Wasser. Er betrachtete ihren Hals, die runden Schultern und ihre Brust und mußte daran denken, was der Brigadegeneral damals in der Kirche gesagt hatte: blühende Rose.

»Blühende Rose«, murmelte er und mußte lachen.

Als Antwort knurrte die verschlafene Muschka unter dem Bett:

»Rrr … nga-nga-nga …«

Dumpfer Zorn legte sich wie ein kalter Hammer auf seine Seele, und er wollte Manja etwas Grobes sagen, sogar aufspringen und sie schlagen. Sein Herz begann zu klopfen.

»Soll das heißen«, fragte er und suchte sich zu beherrschen, »ich mußte dich unweigerlich heiraten, weil ich bei euch verkehrte?«

»Natürlich. Das weißt du selbst ganz genau.«

»Das ist ja reizend.«

Und einen Augenblick später wiederholte er:

»Das ist ja reizend.«

Um nichts Überflüssiges zu sagen und sich zu beruhigen, ging Nikitin in sein Kabinett hinüber und legte sich ohne Kissen auf den Diwan, dann legte er sich auf den Fußboden – direkt auf den Teppich.

»Dummes Zeug!« suchte er sich zu beruhigen. »Du bist Pädagoge, arbeitest auf dem erhabensten Feld … Wozu brauchst du noch eine andere Welt? Was für ein Unsinn!«

Doch gleich darauf sagte er sich, daß er ganz und gar kein Pädagoge sei, sondern ein Beamter, ebenso unbegabt und unoriginell wie der tschechische Griechischlehrer. Nie habe er eine Berufung zur Lehrtätigkeit verspürt, kenne sich in der Pädagogik nicht aus, habe sich auch nie dafür interessiert, und mit Kindern könne er ebenfalls nicht umgehen. Auch begriff er eigentlich nicht, was er da überhaupt unterrichtete; möglicherweise vermittelte er etwas völlig Unnützes. Der verstorbene Ippolit Ippolitytsch war ganz offensichtlich beschränkt gewesen, und alle Kollegen und Schüler hatten gewußt, wer er war und was sie von ihm zu halten hatten. Er jedoch, Nikitin, verstand es wie der Tscheche, seine Beschränktheit zu kaschieren und alle hinters Licht zu führen, indem er so tat, als liefe bei ihm alles bestens. Diese neuen Gedanken machten Nikitin angst, er wies sie von sich, nannte sie dumm, vermutete, dies seien die Nerven, und meinte, er würde bald selbst über sich lachen.

Und tatsächlich lachte er gegen Morgen bereits über seine Nervosität und nannte sich altes Weib. Doch ihm war auch klar, daß seine Ruhe dahin war, wahrscheinlich für immer, und daß es im zweistöckigen unverputzten Haus für ihn wohl kein Glück mehr geben werde. Es war ihm, als sei die Illusion zerronnen und ein neues, ein nervöses, bewußtes Leben habe begonnen, das mit Ruhe und persönlichem Glück unvereinbar sei.

Am nächsten Tag, einem Sonntag, ging er in die Gymnasialkirche und traf dort seinen Direktor und die Kollegen. Ihm ging auf, daß alle nur damit beschäftigt waren, sorgfältig ihre Unwissenheit und die Unzufriedenheit mit dem Leben zu verbergen, und auch er lächelte freundlich, um ihnen seine Unruhe nicht preiszugeben, und sprach über Belangloses. Dann ging er zum Bahnhof und sah den Postzug ankommen und wieder abfahren, und es freute ihn, daß er allein war und mit niemandem reden mußte.

Zu Hause traf er auf seinen Schwiegervater und auf Warja,

die zum Mittagessen gekommen waren. Warja hatte verweinte Augen und klagte über Kopfschmerzen, und Schelestow aß sehr viel und sprach darüber, wie unzuverlässig die heutige Jugend sei und wie wenig Höflichkeit sie besitze.

»Das ist eine Frechheit!« sagte er. »Genau so werde ich es ihm auch sagen: Das ist eine Frechheit, mein Herr!«

Nikitin lächelte freundlich und half Manja, die Gäste zu bewirten, doch nach dem Essen zog er sich in sein Kabinett zurück und verriegelte die Tür.

Die Märzsonne schien hell, und durch die Fensterscheiben fielen ihre heißen Strahlen auf den Tisch. Es war erst der Zwanzigste, man fuhr aber bereits in Kutschen, und im Garten lärmten die Spatzen. Wahrscheinlich würde Manjusja gleich hereinkommen, ihm einen Arm um den Hals legen und sagen, daß die gesattelten Pferde vor der Treppe warteten oder der Kremser, und ihn fragen, was sie anziehen solle, um nicht zu frieren. Der Frühling hatte begonnen, ebenso herrlich wie im vergangenen Jahr, und er verhieß die gleichen Freuden ... Nikitin aber stellte sich vor, wie schön es wäre, jetzt Urlaub zu nehmen, nach Moskau zu fahren und sich dort auf dem Neglinny in den altbekannten Zimmern einzumieten. Nebenan tranken sie Kaffee und sprachen über den Stabskapitän Poljanski, er aber versuchte, nicht hinzuhören, und schrieb in sein Tagebuch: »Mein Gott, wo bin ich nur?! Nichts als Banalität ringsum. Langweilige, unbedeutende Menschen, Töpfe mit Sahne, Krüge mit Milch, Schaben, dumme Frauen ... Nein, es gibt nichts Schrecklicheres, Kränkenderes und Niederdrückenderes als Banalität ... Weg von hier, weg noch heute, sonst werde ich verrückt!«

Ariadna

Auf dem Deck eines Dampfers, der von Odessa nach Sewastopol fuhr, trat ein durchaus gutaussehender Herr mit rundem Bart auf mich zu, bat um Feuer und sagte:

»Schauen Sie sich diese Deutschen an, die dort neben der Kommandobrücke sitzen. Wenn sich Deutsche oder Engländer treffen, sprechen sie garantiert über die Wollpreise, die Ernte oder über ihre persönlichen Angelegenheiten; wenn aber wir Russen zusammenkommen, reden wir aus unerfindlichem Grund ausschließlich über Frauen und höhere Materie. Vor allem aber über Frauen.«

Das Gesicht dieses Herrn kannte ich bereits. Tags zuvor waren wir im selben Zug aus dem Ausland eingetroffen, und in Wolotschisk hatte ich gesehen, wie er während der Zollkontrolle mit einer Dame, seiner Begleiterin, vor einem ganzen Berg von Koffern und Körben stand, die mit Damenkleidern gefüllt waren, und wie betreten und niedergeschlagen er gewesen war, als er für irgendeinen Seidenfetzen Zoll zahlen mußte, worauf seine Begleiterin protestierte und drohte, sich zu beschweren. Auf der Fahrt nach Odessa bemerkte ich dann, wie er unablässig Pastetchen und Apfelsinen in das Damenabteil trug.

Es war ein wenig feucht, das Schiff schaukelte leicht, und die Damen hatten sich in ihre Kabinen zurückgezogen. Der Herr mit dem runden Bart setzte sich neben mich und fuhr fort:

»Ja, wenn Russen zusammenkommen, reden sie einzig

über höhere Materie und über Frauen. Wir sind derart intelligent, derart wichtig, daß wir nur Wahrheiten von uns geben und lediglich Probleme höherer Ordnung lösen können. Ein russischer Schauspieler kann keine Possen reißen, selbst im Vaudeville spielt er pathetisch; und wir ebenso: Kommt die Rede auf Belanglosigkeiten, behandeln wir sie nie anders als von höherer Warte aus. Uns mangelt es einfach an Mut, Offenheit und Natürlichkeit. Von den Frauen reden wir wohl deshalb so oft, weil wir unzufrieden sind. Wir idealisieren sie allzu sehr und erheben Forderungen, die in keinem Verhältnis dazu stehen, was die Realität zu leisten vermag, und erhalten bei weitem nicht das, was wir möchten, was dann unweigerlich zu Unzufriedenheit, zerstörten Hoffnungen und Seelenschmerz führt. Und was einen schmerzt, darüber spricht man dann. Langweilt es Sie nicht, dieses Gespräch fortzusetzen?«

»Nein, keinesfalls.«

»In diesem Fall gestatten Sie, daß ich mich vorstelle«, sagte mein Gesprächspartner und erhob sich ein wenig. »Iwan Iljitsch Schamochin, Moskauer Gutsbesitzer in gewisser Weise ... Sie aber kenne ich gut.«

Er nahm wieder Platz, blickte mir freundlich und offen in die Augen und fuhr fort:

»Diese ständigen Gespräche über Frauen würde ein Philosoph mittlerer Güte, wie etwa Max Nordau, wohl mit erotischem Wahn erklären oder damit, daß wir Anhänger der Leibeigenschaft seien, und ähnliches. Ich aber sehe das anders. Ich wiederhole: Wir sind unzufrieden, weil wir Idealisten sind. Wir möchten, daß jene Wesen, die uns und unsere Kinder zur Welt bringen, höher stehen als wir, höher als alles auf der Welt. Wenn wir jung sind, idealisieren und vergöttern wir jene, in die wir uns verlieben. Liebe und Glück sind Synonyme für uns. In Rußland verachtet man Ehen, die nicht aus

Liebe geschlossen wurden, Sinnlichkeit erscheint uns lächerlich und flößt uns Widerwillen ein, und größten Erfolg haben jene Romane und Erzählungen, in denen die Frauen schön, poetisch und erhaben sind. Und wenn sich der Russe seit jeher für die Madonna von Raffael begeistert oder für die Frauenemanzipation Partei ergreift, dann, ich versichere Sie, zeugt das nicht im geringsten von Heuchelei. Schlimm aber ist folgendes: Kaum heiraten wir oder tun uns mit einer Frau zusammen, vergehen keine zwei oder drei Jahre, und wir sind enttäuscht und fühlen uns betrogen. Wir tun uns mit einer anderen zusammen, die gleiche Enttäuschung, der gleiche Schrecken. Und letztlich kommen wir zu dem Schluß, daß die Frauen verlogen, kleinlich, nichtig, ungerecht, unterentwikkelt und grausam sind – kurz, daß sie nicht nur nicht höher, sondern unermeßlich viel tiefer stehen als wir Männer. Und uns Unzufriedenen und Betrogenen bleibt nichts weiter übrig, als zu murren und hin und wieder darüber zu reden, wie schrecklich wir hinters Licht geführt wurden.«

Während Schamochin redete, bemerkte ich, daß ihm die russische Sprache und die russische Umgebung großes Vergnügen bereiteten. Wohl deshalb, weil er sich im Ausland sehr nach der Heimat gesehnt hatte. Er pries die Russen und schrieb ihnen einen seltenen Idealismus zu, äußerte sich aber auch keineswegs abfällig über die Ausländer, und dies nahm mich für ihn ein. Auch merkte ich, daß ihn etwas bedrückte und er lieber von sich selbst als von den Frauen gesprochen hätte und ich nicht umhin kommen würde, mir eine lange Geschichte anzuhören, die wohl auf eine Beichte hinauslief.

Und tatsächlich, nachdem wir eine Flasche Wein bestellt und jeder ein Glas getrunken hatten, begann er folgendermaßen:

»Wenn ich mich recht entsinne, sagt jemand in einer Erzählung von Weltman: ›Das also ist die Geschichte!‹ Und ein anderer entgegnet: ›Nein, das ist nicht die Geschichte, sondern nur die Einleitung zu der Geschichte.‹ So ist auch das, was ich bisher erzählt habe, nur die Einleitung, denn ich würde Ihnen gern von meiner letzten Liaison erzählen. Doch verzeihen Sie, ich möchte nochmals fragen: Langweile ich Sie auch nicht?«

Ich sagte, daß er mich nicht langweile, und er fuhr fort:

»Die Handlung spielt im Moskauer Gouvernement, in einem seiner nördlichen Landkreise. Die Natur dort, muß ich Ihnen sagen, ist unvergleichlich. Unser Gutshaus steht am Steilufer eines reißenden Flüßchens, ganz in der Nähe der sogenannten Flinken Stätte, wo das Wasser Tag und Nacht rauscht. Stellen Sie sich einen großen alten Park vor, heitere Blumenbeete, Bienenkörbe, einen Gemüsegarten, unten den Fluß mit einer Korkenzieherweide, die im Morgentau grausilbern schimmert, und auf der anderen Seite eine Wiese und hinter der Wiese auf einem Hügel einen furchteinflößenden, finsteren Wald. In diesem Wald schießen unglaubliche Mengen Reizker aus dem Boden, und wo er am tiefsten ist, leben Elche. Wenn ich einmal tot bin und man den Sargdeckel über mir zunagelt, werde ich wohl noch immer von diesen frühen Morgenstunden träumen, wenn die Augen von der Sonne schmerzen, oder von den herrlichen Frühlingsabenden, wenn im Park und auch dahinter die Nachtigallen singen und die Wachtelkönige und vom Dorf Harmonikaklänge herüberwehen, jemand im Haus auf dem Flügel spielt, der Fluß rauscht – kurz, eine Musik, daß man weinen und laut singen möchte. Ackerland haben wir nicht viel, doch die Wiesen machen das wieder wett, die zusammen mit dem Wald jährlich etwa Zweitausend einbringen. Ich bin der einzige Sohn, mein Vater und ich sind anspruchslos, und dieses Geld reichte zusammen mit Vaters Pension völlig aus. Die ersten drei Jahre nach Abschluß des Studiums verbrachte ich auf dem Dorf, führte die Wirtschaft und wartete darauf, daß man mich in irgendein Amt wählt, vor allem aber war ich sehr verliebt in ein außergewöhnlich hübsches, bezauberndes Mädchen. Sie war die Schwester meines Gutsnachbarn Kotlowitsch, eines bankrott gegangenen Gutsbesitzers, auf dessen Anwesen es Ananas gab, wundervolle Pfirsiche, Blitzableiter und einen Springbrunnen inmitten des Hofs, jedoch keine einzige Kopeke. Er tat nichts, konnte nichts und war so nachgiebig, als sei er aus einer gekochten Rübe gemacht. Er heilte das Volk mit Homöopathie und beschäftigte sich mit Spiritismus. Dabei war er zartfühlend, weichherzig und keineswegs dumm, doch mir liegen solche Herren nicht, die mit Geistern sprechen und die Bauernweiber mit Magnetismus heilen. Erstens gehen bei diesen geistig unfreien Menschen immer die Begriffe durcheinander, so daß es unglaublich schwer ist, sich mit ihnen zu unterhalten, und zweitens lieben sie gewöhnlich niemanden, haben keine Frau, und ihr geheimnisvolles Getue berührt empfindsame Menschen unangenehm. Auch sein Äußeres gefiel mir nicht. Er war groß, dick und bleich, hatte einen kleinen Kopf, kleine, glänzende Augen und weiße teigige Finger. Er drückte einem nicht die Hand, sondern knetete sie. Und dauernd entschuldigte er sich. Bat er um etwas: ›Entschuldigen Sie‹, verschenkte er etwas: ebenfalls ›Entschuldigen Sie‹. Was nun seine Schwester anbelangt, so war sie aus ganz anderem Holz geschnitzt. Ich muß hinzufügen, daß ich die Kotlowitschs in meiner Kindheit und Jugend nicht kannte, da mein Vater Professor in N. war und wir lange Zeit in der Provinz lebten. Als ich sie dann kennenlernte, war dieses Mädchen schon zweiundzwanzig Jahre alt, hatte vor geraumer Zeit bereits das Institut beendet und zwei, drei

Jahre in Moskau gelebt, bei einer reichen Tante, die sie in die Gesellschaft einführte. Als ich sie kennenlernte und zum ersten Mal mit ihr sprach, beeindruckte mich vor allem ihr seltener und schöner Name – Ariadna. Wie sehr er zu ihr paßte! Sie war brünett, sehr schlank und feingliedrig, geschmeidig, gut gewachsen, außerordentlich graziös und besaß aparte, in höchstem Grade edle Gesichtszüge. Auch ihre Augen glänzten, doch während die ihres Bruders kalt und süßlich glänzten wie Fruchtbonbons, leuchteten aus ihrem Blick die Schönheit und der Stolz der Jugend. Sie bezauberte mich gleich am ersten Tag unserer Bekanntschaft, und es konnte auch nicht anders sein. Die ersten Eindrücke waren derart stark, daß ich mich der Illusion bis heute nicht entziehen kann. Noch immer möchte ich glauben, daß die Natur, als sie dieses Mädchen schuf, eine tiefere, unbegreifliche Absicht im Sinn gehabt hat. Ariadnas Stimme, ihr Gang, ihr Hut, selbst die Abdrücke ihrer Füßchen auf dem Sand des Flußufers, wo sie nach Gründlingen fischte, machten mich froh und entfachten in mir eine leidenschaftliche Lebensgier. Ihr wunderschönes Gesicht und die wundervollen Formen ihres Körpers ließen mich auf ihre seelischen Qualitäten schließen, und jedes Wort von Ariadna, jedes Lächeln entzückte und bezauberte mich und verleitete mich zu der Annahme, sie habe eine erhabene Seele. Sie war freundlich, gesprächig, fröhlich und unkompliziert, glaubte in einer poetischen Weise an Gott, erging sich poetisch über den Tod, und das Repertoire ihrer Seele verfügte über einen derartigen Reichtum an Nuancen, daß sie sogar ihren Fehlern besondere, angenehme Eigenschaften verleihen konnte. Nehmen wir an, sie brauchte ein neues Pferd, hatte aber kein Geld – halb so schlimm! Man kann ja etwas verkaufen oder verpfänden. Beteuerte aber der Verwalter, es gäbe weder etwas zu verkaufen noch zu verpfän-

den, konnte man immer noch die Eisendächer von den Ne-
bengebäuden abreißen und an die Fabrik verkaufen oder in
der angespanntesten Arbeitsperiode einige Zugpferde auf den
Basar treiben und dort für einen Spottpreis zu Geld machen.
Diese unbeherrschten Wünsche versetzten bald das ganze
Gut in Verzweiflung, doch Ariadna äußerte sie mit einem sol-
chen Liebreiz, daß ihr schließlich alles verziehen wurde und
alles erlaubt war, wie einer Göttin oder Gemahlin des Cäsar.
Meine Liebe war rührend und wurde bald von allen bemerkt:
von meinem Vater, von den Nachbarn und auch von unseren
Leuten. Und alle fühlten mit mir. Wenn ich zum Beispiel die
Arbeiter mit Wodka bewirtete, verneigten sie sich und sagten:
»Gebe Gott, daß Sie sich mit Fräulein Kotlowitsch ver-
mählen.«

Auch Ariadna wußte, daß ich sie liebte. Sie kam oft zu Pferd
oder in einem offenen zweirädrigen Wagen zu uns herüber
und verbrachte mitunter ganze Tage mit mir und meinem
Vater. Mit meinem alten Herrn schloß sie Freundschaft, und er
brachte ihr sogar das Radfahren bei, das war seine Lieblingsbe-
schäftigung. Ich weiß noch, wie sie eines Abends zu einem Ausflug rüsteten und ich ihr aufs Fahrrad half – sie war so schön,
daß ich meinte, ich hätte mir bei der Berührung die Finger verbrannt. Ich zitterte vor Wonne, und als beide, der Alte und sie,
schön und schlank nebeneinander auf der Chaussee entlang-
radelten und ein entgegenkommender Rappe, auf dem der
Verwalter ritt, sich seitlich aufbäumte, schien mir, er hätte sich
aufgebäumt, weil auch er von ihrer Schönheit fasziniert war.
Meine Liebe und Anbetung rührten Ariadna, ergriffen sie, und
sie wollte ebenfalls leidenschaftlich gern verzaubert sein und
mir mit Liebe antworten. Das wäre doch so poetisch!

Aber wirklich lieben, wie ich es tat, das konnte sie nicht,
denn sie war kalt und schon ziemlich verdorben. In ihr saß

bereits der Teufel, der ihr Tag und Nacht einflüsterte, wie bezaubernd und göttlich sie sei, und sie, die entschieden nicht wußte, wofür sie eigentlich geschaffen und wozu ihr das Leben gegeben war, stellte sich ihre Zukunft nie anders vor denn als sehr reiche und angesehene Dame; ihr träumten Bälle, Pferderennen, Livreen, ein luxuriöses Empfangszimmer, ihr Salon* und ein ganzer Schwarm von Grafen, Fürsten, Gesandten, bedeutenden Künstlern und Schauspielern; und jeder erwies ihr seine Reverenz und ergötzte sich an ihrer Schönheit und an ihren Toiletten … Diese Gier nach Macht und nach persönlichen Erfolgen, diese ständige Fixierung auf ein und dasselbe lassen den Menschen erkalten, auch Ariadna war kalt – gegen mich, gegen die Natur, die Musik. Die Zeit indessen verrann, Gesandte aber waren noch immer nicht in Sicht. Ariadna wohnte nach wie vor bei ihrem Bruder, dem Spiritisten, die Umstände gestalteten sich immer schwieriger, so daß sie sich nicht einmal mehr Kleider oder Hüte kaufen konnte und allerlei Listen ersinnen und sich drehen und wenden mußte, um ihre Armut zu verbergen.

Wie zum Trotz hatte, als sie noch bei der Tante in Moskau lebte, ein gewisser Fürst Maktujew um ihre Hand angehalten, ein reicher, doch absolut unbedeutender Mann, dem sie eine entschiedene Absage erteilte. Jetzt jedoch quälte sie mitunter die Reue: Weshalb hatte sie ihn zurückgewiesen? Wie ein Mushik** angewidert die Schaben auf dem Kwas*** beiseite pustet und dennoch trinkt, verzog sie beim Gedanken an den Fürsten voller Widerwillen das Gesicht und sagte zu mir:

*   im Original frz.
**   hier gebraucht im Sinne eines einfachen, ungebildeten Mannes aus dem Volk
*** Erfrischungsgetränk aus gesäuertem Schwarzbrotteig oder Schwarzbrot und Malz, leicht alkoholhaltig

›Was auch immer man sagen mag, ein Titel hat doch etwas Unerklärliches, Charmantes an sich …‹

Sie träumte von einem Titel und von Glanz, wollte aber auch auf mich nicht verzichten. Wie sehr man jedoch von Gesandten träumen mag – das menschliche Herz ist schließlich kein Stein, und es ist schade um die Jugend. Ariadna versuchte sich zu verlieben, tat so, als liebte sie mich, und schwor mir sogar ihre Liebe. Ich aber bin ein feinfühliger, empfindsamer Mensch. Wenn ich geliebt werde, spüre ich das selbst aus der Ferne, Beteuerungen und Schwüre sind da nicht notwendig. Hier aber wehte mich Kälte an, und wenn sie über ihre Liebe sprach, war mir, als hörte ich das Singen einer künstlichen Nachtigall. Ariadna spürte selbst, daß es ihr an Schwung fehlte, was sie ärgerlich machte, und oft sah ich sie weinen. Und dann, stellen Sie sich das bloß vor, umarmte sie mich plötzlich stürmisch und küßte mich eines Abends am Fluß, an ihren Augen aber sah ich, daß sie mich nicht liebte, sondern mich einfach aus Neugier umarmt hatte, um sich auszuprobieren, wohl um zu sehen, wohin das Ganze führen würde. Und mir wurde schrecklich zumute. Ich nahm sie bei der Hand und sagte verzweifelt:

›Diese Zärtlichkeiten ohne Liebe tun mir weh!‹

›Was für ein … Kauz Sie doch sind‹, sagte sie verärgert und entfernte sich.

Aller Wahrscheinlichkeit nach hätte ich sie wohl ein oder zwei Jahre später geheiratet, und damit wäre diese Geschichte zu Ende gewesen, dem Schicksal aber gefiel es, unsere Beziehung anders zu gestalten. An unserem Horizont tauchte nämlich eine neue Figur auf. Ariadnas Bruder bekam Besuch von seinem Kommilitonen Michail Iwanytsch Lubkow, einem netten Mann, von dem die Kutscher und Lakaien sagten: ›Ein luuustiger Herr!‹ Ungefähr mittelgroß, mager, kahlköpfig, ein Gesicht wie ein gutmütiger Bourgeois, wenig interessant, doch würdig, blaß, mit gepflegtem, borstigem Schnurrbart, den Hals voller Pickel und Gänsehaut und mit einem großen Adamsapfel. Er trug ein Pincenez an breitem schwarzen Band, redete undeutlich und sprach weder das R noch das L aus, so daß beispielsweise ein Wort wie ›tra-la-la‹ bei ihm klang wie ›twa-wa-wa‹. Immer war er fröhlich, alles fand er lustig. Er hatte irgendwie sehr unvorteilhaft geheiratet, mit zwanzig Jahren, hatte als Mitgift zwei Häuser in Moskau bekommen, beim Jungfrauenfeld*, die Renovierung und den Anbau eines Badehauses in Angriff genommen, sich dabei völlig ruiniert, so daß seine Frau und die vier Kinder jetzt in billigen Pensionen lebten und Not litten und er sie unterhalten mußte, und auch das fand er lustig. Lubkow war sechsunddreißig Jahre alt, seine Frau aber bereits zweiundvierzig – was ihn ebenfalls amüsierte. Seine Mutter, eine dünkelhafte, aufgeblasene Person mit aristokratischen Prätentionen, verachtete seine Frau und lebte mit einem ganzen Rudel von Hunden und Katzen für sich, so daß er ihr ebenfalls fünfundsiebzig Rubel pro Monat zahlen mußte. Selbst war er ein Mann von Welt, ging zum Frühstück gern in den ›Slawjanski Basar‹ und zum Mittagessen in die ›Eremitage‹. Geld brauchte er sehr viel, der Onkel aber zahlte ihm nur Zweitausend im Jahr, was nicht reichte, so daß er, wie man so schön sagt, mit hängender Zunge tagelang durch Moskau hastete und nach jemandem Ausschau hielt, der ihm etwas leihen könnte, und auch das fand er lustig. Zu Kotlowitsch war er gekommen, um sich, wie er sagte, im Schoß der Natur vom Familienleben zu erholen. Beim Mittagessen, beim Abendessen, bei Spazier-

---

* Russ. *Djewitschje pole*, zu Tschechows Zeiten eine Parkanlage. Während der Tatarenherrschaft fand der Legende nach im Mittelalter hier die Musterung der an den Khan zu liefernden Jungfrauen statt.

gängen erzählte er uns von seiner Frau, seiner Mutter, den Gläubigern, Gerichtsvollziehern und lachte über sie. Er lachte auch über sich selbst und versicherte, dank seiner Fähigkeit, sich Geld zu leihen, hätte er viele angenehme Bekanntschaften geschlossen. Er lachte ohne Unterlaß, und wir lachten ebenfalls. Während er da war, verbrachten auch wir die Zeit anders. Ich neigte mehr zu stillen, sozusagen idyllischen Vergnügungen, dem Angeln, abendlichen Spaziergängen und zum Pilzesammeln. Lubkow dagegen bevorzugte Picknicks, Feuerwerk oder die Jagd mit Windhunden. Dreimal pro Woche plante er Picknicks, dann notierte Ariadna mit ernsthaftem, begeistertem Gesicht auf einem Zettel Austern, Champagner und Konfekt und schickte mich nach Moskau, natürlich ohne zu fragen, ob ich Geld hätte. Und bei den Picknicks dann Trinksprüche, Gelächter und wieder fröhliche Geschichten darüber, wie alt seine Frau war, welch fette Hunde seine Mutter besaß, welch nette Gläubiger er doch hätte …

Lubkow liebte die Natur, doch er betrachtete sie wie etwas längst Bekanntes, das seinem Wesen nach unermeßlich viel tiefer stünde als er und lediglich zu seinem Vergnügen existierte. So blieb er beispielsweise mitunter vor einem großartigen Naturpanorama stehen und sagte: ›Hier könnte man gut Tee trinken!‹ Als er einmal Ariadna in der Ferne mit einem Schirm vorübergehen sah, deutete er auf sie und sagte:

›Sie ist mager, das gefällt mir. Ich mag keine fülligen Frauen.‹

Das berührte mich unangenehm. Ich bat ihn, sich in meiner Gegenwart nicht derart über Frauen zu äußern, worauf er mich verwundert anblickte und sagte:

›Was ist Schlechtes daran, daß ich magere Frauen mag und keine fülligen?‹

Ich antwortete nichts darauf. Später dann sagte er in bester Stimmung und leicht angeheitert:

›Mir ist aufgefallen, daß Sie Ariadna Grigorjewna gefallen. Ich wundere mich nur, weshalb Sie zögern.‹

Mir waren diese Worte unangenehm, und ich teilte ihm verlegen meinen Standpunkt über die Liebe und die Frauen mit.

›Ich weiß nicht‹, seufzte er. ›Meiner Ansicht nach ist eine Frau eine Frau und ein Mann ein Mann. Mag Ariadna Grigorjewna auch, wie Sie sagen, poetisch und erhaben sein, das bedeutet aber noch lange nicht, daß sie außerhalb der Naturgesetze stehen muß. Sie sehen doch selbst, sie ist bereits in einem Alter, in dem sie einen Mann oder Liebhaber braucht. Ich achte die Frauen nicht weniger als Sie, meine aber, gewisse Beziehungen schließen die Poesie nicht aus. Poesie und Liebhaber, alles an seinem Platz. Das ist doch wie in der Landwirtschaft – da haben wir einerseits die Schönheit der Natur und andererseits den Ertrag der Wälder und Felder.‹

Wenn ich mit Ariadna Gründlinge angelte, lag Lubkow neben uns im Sand, machte sich über mich lustig oder gab mir Ratschläge, wie ich leben sollte.

›Ich wundere mich, mein Herr, wie Sie ohne Liebe leben können!‹ sagte er. ›Sie sind jung, sehen gut aus, sind ein interessanter Mensch, kurz, ein Mann von Format, leben aber wie ein Mönch. Ach, was sind das doch für alte Männer mit achtundzwanzig Jahren! Ich bin fast zehn Jahre älter als Sie, aber wer von uns ist jünger? Ariadna Grigorjewna, wer?‹

›Sie natürlich‹, antwortete ihm Ariadna.

Und als ihn unser Schweigen und jene Aufmerksamkeit, mit der wir unsere Posen betrachteten, zu langweilen begannen, kehrte er ins Haus zurück, sie aber sah mich böse an und sagte:

›Sie sind wirklich kein Mann, sondern, Gott möge mir verzeihen, ein Waschlappen. Ein Mann muß leidenschaftlich sein, Verrücktheiten begehen, Fehler machen, leiden! Eine Frau verzeiht Grobheit und Unverschämtheit, eine Besonnenheit aber, wie Sie sie an den Tag legen, verzeiht sie niemals.‹

Sie war ernsthaft böse geworden und fuhr fort:

›Um Erfolg zu haben, muß man entschlossen und mutig sein. Lubkow sieht nicht so gut aus wie Sie, ist aber viel interessanter. Er wird immer Erfolg bei Frauen haben, da er anders ist als Sie, ein Mann eben …‹

In ihrer Stimme schwang sogar Verbitterung. Einmal beim Abendessen begann sie, ohne mich anzusehen, davon zu sprechen, daß sie, wäre sie ein Mann, nicht im Dorf versauern würde, sondern auf Reisen ginge und den Winter irgendwo im Ausland verbrächte, in Italien beispielsweise. Oh, Italien! Hier goß mein Vater unbeabsichtigt Öl ins Feuer. Er erzählte lange von Italien, wie schön es dort sei, welch wundervolle Natur es dort gäbe und was für Museen! Und Ariadna packte plötzlich der Wunsch, nach Italien zu reisen. Sie schlug sogar mit der Faust auf den Tisch, und ihre Augen funkelten: reisen!

Nun begannen Gespräche, wie schön es in Italien sein würde, ach Italien, ach und och, und so jeden Tag. Und wenn mich Ariadna über die Schulter anblickte, sah ich an ihrem kalten und starren Gesichtsausdruck, daß sie Italien samt seinen Salons, vornehmen Ausländern und Touristen in ihrer Phantasie bereits erobert hatte und es zu spät war, sie noch zurückhalten zu wollen. Ich riet, ein wenig abzuwarten, die Reise um ein, zwei Jahre aufzuschieben, sie aber verzog angewidert das Gesicht und sagte:

›Sie sind vernünftig wie ein altes Weib.‹

Lubkow dagegen war für die Reise. Er sagte, dies käme äußerst billig und auch er führe sehr gern nach Italien, um sich dort vom Familienleben zu erholen. Ich dagegen, ich gebe es zu, benahm mich naiv, wie ein Gymnasiast. Nicht aus Eifersucht, sondern in der Vorahnung von etwas Furchtbarem, Außerordentlichem, und ich mühte mich, soweit das möglich war, die beiden nicht allein zu lassen, sie aber lachten mich aus. Wenn ich zum Beispiel ins Zimmer trat, taten sie so, als hätten sie sich gerade geküßt und dergleichen.

Eines schönen Tages dann kam ihr aufgedunsener, bleicher spiritistischer Bruder zu mir und deutete an, er würde gern unter vier Augen mit mir sprechen. Er war ein willenloser Mensch; ungeachtet seiner Erziehung und seines Taktgefühls konnte er sich nie beherrschen, wenn ein fremder Brief vor ihm auf dem Tisch lag – er mußte ihn lesen. Auch jetzt gab er zu, daß er unabsichtlich einen Brief Lubkows an Ariadna gelesen hätte.

›Diesem Brief habe ich entnommen, daß sie bald ins Ausland reisen wird. Lieber Freund, ich bin sehr beunruhigt! Erklären Sie mir das um Gottes willen, ich begreife gar nichts!‹

Als er das sagte, atmete er schwer, atmete mir direkt ins Gesicht – er roch nach gekochtem Rindfleisch.

›Entschuldigen Sie, daß ich Sie in die Geheimnisse dieses Briefes einweihe‹, fuhr er fort, ›Sie sind doch aber Ariadnas Freund, sie hält viel von Ihnen! Vielleicht wissen Sie etwas. Sie möchte reisen, aber mit wem? Auch Herr Lubkow möchte mit ihr reisen. Entschuldigen Sie, aber das ist doch seltsam von Herrn Lubkow. Er ist verheiratet, hat Kinder, ergeht sich aber in Liebeserklärungen und schreibt Du an Ariadna. Entschuldigen Sie, aber das ist seltsam!‹

Mir wurde kalt, meine Hände und Füße erstarben, ich spürte einen Schmerz in der Brust, als habe man einen dreikantigen Stein dort hineingebohrt. Kotlowitsch ließ sich erschöpft im Sessel nieder und seine Arme hingen herab wie Peitschenschnüre.

›Aber was kann ich denn tun?‹ fragte ich.

›Ihr ins Gewissen reden, sie abbringen … Sagen Sie selbst: Was will sie mit Lubkow? Paßt er etwa zu ihr? Oh Gott, wie schrecklich das ist, wie schrecklich!‹ fuhr er fort und griff sich an den Kopf. ›Sie könnte so glänzende Partien machen, Fürst Maktujew und … und andere. Der Fürst betet sie an, erst am Mittwoch vergangener Woche hat sein verstorbener Groß-vater Ilarion ausdrücklich bestätigt, daß Ariadna seine Frau werden wird, so sicher, wie zwei mal zwei vier ist. Ausdrück-lich! Großvater Ilarion ist zwar tot, aber ein erstaunlich klu-ger Mann. Wir rufen seinen Geist jeden Tag an.‹

Nach diesem Gespräch lag ich die ganze Nacht wach und wollte mich erschießen. Am Morgen schrieb ich fünf Briefe, die ich alle wieder zerriß, weinte in der Getreidedarre, ließ mir dann Geld von meinem Vater geben und reiste ohne Ab-schied in den Kaukasus.

Natürlich ist eine Frau eine Frau und ein Mann ein Mann, aber ist in unseren Tagen wirklich alles so simpel wie vor der Sintflut, und sollte ich, ein kultivierter, mit einer komplizier-ten seelischen Struktur ausgestatteter Mensch meine starke Leidenschaft für eine Frau denn wirklich nur damit erklären, daß sie andere Körperformen besitzt als ich? Das wäre doch schrecklich! Ich möchte eher glauben, daß der mit seiner Na-tur kämpfende menschliche Genius auch mit der körper-lichen Liebe kämpft wie mit einem Feind und daß es ihm, wenn er ihn auch nicht besiegt hat, doch immerhin gelungen ist, sie mit einem Gespinst von Illusionen der Brüderlichkeit und Liebe zu überziehen. Und für mich bedeutet dies jeden-falls nicht nur eine Verrichtung meines animalischen Orga-nismus, wie bei einem Hund oder einem Frosch, sondern wahre Liebe, und jede Umarmung ist beseelt von einem reinen, aus dem Herzen kommenden Gefühl und von Achtung vor der Frau. Der Abscheu vor dem animalischen Instinkt ist ja wirklich jahrhundertelang Hunderten von Generationen anerzogen worden, er ist durch das Blut vererbt und stellt einen Teil meines Wesens dar, und wenn ich die Liebe jetzt poetisiere, so ist das in unserer Zeit nicht ebenso selbstverständlich und notwendig wie beispielsweise die Tatsache, daß meine Ohrmuscheln unbeweglich sind und ich nicht mit Fell bedeckt bin? Mir scheint, so denkt die Mehrzahl der kultivierten Menschen, gegenwärtig wird das Fehlen eines sittlichen und poetischen Elements in der Liebe doch als Atavismus betrachtet. Es heißt, dies sei ein Symptom der Degeneration und verschiedener Störungen. Natürlich glauben wir immer, wenn wir die Liebe poetisieren, daß diejenigen, die wir lieben, Vorzüge besitzen, die sie oft gar nicht haben, und dies wiederum ist dann Quelle beständiger Irrtümer und unablässigen Leidens. Doch meiner Meinung nach ist es so besser, es ist besser zu leiden, als sich damit abzufinden, daß eine Frau eine Frau und ein Mann ein Mann ist.

In Tiflis erhielt ich von meinem Vater einen Brief. Er schrieb, Ariadna Grigorjewna sei an dem und dem Tag ins Ausland aufgebrochen und wolle den ganzen Winter dort verbringen. Einen Monat darauf kehrte ich nach Hause zurück. Es war bereits Herbst. Jede Woche sandte Ariadna meinem Vater Briefe auf parfümiertem Papier, ausgesprochen interessant und in wunderbar literarischer Sprache verfaßt. Ich bin der Ansicht, in jeder Frau steckt eine Schriftstellerin. Ariadna schilderte sehr ausführlich, wie schwer es ihr gefallen sei, sich mit ihrer Tante zu arrangieren und von ihr tausend Rubel für die Fahrt zu erbitten, und wie lange sie in Moskau nach einer entfernten Verwandten gesucht habe, einer alten

Frau, um sie als Reisegefährtin zu gewinnen. Das Übermaß an Details zeugte allzu offensichtlich davon, daß dies Erfindung war, und ich begriff natürlich, daß sie keine Begleiterin bei sich hatte. Kurz darauf erhielt auch ich einen Brief von ihr, ebenfalls parfümiert und literarisch. Sie schrieb, sie sehne sich nach mir, nach meinen schönen, klugen, verliebten Augen, warf mir freundschaftlich vor, ich vergeude meine Jugend, versauere im Dorf, während ich doch wie sie im Paradies leben, unter Palmen wandeln und das Aroma der Orangenbäume atmen könne. Und sie unterschrieb mit ›die von Ihnen verlassene Ariadna‹. Dann zwei Tage später ein weiterer Brief im gleichen Stil mit der Unterschrift ›die von Ihnen Vergessene‹. Mir schwindelte. Ich liebte sie leidenschaftlich, träumte jede Nacht von ihr und mußte nun lesen ›Verlassene‹ und ›Vergessene‹. Was sollte das? Weshalb? Dazu die dörfliche Langeweile, die langen Abende, die peinigenden Gedanken wegen Lubkow … Die Ungewißheit quälte mich, vergiftete mir Tag und Nacht und wurde unerträglich. Ich hielt es nicht länger aus und reiste ab.

Ariadna hatte mich nach Abbazia bestellt. An einem klaren warmen Tag traf ich dort ein, es hatte gerade geregnet, und die Regentropfen hingen noch in den Bäumen. Ich nahm ein Zimmer in jener riesigen, einer Kaserne gleichenden Dependance, in der auch Ariadna und Lubkow wohnten. Sie waren nicht zu Hause. Ich begab mich in den Park, wanderte durch die Alleen und setzte mich dann auf eine Bank. Ein österreichischer General kam vorbei, die Hände auf dem Rücken, mit ebenso schönen Epauletten, wie sie auch unsere Generäle tragen. Ein Säugling wurde im Wagen vorbeigefahren, die Räder quietschten im nassen Sand. Ein gebrechlicher, gelbsüchtiger Alter ging vorüber, eine Schar Engländerinnen, ein Priester und dann wieder der österreichische General. Eine gerade aus

Fiume eingetroffene Militärkapelle war mit ihren blitzenden Posaunen zum Pavillon unterwegs. Dann erklang Musik. Waren Sie je in Abbazia? Ein schmutziges, slawisches Kaff mit einer einzigen stinkenden Straße, die man nach dem Regen nicht ohne Galoschen entlanggehen sollte. Ich hatte so viel und jedesmal mit großer Ergriffenheit von diesem Paradies auf Erden gelesen, als ich dann aber mit hochgekrempelten Hosen vorsichtig die schmale Straße überquerte und aus Langeweile bei einer alten Frau, die, als sie in mir den Russen erkannte, ›vühr‹ und ›zewanzig‹ sagte, harte Birnen kaufte und mich verwundert fragte, wohin ich eigentlich gehen und was ich hier tun solle, und als ich unablässig Russen begegnete, die ebenso hinters Licht geführt worden waren wie ich, überkamen mich Ärger und Scham. Es gibt dort eine stille Bucht, über die Dampfer und Boote mit bunten Segeln fahren, man kann Fiume sehen und in lila Dunst gehüllte weit entfernte Inseln. Das alles wäre idyllisch gewesen, hätten nicht Hotels und ihre Dependancen mit ihrer kleinbürgerlich beschränkten Architektur den Blick verstellt, mit denen gierige Schacherer dieses ganze grüne Ufer bebaut haben, so daß Sie in diesem Paradies fast nichts als Fenster, Terrassen und Vorplätze mit weißen Tischchen und schwarzen Lakaienfracks sehen. Es gibt auch einen Park, wie Sie ihn heute in jedem ausländischen Kurort finden. Das dunkle, starre, stumme Grün der Palmen, den hellgelben Sand der Alleen und die hellgelben Bänke, das Blitzen der schmetternden Militärposaunen und die roten Generalsepauletten – all dies hat man in zehn Minuten über. Sie aber sind aus unerfindlichem Grund gezwungen, hier zehn Tage oder gar zehn Wochen zu verbringen! Indem ich notgedrungen durch diese Kurorte zog, gewann ich immer mehr die Überzeugung, wie unbequem und dürftig die Satten und Reichen leben, wie matt und kraftlos ihre Phantasie ausgebildet ist, wie wenig kühn ihr Geschmack und ihre Wünsche sind. Und um wieviel glücklicher jene alten und jungen Touristen sind, die, da sie kein Geld besitzen, um in Hotels zu logieren, wohnen, wo es sich gerade ergibt, von Berggipfeln aus den Anblick des Meeres genießen, auf grünem Gras liegen, zu Fuß gehen, Wälder und Dörfer aus der Nähe sehen, die Sitten des Landes kennenlernen, seinen Liedern lauschen, sich in seine Frauen verlieben …

Während ich im Park saß, begann es zu dunkeln, und im Dämmer tauchte meine Ariadna auf, apart und elegant wie eine Prinzessin; ihr folgte Lubkow, in neuer, weiter Garderobe, vermutlich in Wien gekauft.

›Wieso sind Sie denn böse?‹ sagte er. ›Was habe ich Ihnen getan?‹

Als sie mich sah, schrie sie vor Freude und wäre mir, hätten wir uns nicht im Park befunden, wohl um den Hals gefallen. Sie drückte mir fest beide Hände und lachte, und auch ich lachte und hätte beinahe vor Rührung geweint. Nun begannen die Fragen: was es Neues im Dorf gäbe, wie es meinem Vater ginge, ob ich ihren Bruder gesehen hätte und ähnliches. Sie verlangte, ich solle ihr in die Augen schauen, und fragte, ob ich mich der Gründlinge erinnere und unserer kleinen Streitigkeiten und der Picknicks …

›Wie schön das doch alles war‹, seufzte sie. ›Aber auch wir langweilen uns hier nicht. Wir haben viele Bekannte, mein Lieber, mein Guter! Morgen mache ich Sie mit einer russischen Familie bekannt. Nur kaufen Sie sich bitte einen anderen Hut.‹ Sie betrachtete mich und verzog das Gesicht. ›Abbazia ist kein Dorf‹, sagte sie. ›Hier muß man comme il faut sein.‹

Dann gingen wir in ein Restaurant. Ariadna lachte die ganze Zeit, trieb Unfug und nannte mich ›Lieber‹, ›Guter‹,

›Kluger‹ und schien ihren Augen nicht trauen zu wollen, daß ich bei ihr war. So saßen wir bis gegen elf und gingen sehr zufrieden mit uns und dem Abendessen auseinander. Am folgenden Tag stellte sie mich der russischen Familie vor: ›Er ist der Sohn eines berühmten Professors, unser Gutsnachbar.‹ Mit dieser Familie sprach sie über nichts als Güter und Ernten und verwies dabei jedesmal auf mich. Sie wollte den Eindruck einer sehr reichen Gutsherrin erwecken, und das gelang ihr tatsächlich. Sie hielt sich vorzüglich, wie eine echte Aristokratin, die sie ihrer Herkunft nach ja auch war.

›Aber was halten Sie von meiner Tante!‹ sagte sie plötzlich und sah mich lächelnd an. ›Wir hatten ein wenig Streit miteinander, und sie ist nach Meran gefahren. Was halten Sie bloß davon?‹

Später, als wir im Park spazierengingen, fragte ich:

›Von welcher Tante haben Sie vorhin gesprochen? Was ist das denn für eine Tante?‹

›Das war eine Notlüge‹, lachte Ariadna. ›Sie sollen nicht wissen, daß ich ohne Begleiterin unterwegs bin.‹ Nach einem kurzen Schweigen schmiegte sie sich an mich und sagte: ›Mein Lieber, Guter, schließen Sie doch Freundschaft mit Lubkow. Er ist so unglücklich! Seine Mutter und seine Frau sind einfach unerträglich.‹

Sie sagte ›Sie‹ zu Lubkow und verabschiedete sich von ihm vor dem Zubettgehen ebenso wie von mir – ›bis morgen‹, auch wohnten sie in unterschiedlichen Stockwerken. Dies ließ mich hoffen, daß alles Unsinn war und es zwischen ihnen keinerlei Beziehung gab. Wenn ich ihn sah, fühlte ich mich erleichtert. Und als er mich eines Tages bat, ihm dreihundert Rubel zu leihen, gab ich sie ihm mit großem Vergnügen.

Jeden Tag frönten wir nichts als dem Müßiggang. Entweder schlenderten wir durch den Park, oder wir aßen oder tranken. Und jeden Tag Gespräche mit der russischen Familie. Ich gewöhnte mich mit der Zeit daran, daß ich im Park unweigerlich dem alten Mann mit der Gelbsucht begegnete, dem Priester und dem österreichischen General, der immer ein kleines Kartenspiel bei sich hatte, sich bei jeder Gelegenheit setzte und nervös mit den Schultern zuckend eine Patience legte. Und auch die Musik spielte immer dasselbe. Zu Hause auf dem Dorf war es mir peinlich vor den Leuten, wenn ich an einem Wochentag mit Freunden zum Picknick oder zum Angeln fuhr, und auch hier genierte ich mich vor den Lakaien, Kutschern und Arbeitern, die uns begegneten. Mir schien immer, sie schauten mich an und dächten: ›Weshalb tust du nichts?‹ Und diese Scham spürte ich von morgens bis abends, jeden Tag. Eine merkwürdige, monotone, unangenehme Zeit war das. Die einzige Abwechslung bestand wohl darin, daß Lubkow sich Geld bei mir lieh, mal hundert, mal fünfzig Gulden, und von dem Geld gleichsam auflebte wie ein Morphinist vom Morphium und laut über seine Frau, über sich selbst und über seine Gläubiger zu lachen begann.

Dann regnete es und wurde kalt. Wir reisten nach Italien, und ich telegrafierte meinem Vater, er möge mir um Gottes willen achthundert Rubel nach Rom überweisen. Wir machten in Venedig, Bologna und Florenz Station und logierten in jeder Stadt unweigerlich in einem teuren Hotel, in dem man uns für Licht, Bedienung, Heizung, für das Brot beim Frühstück und das Recht, außerhalb des Speisesaals zu Mittag zu essen, noch extra Geld abknöpfte. Wir aßen unglaublich viel. Morgens servierte man café complet. Um ein Uhr gab es Frühstück: Fleisch, Fisch, ein Omelett, Käse, Obst und Wein. Um sechs das Mittagessen, bestehend aus acht Gängen, mit langen Pausen dazwischen, in denen wir Wein und Bier tranken. Gegen neun dann der Tee. Vor Mitternacht erklärte

Ariadna meist, daß sie etwas essen wolle, und bestellte Schinken und weichgekochte Eier. Und um ihr Gesellschaft zu leisten, aßen auch wir. Zwischen den Mahlzeiten hasteten wir durch die Museen und Ausstellungen, beständig mit dem Gedanken, ja nicht zum Frühstück oder Mittagessen zu spät zu kommen. Ich langweilte mich in den Galerien, wollte nach Hause, mich hinlegen, suchte ständig mit den Augen nach einem Stuhl und wiederholte heuchlerisch die Worte der anderen – ›Wie herrlich! Welche Leichtigkeit!‹ Wie satte Schlangen richteten wir unsere Aufmerksamkeit allein auf funkelnde Gegenstände, die Auslagen der Geschäfte hypnotisierten uns, wir begeisterten uns für falsche Broschen und kauften Unmengen unnötiger, sinnloser Dinge.

Auch in Rom das gleiche. Hier regnete es, und es wehte ein kalter Wind. Nach einem gehaltvollen Frühstück fuhren wir aus, den Petersdom anschauen. Weil wir aber so satt waren, vielleicht auch wegen des schlechten Wetters, machte er nicht den geringsten Eindruck auf uns, und wir stritten uns beinahe und bezichtigten einander der Gleichgültigkeit gegenüber der Kunst.

Das Geld von meinem Vater traf ein. Ich erinnere mich noch gut, daß es ein Morgen war, als ich zur Post ging, es abzuholen. Lubkow begleitete mich.

›Die Gegenwart kann nicht befriedigend und glücklich sein, wenn die Vergangenheit nicht abgeschlossen ist‹, sagte er. ›Ich habe einen großen Ballast der Vergangenheit am Hals. Hätte ich Geld, wäre das alles eigentlich kein Problem, so aber bin ich nackt und bloß … Glauben Sie mir, ich habe nur noch acht Franken‹, fuhr er mit gesenkter Stimme fort, ›muß aber meiner Frau hundert schicken und meiner Mutter ebensoviel. Ja, und auch hier müssen wir leben. Ariadna ist wie ein Kind, sie möchte sich nicht beschränken und wirft mit dem

Geld um sich wie eine Herzogin. Weshalb hat sie gestern die Uhr gekauft? Und sagen Sie mir, weshalb müssen wir dieses Versteckspiel fortsetzen? Daß wir vor Dienstboten und Bekannten unsere Beziehung geheimhalten, kostet uns doch täglich zehn, fünfzehn Franken extra, da ich ein separates Zimmer gemietet habe. Wozu das Ganze?‹

Mir bohrte sich ein scharfer Stein in die Brust. Nun gab es keinen Zweifel mehr, jetzt war alles klar, mir wurde kalt, und ich faßte auf der Stelle den Entschluß, beide nie mehr wiederzusehen, vor ihnen zu fliehen, nach Hause zu fahren …

›Ein Verhältnis mit einer Frau zu beginnen ist leicht‹, fuhr Lubkow fort, ›man muß sie bloß entkleiden, dann aber, wie schwer ist das alles, wie lästig!‹

Als ich das Geld zählte, sagte er:

›Wenn Sie mir nicht tausend Franken leihen, bin ich verloren. Ihr Geld ist meine einzige Rettung.‹

Ich gab ihm den Betrag, und er lebte augenblicklich auf und begann, sich über seinen Onkel lustig zu machen, den verschrobenen Kauz, der seine Adresse nicht vor seiner Frau hatte geheimhalten können. Zurück im Hotel, packte ich und beglich die Rechnung. Ich mußte mich nur noch von Ariadna verabschieden.

Ich klopfte bei ihr an.

›Entrez!‹

In ihrem Zimmer herrschte morgendliche Unordnung: auf dem Tisch Teegeschirr, ein angebissenes Brötchen, Eierschalen und in der Luft ein starker, betäubender Parfümduft. Das Bett war nicht gemacht, und es war offensichtlich, daß zwei Personen darin geschlafen hatten. Ariadna war erst vor kurzem aufgestanden, trug einen Flanellmorgenrock und war ungekämmt.

Ich begrüßte sie, saß dann schweigend einen Augenblick

da, während sie versuchte, ihr Haar in Ordnung zu bringen, und fragte am ganzen Körper zitternd:

›Weshalb … weshalb haben Sie mich hierher ins Ausland kommen lassen?‹

Offenbar ahnte sie, woran ich dachte, denn sie nahm meine Hand und sagte:

›Ich möchte Sie in meiner Nähe haben. Sie sind so rein!‹

Ich schämte mich meiner Erregung und meines Zitterns. Wenn ich nun plötzlich in Tränen ausbräche! So verließ ich sie, ohne ein weiteres Wort gesagt zu haben, und saß eine Stunde später bereits im Zug. Den ganzen Weg über stellte ich mir Ariadna schwanger vor, und sie war mir zuwider. Alle Frauen, die ich im Zug und auf den Bahnhöfen sah, schienen mir schwanger zu sein und kamen mir ebenfalls widerlich und erbärmlich vor. Ich fühlte mich wie ein gieriger, hemmungsloser Habsüchtiger, der plötzlich entdeckt, daß all seine Goldmünzen gefälscht sind. Die reinen, graziösen Bilder, die meine Phantasie so lange beflügelt hatten, von Liebe genährt, meine Pläne, Hoffnungen, meine Erinnerungen, meine Ansichten von den Frauen und der Liebe – all das lachte jetzt über mich und streckte mir die Zunge heraus. Ariadna, fragte ich mich entsetzt, dieses junge, so überaus schöne, intelligente Mädchen, die Tochter eines Senators, unterhält eine Beziehung zu diesem gewöhnlichen, uninteressanten, charakterlosen Subjekt? Doch warum sollte sie Lubkow nicht lieben, entgegnete ich mir. Worin ist er schlechter als ich? Soll sie doch lieben, wen sie möchte, weshalb aber lügen? Andererseits, warum sollte sie offen zu mir sein? Und so weiter, alles in dieser Art, bis zum Verrücktwerden. Im Abteil war es kalt. Ich reiste zwar erster Klasse, man sitzt dort aber zu dritt auf der Polsterbank, es gibt auch keine Doppelfenster, und die Tür nach draußen führt direkt ins Coupé. Ich fühlte mich wie ein Sträfling im Fußblock, zusammengepreßt, verlassen und jämmerlich, und hatte schrecklich kalte Füße. Dennoch mußte ich immer wieder daran denken, wie verführerisch sie heute in ihrem Morgenrock und mit dem gelösten Haar gewesen war, und plötzlich bemächtigte sich meiner eine derart starke Eifersucht, daß ich von seelischem Schmerz gepeinigt aufsprang und meine Nachbarn mich verwundert und sogar ängstlich anblickten.

Zu Hause fand ich Schneewehen vor und zwanzig Grad Kälte. Ich liebe den Winter, hab ihn gern, denn bei klirrendem Frost fühle ich mich zu Hause besonders geborgen. Wie schön, sich mit Pelzjacke und Filzstiefeln an einem klaren Frosttag im Park oder auf dem Hof zu schaffen zu machen oder im warm eingeheizten Zimmer zu lesen, in Vaters Kabinett vor dem Kamin zu sitzen oder sich in der dörflichen Banja zu waschen … Wenn im Haus aber Mutter oder Schwester fehlen oder Kinder, ist es an Winterabenden irgendwie schrecklich, und sie kommen einem ungewöhnlich lang und still vor. Und je wärmer und gemütlicher, desto stärker spürt man, daß sie fehlen. In jenem Winter, als ich aus dem Ausland heimkehrte, zogen sich die Abende endlos in die Länge, mir war sehr beklommen zumute, und ich konnte vor Kummer nicht einmal lesen. Am Tag ging es ja noch, da mußte der Schnee im Park geräumt oder die Hühner und Kälber mußten gefüttert werden, an den Abenden aber war es zum Verrücktwerden.

Früher hatte ich Gäste nicht gemocht, jetzt aber freute ich mich über sie, wußte ich doch, daß sich das Gespräch unweigerlich um Ariadna drehen würde. Häufig kam der Spiritist Kotlowitsch, um über seine Schwester zu reden, und manchmal brachte er seinen Freund mit, den Fürsten Maktujew, der nicht weniger in Ariadna verliebt war als ich. In Ariadnas

Zimmer sitzen, die Tasten ihres Klaviers anschlagen, ihre Noten betrachten, war für den Fürsten bereits zum Bedürfnis geworden, ohne dies konnte er nicht mehr leben, und der Geist von Großvater Ilarion sagte weiterhin voraus, daß sie früher oder später seine Frau werden würde. Der Fürst saß meist lange bei uns, vom Frühstück bis Mitternacht, und schwieg. Schweigend trank er zwei, drei Flaschen Bier, und nur hin und wieder, um zu demonstrieren, daß er ebenfalls am Gespräch teilnahm, lachte er abgerissen, traurig und dümmlich. Vor dem Aufbruch nahm er mich jedesmal zur Seite und fragte halblaut:

›Wann haben Sie Ariadna zum letzten Mal gesehen? Ist sie gesund? Ob ihr dort wohl nicht langweilig ist?‹

Dann wurde es Frühling. Da hieß es auf Schnepfenjagd gehen, und dann mußten das Sommergetreide und der Klee ausgesät werden. Noch immer war ich traurig, aber schon auf frühlingshafte Weise. Ich wollte mich mit dem Verlust abfinden, arbeitete auf dem Feld, hörte den Lerchen zu und fragte mich, ob ich das Thema des persönlichen Glücks nicht ein für allemal ad acta legen und ein einfaches Bauernmädchen zur Frau nehmen sollte. Da erhielt ich plötzlich mitten in der Arbeit einen Brief mit italienischer Marke. Der Klee, die Imkerei, die Kälber und das Bauernmädchen zerstoben augenblicklich wie Rauch. Diesmal schrieb Ariadna, sie sei zutiefst unglücklich. Sie warf mir vor, ich hätte ihr die helfende Hand verweigert, sie von oben herab betrachtet und sie im Augenblick der Gefahr im Stich gelassen. All dies geschrieben in großer, nervöser Handschrift, mit Streichungen und Klecksen, und man merkte, daß sie in Eile geschrieben hatte und litt. Zum Schluß flehte sie mich an, zu kommen und sie zu retten.

Wieder geriet ich aus dem Gleichgewicht, und es riß mich fort. Ariadna befand sich jetzt in Rom. Ich traf spät am Abend bei ihr ein. Als sie mich erblickte, brach sie in Tränen aus und fiel mir um den Hals. Sie hatte sich den Winter über kein bißchen verändert und sah jung und bezaubernd aus wie eh und je. Wir aßen gemeinsam zu Abend und fuhren dann bis zum Morgengrauen durch Rom, und die ganze Zeit erzählte sie mir von ihrem Leben. Ich fragte, wo Lubkow sei.

›Erinnern Sie mich nicht an dieses Scheusal!‹ schrie sie. ›Er widert mich an!‹

›Sie haben ihn doch aber geliebt‹, sagte ich.

›Niemals! In der ersten Zeit fand ich ihn originell, und er erregte mein Mitgefühl, das war alles. Er ist unverschämt, nimmt die Frauen im Sturm, und das gefällt einem. Lassen Sie uns nicht mehr von ihm reden. Das ist eine traurige Episode meines Lebens. Er ist nach Rußland gefahren, um Geld zu besorgen, das geschieht ihm ganz recht! Ich habe ihm gesagt, er solle nicht wagen zurückzukehren.‹

Sie lebte bereits nicht mehr im Hotel, sondern in einer Privatwohnung, und bewohnte zwei Zimmer, die nach ihrem Geschmack möbliert waren – kalt und luxuriös. Nach Lubkows Abreise hatte sie sich bei ihren Bekannten etwa fünftausend Franken geliehen, und meine Ankunft war tatsächlich ihre Rettung. Ich hatte gehofft, sie ins Dorf mitnehmen zu können, doch das gelang mir nicht. Zwar sehnte sie sich nach der Heimat, die Erinnerung an die Armut jedoch, die sie dort durchlebt hatte, die Unbequemlichkeit, das verrostete Dach auf dem Haus ihres Bruders verursachten ihr Widerwillen, und sie begann sogar zu zittern. Und als ich ihr vorschlug, nach Hause zurückzukehren, preßte sie mir krampfhaft die Hände und sagte:

›Nein, nein! Dort sterbe ich vor Langeweile!‹

Dann trat meine Liebe in ihre letzte Phase, in ihr letztes Viertel.

›Seien Sie doch so nett wie früher, haben Sie mich ein wenig lieb‹, sagte Ariadna und schmiegte sich an mich. ›Sie sind mürrisch und so vernünftig, haben Angst davor, sich dem Gefühl hinzugeben, und denken immer nur an die Folgen, das ist ja öde. Ich bitte Sie, flehe Sie an, seien Sie doch lieb zu mir! Mein Reiner, mein Einziger, mein Lieber, wie sehr ich Sie liebe!‹

So wurde ich ihr Liebhaber. Mindestens einen Monat lang war ich völlig verrückt und in einem einzigen Rausch. Einen jungen, wundervollen Körper zu umarmen, sich an ihm zu ergötzen, jedesmal nach dem Aufwachen ihre Wärme zu spüren, sich daran zu erinnern, daß sie da war, sie, meine Ariadna, oh, das wird nicht so schnell zur Gewohnheit! Mit der Zeit aber gewöhnte ich mich dennoch und begann meine neue Lage nüchtern zu betrachten. Vor allem begriff ich, daß mich Ariadna nach wie vor nicht liebte. Doch sie mühte sich ernstlich, mich zu lieben, denn sie fürchtete die Einsamkeit und vor allem – ich war jung, gesund, kräftig, und sie war sinnlich, wie überhaupt alle kühlen Naturen. Also taten wir beide so, als wären wir uns in gegenseitiger leidenschaftlicher Liebe zugetan. Später erst begriff ich das ein oder andere.

Wir lebten in Rom, Neapel, Florenz, fuhren auch nach Paris, doch dort war es uns zu kalt, und wir kehrten nach Italien zurück. Überall gaben wir uns als Mann und Frau aus, als reiche Gutsbesitzer, man machte gern unsere Bekanntschaft, und Ariadna hatte großen Erfolg. Da sie Malunterricht nahm, nannte man sie die Künstlerin, und das stand ihr sehr gut zu Gesicht, obwohl sie nicht die Spur von Talent besaß. Sie schlief jeden Tag bis zwei oder drei Uhr; Kaffee trank sie im Bett, und das Frühstück nahm sie ebenfalls im Bett ein. Zu Mittag aß sie Suppe, Languste, Fisch, Fleisch, Spargel und Wild, und wenn sie sich abends zu Bett legte, servierte ich ihr zum Beispiel noch Roastbeef, das sie mit traurigem, bekümmertem Blick zu sich nahm; wachte sie nachts auf, aß sie Äpfel und Apfelsinen.

Die auffälligste, sozusagen wesentlichste Eigenschaft dieser Frau aber war ihre unglaubliche Hinterlist. Sie spielte ständig, jeden Augenblick, ein falsches Spiel, ganz offensichtlich ohne die geringste Notwendigkeit, gleichsam instinktiv, aus den gleichen Gründen, aus denen ein Spatz tschilpt oder eine Schabe ihre Fühler bewegt. Sie war unaufrichtig zu mir, zu den Lakaien, zum Portier, zu den Händlern in den Geschäften, zu Bekannten. Ohne Verstellung und Heuchelei kam sie in keinem einzigen Gespräch, bei keiner einzigen Begegnung aus. Es brauchte nur ein Mann das Hotelzimmer zu betreten, wer auch immer es war, ein Kellner oder Baron, und schon veränderten sich ihr Blick, der Gesichtsausdruck, die Stimme und selbst die Konturen ihres Körpers. Hätten Sie sie damals auch nur ein einziges Mal gesehen, Sie wären zu dem Schluß gelangt, mondänere und reichere Menschen als uns gäbe es in ganz Italien nicht. Kein einziger Maler oder Musiker, dem sie nicht etwas von seinem unglaublichen Talent vorgeheuchelt hätte.

›Sie sind derart begabt!‹ sagte sie in süßlich singendem Tonfall. ›Man hat beinahe Angst in Ihrer Gegenwart. Ich glaube, Sie können durch jeden hindurchschauen.‹

Und all dies, um zu gefallen, Erfolg zu haben, zu bezaubern! Jeden Morgen erwachte sie mit einem einzigen Gedanken: ›Gefallen!‹ Dies war Sinn und Zweck ihres Lebens. Hätte ich ihr gesagt, in einer bestimmten Straße wohnte jemand, dem sie nicht gefiele, sie wäre ernstlich bekümmert gewesen. Sie mußte jeden Tag bezaubern, umgarnen, um den Verstand bringen. Daß ich von ihr abhängig war und mich angesichts ihrer Reize in ein absolutes Nichts verwandelte, gewährte ihr den gleichen Genuß, den die Sieger einst bei den Turnieren empfanden. Um mich noch mehr zu erniedrigen, las sie nachts, sich räkelnd wie eine Tigerin und aufgedeckt – ihr war immer heiß –, die Briefe, die Lubkow ihr schickte.

Er beschwor sie, nach Rußland zurückzukehren, andernfalls, so beteuerte er, würde er jemanden ausrauben oder umbringen, nur um Geld zu beschaffen und zu ihr zu reisen. Sie haßte ihn, seine leidenschaftlichen, sklavischen Briefe aber versetzten sie in Erregung. Von ihren Reizen war sie außerordentlich überzeugt und meinte, würde irgendwo ein großes Auditorium sehen, wie gut sie gebaut und von welcher Farbe ihre Haut sei, ganz Italien, ja die ganze Welt läge ihr zu Füßen. Dieses Gerede über ihren Körperbau und die Farbe ihrer Haut kränkten mich. Sie registrierte das und gab, wenn sie böse war und mich ärgern wollte, allerlei Gemeinheiten von sich und verspottete mich. Einmal kam es sogar so weit, daß sie auf dem Landsitz einer Dame in Wut geriet und zu mir sagte:

›Wenn Sie nicht aufhören, mich mit Ihren Belehrungen zu belästigen, ziehe ich mich auf der Stelle aus und lege mich nackt in dieses Blumenbeet!‹

Oft dachte ich, wenn ich sah, wie sie schlief oder aß oder ihrem Gesicht einen naiven Ausdruck zu verleihen suchte: Weshalb hat Gott ihr diese außergewöhnliche Schönheit, diese Grazie und diesen Verstand gegeben? Doch wohl nicht, um sich im Bett zu wälzen, zu essen und zu lügen, zu lügen ohne Ende? Und war sie überhaupt klug? Sie fürchtete sich vor drei Kerzen, vor der Zahl dreizehn, hatte schreckliche Angst vor dem bösen Blick und schlechten Träumen; von der freien Liebe und der Freiheit selbst aber redete sie wie eine alte Betschwester und behauptete, Boleslaw Markewitsch sei ein besserer Autor als Turgenjew. Doch sie war höllisch schlau und geistreich und erweckte in der Öffentlichkeit den Eindruck einer ungemein gebildeten, fortschrittlichen Dame.

Es machte ihr nicht das geringste aus, das Personal zu demütigen oder ein Insekt zu töten, sogar wenn sie gut gelaunt war. Sie liebte den Stierkampf, las gerne Mordgeschichten und ärgerte sich, wenn Angeklagte freigesprochen wurden.

Das Leben, das Ariadna und ich führten, verschlang ungeheuer viel Geld. Mein armer Vater schickte mir seine Pension, alle seine kleinen Einkünfte, machte meinetwegen Schulden, wo immer er konnte, und als er eines Tages antwortete »non habeo«, sandte ich ihm ein verzweifeltes Telegramm, in dem ich ihn anflehte, das Gut zu verpfänden. Und kurz darauf bat ich ihn, eine zweite Hypothek aufzunehmen. Beide Wünsche erfüllte er klaglos und schickte mir das Geld bis auf die letzte Kopeke. Ariadna aber verachtete die Niederungen des Lebens, sie wollte mit all dem nichts zu tun haben, und wenn ich tausend Franken zur Befriedigung ihrer verrückten Wünsche ausgab und dabei ächzte wie ein alter Baum, sang sie übermütig ›Addio, bella Napoli‹. Allmählich erkalteten meine Gefühle für sie, und ich begann mich unserer Beziehung zu schämen. Schwangerschaften und Geburten mag ich nicht sonderlich, nun aber träumte ich manchmal von einem Kind, das unser Leben wenigstens äußerlich hätte rechtfertigen können. Um nicht noch den letzten Rest von Selbstachtung zu verlieren, besuchte ich nun Museen und Galerien und begann Bücher zu lesen, aß wenig und trank überhaupt nichts mehr. So hält man sich von morgens bis abends in Trab, und es wird einem etwas leichter ums Herz.

Und auch Ariadna hatte allmählich von mir genug. Die Leute, auf die sie Eindruck machte, waren übrigens alle nur Durchschnittsbürger, Gesandte und Salons waren nach wie vor nicht in Sicht, und das Geld reichte nicht, was sie kränkte und in einem fort schluchzen ließ. Schließlich erklärte sie mir, nun hätte auch sie nichts mehr dagegen, nach Rußland zurückzukehren. So sind wir also unterwegs. In den letzten Monaten vor unserer Abreise korrespondierte sie ständig mit ihrem Bruder, sie hegte wohl irgendwelche geheimen Hintergedanken, welche aber, das weiß Gott allein. Ich habe kein Interesse mehr, mich mit ihren Hinterhältigkeiten zu befassen. Doch wir fahren nicht ins Dorf, sondern nach Jalta und von dort in den Kaukasus. Sie kann jetzt nur noch in Kurorten leben, aber wenn Sie wüßten, wie sehr ich all diese Kurorte hasse, wie eingeengt ich mich dort fühle und wie schändlich ich sie finde. Wie gern ich jetzt ins Dorf führe! Arbeiten würde ich, im Schweiße meines Angesichts mein Brot verdienen und meine Fehler wiedergutmachen. Ich fühle jetzt einen Überschuß an Kräften in mir und könnte wohl, wenn ich all meine Kraft zusammennähme, das Gut in fünf Jahren schuldenfrei machen. Doch es gibt, wie Sie wissen, eine Komplikation. Wir sind hier nicht im Ausland, sondern in Mütterchen Rußland, da werde ich über eine gesetzliche Heirat nachdenken müssen. Die Leidenschaft ist natürlich verflogen, und auch von der früheren Liebe ist keine Spur mehr geblieben, doch wie dem auch sei, ich werde sie heiraten müssen.«

Der von seiner Erzählung aufgewühlte Schamochin und ich gingen nach unten und setzten unser Gespräch über die Frauen fort. Es war schon spät. Wie sich herausstellte, waren wir in derselben Kajüte untergebracht.

»Vorläufig ist nur die Frau auf dem Dorf dem Mann ebenbürtig«, sagte Schamochin. »Sie denkt wie er, fühlt wie er und kämpft im Namen der Kultur ebenso unermüdlich mit der Natur wie ein Mann. Die bürgerliche, intellektuelle Städterin aber ist schon längst dahinter zurückgeblieben und kehrt nun zu ihrem ursprünglichen Zustand zurück, ist zur Hälfte bereits Kreatur, und ihr verdanken wir es, daß sehr vieles, was der menschliche Genius erreicht hat, bereits verloren ist. Die Frau verschwindet unmerklich, und an ihre Stelle tritt das Urmenschweibchen. Diese Rückständigkeit der intelligenten Frau stellt für die Kultur eine ernsthafte Bedrohung dar. In ihrer regressiven Bewegung versucht sie, auch den Mann mit sich zu ziehen, und behindert dabei sein Vorwärtsschreiten. Das steht außer Zweifel.«

Ich fragte: Weshalb verallgemeinern, weshalb von einer einzigen Ariadna auf sämtliche Frauen schließen? Allein das Streben der Frauen nach Bildung und Gleichberechtigung der Geschlechter, das ich für ein Streben nach Gerechtigkeit halte, schließe von vornherein jegliche Annahme einer regressiven Bewegung aus. Schamochin aber hörte mir kaum zu und lächelte mißtrauisch. Er war bereits ein leidenschaftlicher, überzeugter Frauenfeind, und ihn zu überzeugen war unmöglich.

»Ach, wo denken Sie hin!« unterbrach er mich. »Wenn eine Frau in mir nicht den gleichberechtigten Menschen sieht, sondern ein Männchen, und ihr Leben lang nur im Sinn hat, mir zu gefallen, also mich zu beherrschen, wie kann man da von Gleichberechtigung reden? Ach, glauben Sie ihnen nicht, sie sind sehr, sehr verschlagen! Wir Männer bemühen uns um ihre Freiheit, sie aber wollen diese Freiheit überhaupt nicht und tun nur so als ob. Sie sind furchtbar verschlagen, entsetzlich verschlagen!«

Ich hatte schon keine Lust mehr, mit ihm zu streiten, und wollte schlafen. So drehte ich mich zur Wand.

»Ja, ja«, hörte ich noch beim Einschlafen. »Ja, ja. Und schuld daran, mein Lieber, ist unsere Erziehung. In den Städten ist die ganze Erziehung und Bildung der Frauen vor allem darauf gerichtet, ein animalisches Wesen aus ihnen zu machen, das dem Männchen gefällt und das fähig ist, dieses Männchen zu besiegen. Ja, ja.« Schamochin seufzte. »Die Mädchen müßten zusammen mit den Jungen erzogen und unterrichtet werden, damit sie immer zusammen sind. Die Frauen müßten so erzogen werden, daß sie – wie die Männer auch – ihr Unrecht erkennen, andernfalls meinen sie immer im Recht zu sein. Geben Sie den Mädchen vom Säuglingsalter an zu verstehen, daß ein Mann nicht in erster Linie ein Kavalier oder Bräutigam ist, sondern ihr Nächster, der ihnen auf allen Ebenen gleichberechtigt ist. Bringen Sie ihnen logisches Denken bei, die Fähigkeit zu verallgemeinern, und suchen Sie sie nicht davon zu überzeugen, daß ihr Gehirn weniger wiege als das der Männer und sie sich deshalb nicht mit den Wissenschaften, Künsten, überhaupt mit Aufgaben der Kultur abgeben müssen. Ein kleiner Handwerksbursche, Schuster oder Maler hat auch ein kleineres Gehirn als ein erwachsener Mann, ist aber dennoch am Existenzkampf beteiligt, arbeitet, leidet. Auch diese Manier, sich mit der Physiologie herauszureden, mit Schwangerschaft und Geburt, muß über Bord geworfen werden, denn erstens bringt eine Frau nicht jeden Monat ein Kind zur Welt, zweitens bringen nicht alle Frauen Kinder zur Welt, und drittens arbeitet eine normale Bauersfrau auch bis kurz vor der Niederkunft auf dem Feld – und ihr passiert nicht das geringste. Dafür muß es im Alltag eine völlige Gleichberechtigung geben. Bietet ein Mann einer Dame einen Stuhl an oder hebt ihr heruntergefallenes Taschentuch auf, soll sie es ihm doch gleichtun. Ich hätte nichts dagegen, wenn mir ein Mädchen aus guter Familie in den Mantel helfen oder ein Glas Wasser reichen würde …«

Mehr hörte ich nicht, denn ich schlief ein. Am nächsten Morgen, als wir uns Sewastopol näherten, war es unangenehm feucht, und das Schiff schlingerte. Schamochin saß mit mir in der Kabine, dachte über etwas nach und schwieg. Männer mit hochgeschlagenem Mantelkragen und Damen mit blassen, verschlafenen Gesichtern begaben sich nach unten, als zum Tee geläutet wurde. Eine junge, sehr schöne Dame, dieselbe, die sich in Wolotschisk über die Zollbeamten geärgert hatte, blieb vor Schamochin stehen und sagte mit dem Gesichtsausdruck eines kapriziösen, verwöhnten Kindes:

»Jean, deinem Vögelchen ist schlecht geworden!«

Später in Jalta sah ich dann, wie diese schöne Dame auf einem Paßgänger vorbeigaloppierte und zwei Offiziere, die kaum mithalten konnten, ihr hinterherjagten. Und ich sah sie eines Morgens mit Jakobinermütze und Schürzchen auf der Promenade sitzen und eine farbige Skizze malen, und abseits stand eine Menschenmenge und bewunderte sie. Später wurde auch ich mit ihr bekannt gemacht. Sie drückte mir fest die Hand, betrachtete mich entzückt und dankte mir in süßlich singendem Tonfall für das Vergnügen, das ich ihr mit meinen Werken bereite.

»Glauben Sie ihr nicht«, flüsterte mir Schamochin zu. »Sie hat nichts von Ihnen gelesen.«

Eines Abends, als ich auf der Promenade spazierenging, kam mir Schamochin entgegen. Er trug zwei große Tüten mit Delikatessen und Obst.

»Fürst Maktujew ist hier!« sagte er freudig. »Er ist gestern mit dem spiritistischen Bruder angekommen. Jetzt begreife ich auch, worum es in diesem Briefwechsel ging! Mein Gott«, fuhr er fort, blickte zum Himmel empor und drückte die Tüten an die Brust, »wenn sich die Dinge mit dem Fürsten einrenken, bedeutet das für mich die Freiheit. Dann könnte ich ins Dorf zurückkehren, zu meinem Vater!«

Und er eilte weiter.

»Ich beginne an Geister zu glauben!« rief er mir noch zu. »Der Geist von Großvater Ilarion scheint die Wahrheit vorausgesagt zu haben! Wenn es doch nur so wäre!«

Am Tag nach dieser Begegnung reiste ich aus Jalta ab und weiß deshalb nicht, wie Schamochins Geschichte endete.

Die Dame mit dem Hündchen

I

Es hieß, auf der Strandpromenade sei ein neues Gesicht aufgetaucht – eine Dame mit einem Hündchen. Auch Dmitri Dmitritsch Gurow, der sich schon zwei Wochen in Jalta aufhielt und sich bereits eingelebt hatte, bekundete mittlerweile Interesse an neuen Gesichtern. Als er eines Tages in Vernets Pavillon saß, sah er, wie eine junge Dame die Promenade entlangspazierte, eine kleine Blondine mit einem Barett; ihr hinterher lief ein weißer Spitz.

Später dann begegnete er ihr mehrmals am Tag im Stadtpark und in den Anlagen. Sie war allein unterwegs, immer mit dem gleichen Barett und dem weißen Spitz. Und niemand wußte, wer sie war, weshalb man sie ganz einfach ›Die Dame mit dem Hündchen‹ nannte.

Wenn sie ohne Mann hier ist und niemanden kennt, überlegte Gurow, könnte es nicht schaden, ihre Bekanntschaft zu machen.

Er war noch nicht vierzig, besaß aber schon eine zwölfjährige Tochter und zwei Söhne, die das Gymnasium besuchten. Man hatte ihn früh verheiratet, als er Student im zweiten Studienjahr war, und seine Frau schien mittlerweile anderthalbmal älter zu sein als er. Sie war eine hochgewachsene Dame mit dunklen Brauen, geradeheraus, würdig und solide und, wie sie selbst von sich sagte, eine denkende Frau. Sie las viel, gebrauchte in Briefen nie das Zeichen Ѣ* und nannte ihren Mann nicht Dmitri, sondern Dimitri; er aber hielt sie insgeheim für beschränkt, engstirnig und geschmacklos, fürchtete sich vor ihr und war ungern zu Hause. Seit langem schon betrog er sie. Er betrog sie oft und redete vermutlich deshalb über Frauen fast immer abschätzig. Wurde in seiner Gegenwart von ihnen gesprochen, so nannte er sie »minderwertige Rasse«.

Er meinte ausreichend bittere Erfahrung gesammelt zu haben, um sie zu titulieren, wie es ihm gerade gefiel, kam jedoch ohne diese »minderwertige Rasse« keine zwei Tage aus. In Gesellschaft von Männern fühlte er sich unwohl, er langweilte sich mit ihnen, war wortkarg und abweisend. Befand er sich aber unter Frauen, fühlte er sich frei und wußte, worüber er mit ihnen zu reden und wie er sich zu verhalten hatte; sogar mit ihnen zu schweigen fiel ihm leicht. Sein Äußeres, sein Charakter, seine ganze Natur hatte etwas Anziehendes, Undefinierbares an sich, das ihn für Frauen attraktiv machte und sie betörte. Er wußte das und fühlte sich ebenfalls von ihnen angezogen.

Häufige und tatsächlich bittere Erfahrung hatte ihn längst gelehrt, daß jegliche Annäherung, die das Leben zunächst so angenehm und abwechslungsreich macht und einem als nettes, leichtes Abenteuer erscheint, sich bei anständigen Menschen, insbesondere den Moskauern, die schwerfällig sind und unentschlossen, unausweichlich zu einem äußerst schwierigen Problem auswächst und die Situation letztlich bedrückkend werden läßt. Jede neue Begegnung mit einer hübschen Frau jedoch bewirkte, daß diese Erfahrung irgendwie aus seinem Gedächtnis entschwand. Dann hatte er nur den einen

* Ein stummes Endzeichen (für das es im Deutschen keine Entsprechung gibt). Die Weglassung dieses Zeichens sollte zeigen, daß sie mit der Zeit ging und die moderne Orthographie bevorzugte, die landesweit offiziell erst nach der Rechtschreibreform von 1917 eingeführt wurde.

Wunsch – das Leben zu genießen; und alles schien unbeschwert und amüsant zu sein.

So speiste er einmal gegen Abend im Park, als sich die Dame mit dem Barett näherte und am Nebentisch Platz nahm. Ihr Gesichtsausdruck, ihr Gang, ihr Kleid und ihre Frisur sagten ihm, daß sie eine anständige, verheiratete Frau war, das erste Mal hier und allein, und daß sie sich langweilte … Die Geschichten von den verderbten Jaltaer Sitten enthalten viel Unwahres, er gab nichts darauf und wußte, daß sie vor allem von jenen in Umlauf gesetzt werden, die selbst mit Freuden sündigen würden, wenn sie denn dazu fähig wären; als die Dame aber drei Schritte von ihm entfernt am Nachbartisch Platz genommen hatte, mußte er an diese Geschichten von den schnellen Erfolgen denken, an Ausflüge in die Berge, und der verführerische Gedanke an eine kurze, flüchtige Beziehung, an eine Affäre mit einer Unbekannten, deren Namen man nicht kennt, ergriff plötzlich von ihm Besitz.

Schmeichelnd lockte er den Spitz heran und drohte ihm, als er sich genähert hatte, mit dem Finger. Der Spitz begann zu knurren. Gurow drohte ihm noch einmal.

Die Dame schaute zu ihm herüber, wandte ihren Blick aber sofort wieder ab.

»Er beißt nicht«, sagte sie und errötete.

»Darf ich ihm einen Knochen geben?« Und als sie zustimmend nickte, fragte er freundlich: »Sind Sie schon lange in Jalta?«

»Fünf Tage.«

»Und ich verbringe hier schon die zweite Woche.«

Eine Weile schwiegen sie.

»Die Zeit vergeht rasch, allerdings ist es hier so langweilig!« sagte sie, ohne ihn anzublicken.

»Das sagt man so dahin, daß es hier langweilig sei. Der

Durchschnittsbürger lebt bei sich zu Haus irgendwo in Beljowo oder Shisdra und langweilt sich keineswegs, kaum aber ist er hier, heißt es: ›Ach, wie langweilig! Ach, wie staubig!‹ Man könnte annehmen, er sei aus Granada angereist.«

Sie lachte. Dann aßen beide schweigend weiter wie Unbekannte; nach dem Essen aber gingen sie nebeneinander her und begannen eine scherzhafte, leichte Unterhaltung freier, zufriedener Menschen, denen es ganz einerlei ist, wohin sie gehen und worüber sie sprechen. Sie spazierten und sprachen davon, in welch seltsames Licht das Meer getaucht sei; das Wasser schimmerte fliederfarben, ganz weich und warm, und vom Mond lief ein goldener Streifen darüber hin. Sie sprachen auch davon, wie drückend es nach dem heißen Tag sei. Gurow erzählte, er sei Moskauer, Philologe der Ausbildung nach, arbeite aber in einer Bank; er hätte früher beabsichtigt, Sänger an der Privaten Oper* zu werden, den Plan jedoch aufgegeben, besitze in Moskau zwei Häuser … Und von ihr erfuhr er, daß sie in Petersburg aufgewachsen sei, dann aber nach S. geheiratet habe, wo sie bereits zwei Jahre lebe, in Jalta noch einen Monat verbringen wolle und daß ihr Mann möglicherweise nachkomme, der ebenfalls Erholung suche. Sie konnte absolut nicht erklären, wo ihr Mann arbeitete – in der Gouvernementverwaltung oder in der Semstwo-Behörde des Gouvernements –, und fand das selbst komisch. Außerdem erfuhr Gurow noch, daß sie Anna Sergejewna hieß.

Später, in seinem Hotelzimmer, dachte er an sie und daran, daß sie sich morgen sicher mit ihm treffen werde. Das lag in der Natur der Dinge. Als er zu Bett ging, fiel ihm ein, daß sie unlängst noch Institutsschülerin gewesen war und die Schule besucht hatte wie heute seine Tochter, und auch, wieviel Zag-

* gemeint ist das damalige Solodownikow-Theater in Moskau

haftigkeit und Unbeholfenheit in ihrem Lachen und dem Gespräch mit einem Unbekannten lagen – vermutlich war sie
zum ersten Mal in ihrem Leben allein und in einer Situation,
in der man ihr nachlief, ihr hinterherschaute und nur mit
dem einen, heimlichen Ziel mit ihr sprach, das sie doch erraten mußte. Und er erinnerte sich an ihren zarten, dünnen
Hals und an ihre schönen grauen Augen.

Trotz allem aber hat sie etwas Bedauernswertes an sich,
dachte er und schlief ein.

II

Eine Woche war vergangen, seit sie sich kennengelernt hatten. Es war ein Feiertag. In den Zimmern lastete Schwüle,
und auf den Straßen wirbelte der Wind den Staub auf und riß
einem den Hut vom Kopf. Den ganzen Tag verspürte man
Durst, und Gurow ging häufig zum Pavillon und bot Anna
Sergejewna bald Wasser mit Sirup, bald Eis an. Nirgends ent-
kam man der Hitze.

Abends dann, als sich das Wetter ein wenig beruhigt
hatte, gingen sie zur Mole, um zuzuschauen, wie der Dampfer
einlief. An der Anlegestelle hatten sich viele Spaziergänger
eingefunden; sie erwarteten offenbar jemanden und hielten
Blumensträuße in den Händen. Zwei Besonderheiten der
mondänen Jaltaer Gesellschaft fielen hier besonders ins Auge:
Die betagten Damen gingen gekleidet wie junge, und man
sah zahlreiche Generäle.

Wegen der bewegten See lief der Dampfer erst spät ein – als
die Sonne bereits untergegangen war – und manövrierte
lange, bevor er an der Mole festmachte. Anna Sergejewna betrachtete den Dampfer und die Passagiere durch ihre Lorgnette, als suche sie nach Bekannten, und jedesmal, wenn sie

sich Gurow zuwandte, glänzten ihre Augen. Sie redete viel, stellte zusammenhangslose Fragen und vergaß sofort wieder, wonach sie gefragt hatte. Später verlor sie im Gedränge ihre Lorgnette.

Die elegante Menge hatte sich zerstreut, niemand war mehr zu sehen, und der Wind war gänzlich abgeflaut, Gurow und Anna Sergejewna aber standen da, als warteten sie darauf, daß noch jemand aus dem Dampfer steigen würde. Anna Sergejewna schwieg nun und roch an den Blumen, ohne Gurow anzusehen.

»Das Wetter hat sich gegen Abend gebessert«, sagte er. »Wohin wollen wir jetzt gehen? Wollen wir vielleicht irgendwohin fahren?«

Sie antwortete nicht.

Darauf blickte er sie unverwandt an, umarmte sie dann plötzlich und küßte sie auf den Mund, und der Duft und die Feuchtigkeit der Blumen umwehten ihn. Sogleich aber wandte er sich ängstlich um, ob man sie nicht vielleicht beobachtet hatte.

»Gehen wir zu Ihnen …«, sagte er leise.

Und beide gingen schnell.

In ihrem Zimmer war es stickig, und es roch nach dem Parfüm, das sie im japanischen Geschäft gekauft hatte. Gurow, der sie jetzt betrachtete, dachte: Was es im Leben doch für Begegnungen gibt! Aus der Vergangenheit bewahrte er Erinnerungen an sorglose, gutmütige Frauen, die die Liebe fröhlich machte, die ihm dankbar waren für das wenn auch sehr kurze Glück; und auch an solche wie etwa seine Ehefrau, die ohne Aufrichtigkeit liebten, voller unnötiger Gespräche, maniert, hysterisch und mit einem Ausdruck, als handle es sich nicht um Liebe oder um Leidenschaft, sondern um etwas weitaus Bedeutsameres; und auch an zwei, drei sehr schöne,

kalte Frauen, in deren Gesicht unversehens ein raubtier-
artiger Ausdruck aufblitzte, der eigensinnige Wunsch, mehr
zu nehmen, dem Leben mehr abzuverlangen, als es zu geben
imstande ist. Dies waren nicht mehr ganz junge, kapriziöse
Frauen, unüberlegt, herrisch und einfältig. Waren Gurows
Gefühle ihnen gegenüber erkaltet, erregte ihre Schönheit in
ihm nur mehr Haß, und die Spitzen an ihrer Wäsche kamen
ihm vor wie Schuppen.

Hier aber die Zaghaftigkeit und Unbeholfenheit uner-
fahrener Jugend und ein Gefühl von Verlegenheit; auch Verwirrung meinte er zu spüren, als hätte jemand überraschend
an die Tür geklopft. Anna Sergejewna, diese ›Dame mit dem
Hündchen‹, benahm sich dem Vorgefallenen gegenüber irgendwie eigentümlich, sehr ernsthaft, buchstäblich als wäre
sie gefallen – so schien es zumindest, und dies war merkwürdig und fehl am Platze. Sie sank in sich zusammen, wurde
ganz schlaff, und die langen Haare hingen traurig zu beiden
Seiten ihres Gesichts herab. In niedergeschlagener Pose saß
sie in Gedanken versunken da, wie die Sünderin auf einem
alten Gemälde.

»Das ist nicht gut«, sagte sie. »Sie sind der erste Mensch, der
mich nun nicht mehr achten wird.«

Auf dem Tisch in ihrem Zimmer lag eine Melone. Gurow
schnitt sich eine Scheibe ab und begann langsam zu essen.
Mindestens eine halbe Stunde verging in Schweigen.

Anna Sergejewna war rührend, die Reinheit einer anständigen, naiven Frau mit wenig Lebenserfahrung ging von ihr
aus; eine einsame Kerze, die auf dem Tisch brannte, beleuch-
tete schwach ihr Gesicht, dennoch sah man, daß ihr schwer
zumute war.

»Weshalb sollte ich aufhören, dich zu achten?« fragte
Gurow. »Du weißt selbst nicht, was du sagst.«

»Möge Gott mir verzeihen!« sagte sie, und ihre Augen füllten sich mit Tränen. »Es ist schrecklich.«

»Das klingt ja wie eine Rechtfertigung.«

»Wieso sollte ich mich rechtfertigen? Ich bin eine schlechte, nichtswürdige Frau und verachte mich, mir käme nie in den Sinn, mich zu rechtfertigen. Es ist nicht mein Mann, den ich betrogen habe, ich bin es selbst. Und nicht erst heute, sondern schon lange mache ich mir etwas vor. Mein Mann ist möglicherweise ein ehrlicher, guter Mensch, aber er ist ein Lakai! Ich weiß nicht, was er dort tut, wie er seinen Dienst versieht, ich weiß nur, daß er ein Lakai ist. Ich war zwanzig Jahre alt, als ich ihn heiratete, die Neugier quälte mich, ich wollte etwas Besseres erleben; es muß doch, sagte ich mir, ein anderes Leben geben. Ich wollte leben! Einfach leben … Die Neugier verzehrte mich … Sie werden das nicht verstehen, aber, ich schwöre bei Gott, ich konnte mich nicht mehr beherrschen, irgend etwas ging in mir vor, nichts und niemand konnte mich zurückhalten. Also sagte ich meinem Mann, ich sei krank, und reiste ab … Und hier lief ich umher wie im Taumel, wie eine Verrückte … und nun bin ich eine gemeine, elende Frau geworden, die jedermann verachten kann.«

Gurow war es mittlerweile leid, ihr zuzuhören, der naive Ton brachte ihn auf, diese Reue, die so unerwartet kam und so unpassend war; wären nicht die Tränen in ihren Augen gewesen, man hätte denken können, sie scherze oder spiele ihm etwas vor.

»Ich begreife nicht«, sagte er leise. »Was willst du denn?«

Sie barg ihr Gesicht an seiner Brust und preßte sich an ihn.

»Glauben Sie mir, so glauben Sie mir, ich beschwöre Sie …«, sagte sie. »Ich liebe das ehrliche, reine Leben, die Sünde ist mir zuwider, ich weiß selbst nicht, was ich tue. Die einfachen

Leute sagen, der Unreine hat jemanden verführt. Auch ich kann jetzt von mir sagen, daß mich der Unreine verführt hat.«

»Nun ist es aber genug ...«, murmelte Gurow.

Er blickte ihr in die starren, verängstigten Augen, küßte sie, sprach leise und zärtlich auf sie ein, und allmählich beruhigte sie sich und ihre Fröhlichkeit kehrte zurück; beide begannen zu lachen.

Als sie dann aufbrachen, war keine Menschenseele mehr auf der Promenade, die Stadt mit ihren Zypressen lag da wie ausgestorben, das Meer aber rauschte noch und schlug gegen das Ufer; eine Barkasse schaukelte auf den Wellen, und auf ihr blinkte schläfrig eine Laterne.

Sie fanden einen Kutscher und fuhren nach Oreanda*.

»Unten in der Halle habe ich gerade deinen Namen gesehen: Auf der Tafel stand von Diederitz«, sagte Gurow. »Ist dein Mann Deutscher?«

»Nein, sein Großvater war wohl Deutscher, er selbst aber ist rechtgläubig.«

In Oreanda saßen sie auf einer Bank in der Nähe der Kirche, blickten zum Meer hinab und schwiegen. Jalta war durch den Morgennebel kaum zu erkennen, auf den Berggipfeln standen unbeweglich weiße Wolken. Das Laub an den Bäumen regte sich nicht, die Zikaden zirpten, und das einförmige, dumpfe Rauschen des Meeres, das von unten heraufdrang, kündete von Ruhe und ewigem Schlaf, der uns erwartet. So hat es dort unten schon gerauscht, als es hier weder Jalta noch Oreanda gab, so rauscht es auch jetzt und wird ebenso dumpf und gleichgültig rauschen, wenn es uns nicht

---

* ein sechs Kilometer von Jalta entfernter malerischer Ort am Meer mit einer berühmten Kirche

mehr gibt. Und in dieser Beständigkeit, dieser völligen Gleichgültigkeit gegenüber dem Leben und dem Tod eines jeden von uns liegt vielleicht das Unterpfand unseres ewigen Heils, der ununterbrochenen Bewegung des Lebens auf Erden und der ununterbrochenen Vollkommenheit. Gurow saß neben der jungen Frau, die im Morgendämmer so schön wirkte, beruhigt und bezaubert angesichts dieser märchenhaften Kulisse – des Meeres, der Berge, der Wolken und der Weite des Himmels –, und dachte darüber nach, wie wunderbar alles auf dieser Welt doch eingerichtet sei, wenn man es recht bedenkt, alles, außer unserem eigenen Denken und Handeln, wenn wir den höheren Daseinszweck vergessen und unsere menschliche Würde.

Ein Mann näherte sich ihnen, wohl der Wächter, musterte sie und entfernte sich wieder. Und auch dieses Detail schien geheimnisvoll zu sein und ebenfalls schön. Man sah, wie der Dampfer aus Feodossija einlief, von der Morgenröte beschienen und bereits ohne Lichter.

»Auf dem Gras liegt Tau«, sagte Anna Sergejewna nach langem Schweigen.

»Ja. Es ist Zeit heimzufahren.«

Und sie kehrten in die Stadt zurück.

Nun trafen sie sich jeden Tag um die Mittagszeit auf der Promenade, frühstückten gemeinsam, aßen zusammen zu Mittag, gingen spazieren und erfreuten sich am Meer. Sie klagte darüber, daß sie schlecht schlafe und ihr Herz unruhig klopfe, stellte immer dieselben Fragen, bald von Eifersucht gequält, bald von der Furcht, er achte sie nicht genügend. Und oft zog er sie in den Anlagen oder im Park, wenn niemand in der Nähe war, plötzlich an sich und küßte sie stürmisch. Der vollkommene Müßiggang, diese Küsse am hellichten Tage, voller Vorsicht und Furcht, daß sie ja niemand sehe, die Hitze, der Geruch des Meeres und die ständige Gegenwart müßiger, eleganter, wohlgenährter Menschen ließen ihn sich fühlen wie neugeboren; er sagte Anna Sergejewna, wie hübsch sie sei und wie verführerisch, war erfüllt von ungeduldiger Leidenschaft, wich ihr keinen Schritt von der Seite, sie dagegen versank oft in Gedanken und bat ihn immer wieder, zuzugeben, daß er sie nicht achte, kein bißchen liebe und in ihr nichts als eine schamlose Frau sehe. Fast jeden Abend fuhren sie, wenn es dunkel wurde, irgendwo in die Umgebung, nach Oreanda oder zum Wasserfall; und die Ausflüge waren immer ein Erfolg und die Eindrücke jedesmal gleichbleibend schön und erhaben.

Sie warteten nun auf die Ankunft ihres Mannes. Doch ein Brief von ihm traf ein, in dem er mitteilte, er habe sich ein Augenleiden zugezogen, und seine Frau bat, so schnell wie möglich heimzukehren. Anna Sergejewna beeilte sich.

»Es ist gut, daß ich abreise«, sagte sie zu Gurow. »Das Schicksal selbst will es so.«

Sie brach im Pferdewagen auf, und er begleitete sie. Sie waren den ganzen Tag unterwegs. Nachdem Anna Sergejewna im Abteil des Kurierzuges Platz genommen und es zum zweiten Mal geläutet hatte, sagte sie:

»Ich möchte Sie noch einmal anschauen … Noch einmal anschauen. Mehr nicht.«

Sie weinte nicht, war aber traurig, wie krank, und ihr Gesicht zitterte.

»Ich werde an Sie denken … mich Ihrer erinnern«, sagte sie. »Der Herr sei mit Ihnen, leben Sie wohl. Behalten Sie mich in guter Erinnerung. Wir trennen uns für immer, das muß so sein, weil wir uns niemals hätten begegnen dürfen. Nun, der Herr sei mit Ihnen.«

Der Zug entfernte sich rasch, seine Lichter verschwanden, und einen Augenblick später war der Lärm bereits verstummt, als hätte sich alles verschworen, diese süße Ohnmacht, diesen Wahnsinn so schnell wie möglich zu beenden. Und als er allein auf dem Bahnsteig stand und in die dunkle Ferne blickte, hörte Gurow das Zirpen der Grillen und das Surren der Telegrafendrähte, und ihm war zumute, als sei er eben erst erwacht. Und er mußte daran denken, daß es in seinem Leben nun ein weiteres Abenteuer gab, eine Begebenheit, die jetzt ebenfalls vorüber war und von der ihm nur die Erinnerung blieb… Er war aufgewühlt und traurig und fühlte sich in gewisser Weise schuldig; hatte sich die junge Frau, die er nun nie mehr wiedersehen würde, mit ihm doch nicht glücklich gefühlt. Er war freundlich zu ihr gewesen und herzlich, im Umgang mit ihr, seinem Tonfall und seinen Liebkosungen hatte aber dennoch ein Schatten leichten Spotts gelegen und der etwas taktlose Hochmut eines glücklichen Mannes, der noch dazu fast doppelt so alt war wie sie. Die ganze Zeit über hatte sie ihn »mein Guter«, »Außergewöhnlicher« und »Wunderbarer« genannt; offenbar erschien er ihr anders, als er tatsächlich war, also hatte er sie, ohne es zu beabsichtigen, getäuscht…

Hier auf dem Bahnhof roch es schon nach Herbst, und der Abend war kühl.

Auch für mich wird es Zeit, in den Norden zurückzukehren, dachte Gurow, als er den Bahnsteig verließ. Es wird Zeit!

III

Zu Hause in Moskau hatte bereits der Winter Einzug gehalten. Die Öfen wurden geheizt, und morgens, wenn sich die Kinder fürs Gymnasium rüsteten und Tee tranken, war es dunkel, und die Kinderfrau zündete für kurze Zeit die Lampen an. Der Frost hatte schon eingesetzt. Wenn der erste Schnee fällt und man zum ersten Mal im Schlitten ausfährt, ist es schön, den weißen Erdboden zu betrachten und die weißen Dächer, es atmet sich leicht und angenehm, und unwillkürlich erinnert man sich seiner Jugend. Die alten Linden und Birken, die weiß sind vom Reif, blicken gutmütig drein und stehen einem näher als Zypressen und Palmen, und in ihrer Nähe hat man kein Bedürfnis mehr, an die Berge oder das Meer zu denken.

Gurow war Moskauer und kehrte an einem schönen frostigen Tag nach Moskau zurück. Und als er seinen Pelzmantel und die warmen Handschuhe anzog und über die Petrowka spazierte und am Samstagabend den Klang der Glocken hörte, verloren die zurückliegende Reise und die Orte, in denen er gewesen war, für ihn allen Zauber. Allmählich tauchte er in das Moskauer Leben ein, las wie früher begierig drei Zeitungen pro Tag und sagte, Moskauer Zeitungen lese er aus Prinzip nicht. Es zog ihn wieder in Restaurants oder Klubs und zu Einladungen zum Essen und Jubiläen, und es schmeichelte ihm auch wie eh und je, bekannte Advokaten oder Schauspieler bei sich zu empfangen oder im Klub der Doktoren mit einem Professor Karten zu spielen. Auch ließ er sich bereits wieder eine ganze Pfanne voll Seljanka* schmecken…

Ein Monat würde verstreichen, so meinte er, und Anna Sergejewna hätte sich in seinem Gedächtnis im Nebel verloren und erschiene ihm mit ihrem rührenden Lächeln nur hin und wieder im Traum, wie es auch bei den anderen gewesen war. Doch mehr als ein Monat verging, der tiefe Winter war hereingebrochen, ihm aber stand alles so deutlich vor Augen,

---

* ein kräftiges Gericht aus verschiedenen Fleischsorten, Kohl, Zwiebeln, Pilzen und Salzgurken

als hätte er sich gestern erst von Anna Sergejewna getrennt. Und die Erinnerungen entflammten stärker und stärker. Er brauchte in der abendlichen Stille in seinem Kabinett nur die Stimmen der Kinder zu vernehmen, die Hausaufgaben machten, eine Romanze zu hören oder im Restaurant den Klang des Orchestrions oder das Heulen des Schneesturms im Kamin, schon stand ihm alles lebhaft vor Augen: was auf der Mole geschehen war und der frühe Morgen mit dem Nebel in den Bergen und der Dampfer aus Feodossija und die Küsse. Dann lief er lange in seinem Zimmer auf und ab, erinnerte sich und lächelte, und später gingen seine Erinnerungen in Träumereien über, und die Vergangenheit vermischte sich in seiner Phantasie mit dem, was kommen würde. Er träumte nicht von Anna Sergejewna, sie begleitete ihn wie ein Schatten überallhin und war immer bei ihm. Wenn er die Augen schloß, sah er sie lebhaft vor sich, und sie erschien ihm schöner, jünger und zarter, als sie tatsächlich war; auch er selbst kam sich besser vor, als er damals in Jalta gewesen war. Abends blickte sie ihn aus dem Bücherschrank, aus dem Kamin oder aus der Ecke an, er hörte ihren Atem und das zarte Rascheln ihres Kleides. Auf der Straße schaute er Frauen hinterher und suchte nach einer, die ihr ähnelte...

Mit der Zeit quälte ihn das starke Verlangen, jemandem seine Erinnerungen anzuvertrauen. Zu Hause war es ausgeschlossen, von seiner Liebe zu sprechen, außerhalb des Hauses aber hatte er niemanden. Doch nicht mit den Nachbarn oder in der Bank! Und worüber hätte er auch reden sollen? Hatte er sie damals denn geliebt? Hatte seine Beziehung zu Anna Sergejewna denn etwas Schönes, Poetisches oder gar Lehrreiches an sich gehabt oder überhaupt Interessantes? Ihm blieb nichts übrig, als ganz allgemein über die Liebe oder die Frauen zu sprechen, und niemand ahnte, worum es sich handelte. Lediglich seine Frau verzog ihre dunklen Brauen und sagte:

»Die Rolle eines Beaus steht dir absolut nicht, Dimitri.«

Eines Nachts, als er mit seinem Spielpartner, einem Beamten, aus dem Klub der Doktoren ins Freie trat, konnte er nicht an sich halten und sagte:

»Wenn Sie wüßten, was für eine bezaubernde Frau ich in Jalta kennengelernt habe!«

Der Beamte setzte sich in den Schlitten und fuhr los, wandte sich dann aber plötzlich um und rief:

»Dmitri Dmitritsch!«

»Ja?«

»Sie hatten vorhin recht, der Stör war nicht ganz frisch!«

Diese völlig banalen Worte brachten Gurow aus irgendeinem Grunde plötzlich auf, sie erschienen ihm erniedrigend und schmutzig. Welch rohe Sitten! Und die Gesichter! Was waren das für stupide Nächte und uninteressante, belanglose Tage, ausgefüllt mit zügellosem Kartenspiel, Völlerei, Alkohol und den ständigen Gesprächen über ein und dasselbe. Der unnütze Zeitvertreib und die immer gleichen Gespräche ergreifen Besitz vom besten Teil der Zeit, von den besten Kräften, und letzten Endes läuft alles auf ein dürftiges Leben hinaus, auf einen Stumpfsinn, dem man nicht ausweichen, nicht entfliehen kann, als säße man im Irrenhaus oder in einer Strafkolonie!

In der Nacht fand Gurow keinen Schlaf und entrüstete sich und quälte sich den ganzen nächsten Tag mit Kopfschmerzen. Auch in den folgenden Nächten schlief er schlecht. Er saß im Bett und dachte nach oder wanderte im Zimmer umher. Die Kinder gingen ihm auf die Nerven, die Bank ging ihm auf die Nerven, er wollte nicht ausgehen und über nichts reden.

Im Dezember, zu den Feiertagen, traf er Anstalten zu verreisen und sagte seiner Frau, er fahre nach Petersburg, um sich dort für einen jungen Mann einzusetzen – fuhr aber nach S. Weshalb? Es war ihm selbst nicht ganz klar. Er wollte Anna Sergejewna wiedersehen, mit ihr sprechen und, wenn möglich, ein Rendezvous arrangieren.

Er traf morgens in S. ein und bezog im Hotel das beste Zimmer. Der gesamte Boden war mit grauem Soldatentuch bespannt, auf dem Tisch stand ein Tintenfaß, grau von Staub, mit einem Reiter zu Pferd, der einen Hut in der Hand schwenkte. Sein Kopf aber fehlte. Der Portier gab ihm die erwünschte Auskunft: von Diederitz wohne in der Staro-Gontscharnaja, in eigenem Hause, unweit des Hotels, es gehe ihm gut, er sei reich, besitze eigene Pferde, und in der Stadt kenne ihn jeder. Der Pförtner sprach den Namen aus wie Drüdüritz.

Gurow ging langsam zur Staro-Gontscharnaja und fand dort das Haus. Direkt gegenüber erstreckte sich ein grauer Zaun, der mit Nägeln besetzt war.

Vor solch einem Zaun kann man nur Reißaus nehmen, dachte Gurow und blickte abwechselnd zu den Fenstern und zum Zaun hinüber.

Er überlegte: Heute ist ein arbeitsfreier Tag, der Mann also folglich zu Hause. In jedem Fall aber wäre es taktlos, das Haus zu betreten und sie in Verlegenheit zu bringen. Wenn er jedoch einen Brief schickte, fiele dieser womöglich ihrem Mann in die Hände und alles wäre verdorben. Am besten, er verließe sich auf den Zufall. So ging er die Straße auf und ab und am Zaun vorbei und wartete auf diesen Zufall. Er sah, wie ein Bettler zum Tor hineinging und die Hunde über ihn herfielen, eine Stunde später hörte er Klavierspiel, die Töne drangen schwach und undeutlich an sein Ohr. Es war wohl Anna Sergejewna, die spielte. Dann ging die Eingangstür auf, und eine alte Frau kam heraus, und ihr folgte der wohlbekannte weiße Spitz. Gurow wollte den Hund rufen, doch plötzlich begann sein Herz zu klopfen, und vor Aufregung konnte er sich nicht mehr erinnern, wie der Spitz hieß.

Er wanderte auf und ab und haßte den grauen Zaun mehr und mehr und dachte gereizt, Anna Sergejewna habe ihn wohl schon vergessen und amüsiere sich möglicherweise bereits mit einem anderen, was für eine junge Frau, die von morgens bis abends diesen verfluchten Zaun vor Augen habe, völlig natürlich sei. Schließlich kehrte er in sein Hotelzimmer zurück und saß lange auf dem Diwan, ohne zu wissen, was er tun solle, aß dann zu Mittag und schlief darauf lange.

Wie dumm und lästig das alles ist, dachte er, nachdem er erwacht war und zu den dunklen Fenstern hinübergeschaut hatte. Es war bereits Abend. Jetzt habe ich mich zu allem Überfluß auch noch ausgeschlafen. Was werde ich nun die ganze Nacht über tun?

Er saß im Bett, zugedeckt mit einer billigen grauen, wie aus einem Krankenhaus stammenden Decke und spottete verärgert über sich selbst:

Da hast du deine Dame mit dem Hündchen… und dein Abenteuer… Jetzt sitz mal schön hier herum.

Am Morgen auf dem Bahnhof war ihm ein Plakat mit sehr großen Lettern ins Auge gefallen – zum ersten Mal lief ›Die Geischa‹* in der Stadt. Daran mußte er denken und fuhr ins Theater.

Sehr gut möglich, daß sie zu einer der ersten Vorstellungen kommt, dachte er.

Das Theater war voll. Hier wie überall in den Provinztheatern reichte der Dunst bis hoch zu den Kronleuchtern, und

* eine damals in Rußland populäre Operette des englischen Komponisten
  Sidney Jones (1861–1946)

auf der Galerie herrschte aufgeregter Lärm. In der ersten Reihe standen vor Beginn der Vorstellung, die Hände auf dem Rükken, die Stutzer der Stadt. Und in der Loge des Gouverneurs saß auf dem vordersten Platz die Gouverneurstochter, in eine Boa gehüllt, der Gouverneur selbst aber verbarg sich bescheiden hinter der Portiere – nur seine Hände waren zu sehen. Der Vorhang schaukelte, und das Orchester stimmte lange die Instrumente. Während das Publikum hereinkam und seine Plätze einnahm, waren Gurows Augen unablässig auf der Suche.

Auch Anna Sergejewna trat ein. Sie nahm in der dritten Reihe Platz, und als Gurow sie anschaute, zog sich sein Herz zusammen, und er begriff klar und deutlich, daß es auf der ganzen Welt keinen vertrauteren, teureren und wichtigeren Menschen für ihn gab; sie, diese in der provinziellen Menge verlorene, unauffällige kleine Frau mit der einfachen Lorgnette in der Hand, erfüllte nun sein gesamtes Leben, war sein Kummer, seine Freude, das einzige Glück, das er sich jetzt wünschte; und zu den Klängen des schlechten Orchesters und der miserablen Kleinstadtgeigen dachte er daran, wie hübsch sie sei. Er dachte und träumte.

Gemeinsam mit Anna Sergejewna war ein junger Mann mit spärlichem Backenbart eingetreten und hatte sich neben sie gesetzt. Er war sehr groß, ging gebückt, wackelte bei jedem Schritt mit dem Kopf und schien sich ständig zu verneigen. Das war vermutlich ihr Mann, den sie damals in Jalta in einer bitteren Gefühlsanwandlung einen Lakaien genannt hatte. Tatsächlich haftete seiner aufgeschossenen Gestalt, dem Bakkenbart und der kleinen Glatze etwas lakaienhaft Dürftiges an. Er lächelte süßlich, und in seinem Knopfloch blitzte ein akademisches Abzeichen wie die Nummer eines Dienstmannes.

In der ersten Pause ging ihr Mann hinaus, um zu rauchen, sie aber blieb auf ihrem Platz. Gurow, der ebenfalls im Parkett saß, trat zu ihr und sagte mit zitternder Stimme und gezwungenem Lächeln:

»Guten Tag.«

Sie schaute ihn an und wurde blaß, dann schaute sie noch einmal voller Entsetzen, als traue sie ihren Augen nicht, und drückte den Fächer und die Lorgnette in ihren Händen fest zusammen; offenbar kämpfte sie gegen eine Ohnmacht an. Beide schwiegen. Sie saß, er stand, und erschrocken durch ihre Bestürzung konnte er sich nicht entschließen, neben ihr Platz zu nehmen. Geigen und eine Flöte wurden gestimmt, und ihn verließ plötzlich der Mut. Es schien, als ob man aus sämtlichen Logen zu ihnen herüberschaute. Doch dann stand sie auf und lief schnell zum Ausgang, und er folgte ihr. Beide wanderten kopflos über Korridore und Treppen, mal hinauf, mal hinunter, und vor ihren Augen tauchten allerlei Männer in Gerichts-, Schul- oder Adelsuniformen auf und alle mit Abzeichen; Damen huschten an ihnen vorüber, Pelze auf ihren Bügeln, es zog und roch nach Zigarettenstummeln. Und Gurow, dem das Herz wild klopfte, dachte: Mein Gott! Was wollen denn all diese Leute und das Orchester…

Und in diesem Augenblick mußte er plötzlich daran denken, wie er damals, am Abend auf dem Bahnhof, nachdem er Anna Sergejewna verabschiedet hatte, dachte, daß nun alles vorbei sei und sie sich nie mehr wiedersehen würden. Wie weit es doch aber noch war bis zum Ende!

Auf einer schmalen, finsteren Treppe mit der Aufschrift »Eingang zum Amphitheater« blieb sie stehen.

»Wie Sie mich erschreckt haben!« sagte sie schwer atmend und noch immer blaß und verwirrt. »Oh, wie Sie mich erschreckt haben! Ich bin mehr tot als lebendig. Weshalb nur sind Sie gekommen? Weshalb?«

»So begreifen Sie doch, Anna, begreifen Sie doch…«, sagte er halblaut und hastig. »Ich beschwöre Sie, begreifen Sie doch…«

Sie blickte ihn voller Angst, Flehen und Liebe an, blickte ihm unverwandt ins Gesicht, um sich seine Züge einzuprägen.

»Ich leide so sehr!« fuhr sie fort, ohne seine Worte zu hören. »Ich habe die ganze Zeit nur an Sie gedacht und lebte einzig im Gedanken an Sie. Und ich wollte vergessen, vergessen. Weshalb, weshalb nur sind Sie gekommen?«

Etwas oberhalb standen zwei Gymnasiasten auf dem Treppenabsatz, rauchten und blickten nach unten. Gurow aber war das ganz egal, er zog Anna Sergejewna an sich und begann ihr Gesicht zu küssen, ihre Wangen, ihre Hände.

»Was tun Sie da, was tun Sie!« sagte sie entsetzt und schob ihn von sich. »Wir haben beide den Verstand verloren. Reisen Sie noch heute ab, reisen Sie auf der Stelle… Ich beschwöre Sie bei allen Heiligen, ich bitte Sie… Es kommt jemand!«

Ein Mann stieg die Treppe hinauf.

»Sie müssen abreisen…«, fuhr Anna Sergejewna flüsternd fort. »Hören Sie, Dmitri Dmitritsch? Ich werde zu Ihnen nach Moskau kommen. Ich war niemals glücklich, bin jetzt nicht glücklich und werde niemals, niemals glücklich sein! Lassen Sie mich doch nicht noch mehr leiden! Ich schwöre Ihnen, daß ich nach Moskau kommen werde. Jetzt aber lassen Sie uns Abschied nehmen! Mein Lieber, Guter, mein Teurer, lassen Sie uns Abschied nehmen!«

Sie drückte ihm die Hand und lief schnell die Treppe herab und schaute sich immer wieder nach ihm um. Und an ihren Augen sah man, daß sie tatsächlich unglücklich war… Gurow blieb noch einen Moment stehen und lauschte, dann suchte er, als es still geworden war, seinen Mantel und verließ das Theater.

IV

Und Anna Sergejewna begann zu ihm nach Moskau zu fahren. Alle zwei, drei Monate reiste sie aus S. fort und sagte ihrem Mann, sie fahre, um wegen ihres Frauenleidens einen Professor zu konsultieren. Und ihr Mann glaubte es und glaubte es nicht. In Moskau eingetroffen, stieg sie jedesmal im »Slawjanski Basar« ab und schickte sofort einen Dienstmann mit roter Mütze zu Gurow. Dann besuchte Gurow sie, und niemand in Moskau wußte davon.

Eines Wintermorgens befand er sich wieder einmal auf dem Weg zu ihr (ihr Bote war am Vorabend bei ihm gewesen, hatte ihn aber nicht angetroffen). Er hatte seine Tochter bei sich, die er ins Gymnasium begleiten wollte, denn es lag auf dem Weg. Dichter, feuchter Schnee fiel.

»Es sind jetzt drei Grad plus, dennoch schneit es«, sagte Gurow zu seiner Tochter. »Diese Wärme haben wir jedoch nur auf der Erdoberfläche, in den höheren Schichten der Atmosphäre herrscht eine ganz andere Temperatur.«

»Papa, aber warum gibt es im Winter keine Gewitter?«

Er erklärte auch dies. Während er sprach, mußte er daran denken, daß er zu einem Rendezvous ging und keine Menschenseele etwas wußte und wohl auch nie davon erfahren würde. Er lebte zwei Leben: eines, das vor aller Augen ablief, das alle, die es anging, sahen und kannten, voller herkömmlicher Wahrheit und herkömmlichen Betrugs, das dem Leben seiner Bekannten und Freunde aufs Haar glich, und ein zweites, das im verborgenen geschah. Und durch eine seltsame, vielleicht zufällige Fügung der Umstände ging all das, was ihm wichtig, interessant und unerläßlich war, worin er aufrichtig war und sich nichts vormachte, worin das Wesen seines Lebens bestand, getrennt von den anderen vor sich. All das jedoch, was an ihm Lüge war, seine Hülle, hinter der er sich verbarg, um die Wahrheit zu verstecken, wie beispielsweise seine Stellung bei der Bank, die Debatten im Klub, seine »minderwertige Rasse«, der Besuch von Geburtstagsfesten gemeinsam mit seiner Frau – all das lief vor aller Augen ab. Und von sich zog er Schlüsse auf andere, glaubte nicht, was er sah, und vermutete stets, jedermann führe im geheimen und im Schutze der Nacht sein wahres, interessantes Leben. Jede persönliche Existenz wird geheimgehalten, vielleicht müht sich der kultivierte Mensch deshalb so sehr darum, sein persönliches Geheimnis zu bewahren.

Nachdem er seine Tochter zum Gymnasium begleitet hatte, lenkte Gurow seine Schritte zum »Slawjanski Basar«. Im Foyer legte er seinen Pelz ab, begab sich nach oben und klopfte leise an die Tür. Anna Sergejewna, die das graue Kleid trug, das er so mochte, erwartete ihn, müde von der Fahrt und dem Warten, schon seit dem vorangegangenen Abend. Sie war blaß und blickte ihn an, ohne zu lächeln. Kaum war er eingetreten, sank sie ihm schon an die Brust. Als hätten sie sich zwei Jahre nicht gesehen, küßten sie sich lange und anhaltend.

»Erzähle, wie geht es dir dort?« fragte er. »Was gibt es Neues?«

»Warte, ich erzähle es dir gleich… Ich kann jetzt nicht.«

Sie konnte nicht sprechen, weil sie weinte, wandte sich von ihm ab und preßte ihr Taschentuch gegen die Augen.

Soll sie sich ruhig ausweinen, ich werde solange hier sitzen, dachte er bei sich und setzte sich in den Sessel.

Dann klingelte er und bestellte Tee; später, als er den Tee trank, stand sie noch immer zum Fenster gewandt… Sie weinte vor Aufregung und aus der schmerzlichen Erkenntnis, daß sich ihr Leben so traurig gestaltete; sahen sie sich doch nur heimlich und mußten sich vor den Menschen verstecken, wie Diebe! War ihr Leben denn nicht zerstört?

»Jetzt hör aber auf!« sagte er.

Ihm war klar, daß ihre Liebe so bald nicht zu Ende gehen würde, wann, wußte niemand zu sagen. Anna Sergejewna band sich immer stärker an ihn, vergötterte ihn, und es wäre unausdenkbar gewesen, ihr zu sagen, daß alles einmal zu Ende gehen würde; sie hätte ihm ohnehin nicht geglaubt.

Er trat auf sie zu, umfaßte ihre Schultern, um sie zu liebkosen und zu scherzen, und sah sich in diesem Moment im Spiegel.

Seine Haare begannen bereits grau zu werden. Es kam ihm seltsam vor, daß er in den letzten Jahren derart gealtert und unansehnlich geworden war. Die Schultern, auf denen seine Hände lagen, waren warm und bebten. Er verspürte Mitgefühl mit diesem Leben, das noch so warm und so schön war, sich aber vermutlich ebenfalls einem Zustand näherte, in dem man zu welken und zu verblassen beginnt, wie es bei ihm der Fall war. Weshalb liebte sie ihn so sehr? Immer war er den Frauen als ein anderer erschienen, als er tatsächlich war, und sie hatten in ihm nicht ihn selbst geliebt, sondern einen Mann, den sich ihre Phantasie erschuf und den sie ihr ganzes Leben lang rastlos suchten; wenn sie dann später ihren Irrtum erkannten, liebten sie ihn dennoch. Und keine einzige von ihnen war glücklich mit ihm gewesen. Die Zeit war vergangen, er hatte Bekanntschaften geschlossen, sich mit Frauen zusammengetan und wieder von ihnen getrennt, nie aber geliebt; es war alles mögliche gewesen, doch keine Liebe.

Und erst jetzt, da sein Haar grau wurde, liebte er, wie man nur lieben kann, wirklich und zum ersten Mal in seinem Leben.

Anna Sergejewna und er liebten einander wie zwei sich sehr nahestehende, vertraute Menschen, wie Ehegatten, wie zärtliche Freunde; sie glaubten, das Schicksal selbst habe sie füreinander bestimmt, und verstanden nicht, weshalb sie beide verheiratet waren; sie waren wie zwei gefangene Zugvögel, Männchen und Weibchen, die man zwang, in zwei verschiedenen Käfigen zu leben. Sie verziehen einander alles, wessen sie sich in ihrer Vergangenheit schämten, verziehen alles, was heute geschah, und fühlten, daß diese Liebe sie beide verändert hatte.

Früher hatte er sich in traurigen Momenten mit allen Argumenten beruhigt, die ihm nur einfielen, jetzt aber war ihm nicht mehr nach Argumenten zumute, er empfand tiefes Mitgefühl, wollte aufrichtig sein und zärtlich…

»Hör auf, mein Liebes«, sagte er, »du hast dich ausgeweint, nun aber ist es genug… Jetzt laß uns reden, uns wird schon etwas einfallen.«

Dann beratschlagten sie lange, sprachen davon, wie sie sich von der Notwendigkeit befreien könnten, sich verstecken zu müssen, andere zu hintergehen, in unterschiedlichen Städten zu leben und sich lange Zeit nicht zu sehen. Wie nur sich befreien von diesen unerträglichen Fesseln?

»Wie nur? Wie?« fragte er und griff sich an den Kopf. »Wie?«

Und es schien, noch ein Weilchen und die Lösung wäre gefunden, und dann begänne ein neues, wunderschönes Leben. Und beiden war klar, daß es bis zum Ende noch lange, lange hin sei und daß das Schwierigste und Komplizierteste eben erst begann.

Nachweis der Übersetzungen

Ein Unglück
Несчастье (Nestschastje). Erstmals in ›Nowoje wremja‹ Nr. 3758 vom 16. August 1886. Aus dem Russischen von Barbara Conrad.

Werotschka
Верочка (Werotschka). Erstmals in ›Nowoje wremja‹ Nr. 3944 vom 21. Februar 1887. Aus dem Russischen von Marianne Wiebe.

Der Namenstag
Именины (Imeniny). Erstmals in ›Sewerny westnik‹ Nr. 11 vom 27. Oktober 1888. Aus dem Russischen von Marianne Wiebe.

Ein flatterhaftes Wesen
Попрыгунья (Poprygunja). Erstmals in ›Sewer‹ Nr. 1 vom 5. Januar 1892. Aus dem Russischen von Barbara Schaefer.

Angst
Страх (Strach). Erstmals in ›Nowoje wremja‹ Nr. 6045 vom 25. Dezember 1892. Aus dem Russischen von Kay Borowsky.

Der Literaturlehrer
Учитель словесности (Utschitel slowesnosti). Erstes Kapitel erstmals in ›Nowoje wremja‹ Nr. 4940 vom 28. November

1889 unter dem Titel: Obywateli (Kleingeister). Zweites Kapitel erstmals in ›Russkije wedomosti‹ Nr. 188 vom 10. Juli 1894 unter dem Titel: Utschitel slowesnosti. Erste vollständige Veröffentlichung in ›Powesti i rasskasy‹ (Romane und Erzählungen), Moskau 1894. Aus dem Russischen von Vera Bischitzky.

Ariadna
Ариадна (Ariadna). Erstmals in ›Russkaja mysl‹ Nr. 12, Dezember 1895. Untertitel: Erzählung. Aus dem Russischen von Vera Bischitzky.

Die Dame mit dem Hündchen
Дама с собачкой (Dama s sobatschkoi). Erstmals in ›Russkaja mysl‹ Nr. 12, 1899. Aus dem Russischen von Vera Bischitzky.

Zeittafel

1860   Anton Pawlowitsch Tschechow wird am 17. [nach dem gregorianischen Kalender am 29.] Januar in Taganrog am Asowschen Meer als drittes von sieben Kindern des Kolonialwarenhändlers Pawel Jegorowitsch Tschechow und seiner Frau Jewgenija Jakowlewna, geb. Morosowa, geboren.

1867–1879 Schulbildung im Klassischen Gymnasium (zwei Vorbereitungsklassen, acht Klassen, davon zwei wiederholt, mit Latein, Griechisch, Französisch und Deutsch).

1867–1875 Mit seinen Brüdern Aushilfe und Bote im väterlichen Geschäft, Sänger im Kirchenchor seines Vaters.

1879   Abitur in Taganrog, Übersiedlung zur Familie nach Moskau, Medizinstudium bis 1884.

1880   Tschechow veröffentlicht erste humoristische Skizzen. Seit 1881/82 ist er der Ernährer der Eltern und der noch zu Hause verbliebenen Geschwister durch Publikationen in Zeitschriften, zunächst humoristische Kurztexte, und durch Verfertigung viel gespielter kurzer Komödien.

1883   *Der Tod eines Beamten. Der kleine Bösewicht. Der Dicke und der Dünne. Auf See.*

1884   Im Juni und Juli beginnt Tschechow einige Wochen lang als Arzt zu praktizieren. Erster Blutsturz. *Ein Chamäleon. Austern.*

| 1885 | Bekanntschaft, später Freundschaft mit dem Petersburger Verleger Suworin (1834–1912). *Kroppzeug. Der Jäger. Der Übeltäter. Unteroffizier Prischibejew. Alt geworden.* |

1885 Bekanntschaft, später Freundschaft mit dem Petersburger Verleger Suworin (1834–1912). *Kroppzeug. Der Jäger. Der Übeltäter. Unteroffizier Prischibejew. Alt geworden.*

1886 Väterlich aufrüttelnder Brief des Schriftstellers Grigorowitsch. *Gram. Die Hexe. Agafja. Ein Alptraum. Männerbekanntschaft. Lebensüberdruß. Der Roman mit dem Kontrabaß. Kostgänger. Im Gericht. Träume.*

1887 Das Drama *Iwanow* wird in Moskau uraufgeführt. *Feinde. Wolodja. Das Glück. Der Vater. Kaschtanka.*

1888 Puschkin-Preis der Akademie der Wissenschaften. Bekanntschaft mit Tschaikowsky in Petersburg. *Steppe. Die Schönen. Der Namenstag. Der Anfall.*

1889 Tod des Bruders Nikolai (Tuberkulose). Erster Kuraufenthalt in Sumy. *Die Fürstin. Eine langweilige Geschichte.*

1890 Sammelband mit Erzählungen unter dem Titel: *Mürrische Menschen.* Von April bis Dezember: Reise durch Sibirien nach Sachalin, Untersuchung der Lage der Verbannten, Rückkehr auf dem Seeweg. *Diebe* [ursprünglicher Titel: »Teufel«]. *Gussew.*

1891 Reise mit Suworin nach Österreich, Italien, Frankreich. *Weiber. Das Duell.*

1892–1899 Tschechow erwirbt ein Gut in Melichowo und lebt dort mit seinen Eltern und der Schwester Maria [»Mascha«]. Er wird Stifter von insgesamt drei Schulen, Helfer im Kampf gegen die Cholera und, vor allem durch Sammeln von Spenden, gegen den Hunger.

1892 *Ein flatterhaftes Wesen. Nachbarn. Krankensaal Nr. 6.*

1893–1894 *Die Insel Sachalin.*

1893 *Wolodja der Große und Wolodja der Kleine.*

1894	Reise nach Dalmatien, Italien, Nizza, Paris. *Der schwarze Mönch. Regiment der Frauen. Rothschilds Geige. Der Student.*
1895	Tschechow besucht Tolstoi in Jasnaja Poljana. *Drei Jahre. Der Mord. Ariadna.*
1896	*Die Möwe* wird in Petersburg uraufgeführt und fällt durch. *Das Haus mit dem Mezzanin. Mein Leben.*
1897	Schwerer Blutsturz. Diagnose: Lungentuberkulose. Im Winter zur Erholung in Nizza. *Bauern. In der Heimat. Auf dem Wagen.*
1898	Bruch mit Suworin wegen der Dreyfus-Affäre und Suworins Berichterstattung darüber. Tod des Vaters. Triumphale Aufführung der *Möwe* durch das Moskauer Künstlertheater (Stanislawski und Nemirowitsch-Dantschenko). Tschechow erwirbt ein Haus bei Jalta und lebt mit seiner Familie von 1899 bis 1904 zumeist dort. Die sogenannte »kleine Trilogie« erscheint: *Der Mensch im Futteral, Stachelbeeren, Von der Liebe.* Außerdem *Jonytsch* und *Ein Fall aus der Praxis.*
1899–1902	Erste Gesamtausgabe (11 Bände) im Verlag Marks, Petersburg.
1899	*Onkel Wanja* wird erstmals in Moskau aufgeführt. *Auf der Dienstreise. Herzchen. Die Dame mit dem Hündchen.*
1900–1904	Erste deutsche Ausgabe *(Gesammelte Werke)* in 5 Bänden, bei Diederichs, Leipzig.
1900	Zusammen mit Tolstoi als Ehrenmitglied in die Akademie der Wissenschaften gewählt. *In der Schlucht.*
1901	*Drei Schwestern* wird in Moskau uraufgeführt. Tschechow heiratet die Schauspielerin Olga Knipper vom Moskauer Künstlertheater, Hauptdarstel

lerin in seinen Theaterstücken. Begegnungen mit Gorki und Tolstoi, weiterhin mit Bunin, Kuprin und Rachmaninow.

1902   Tschechow erklärt aus politischen Gründen seinen Austritt aus der Akademie der Wissenschaften. *Der Bischof.*

1903   *Die Braut.*

1904   *Der Kirschgarten* wird, wiederum vom Moskauer Künstlertheater, uraufgeführt. Nach dem III. Akt feierliche Ehrung für 25-jährige literarische Arbeit. Verschlimmerung der Pleuritis (Lungenschwindsucht), an der Tschechow seit zwanzig Jahren leidet. Er reist zur Behandlung nach Badenweiler und stirbt dort am 2. [15.] Juli.